Diogenes Taschenbuch 21603

Celia Fremlin

Rendezvous mit Gestern

Roman

Aus dem Englischen von Karin Polz

Diogenes

Titel der Originalausgabe:
›Appointment with yesterday‹

First published by Victor Gollancz Ltd., London
Umschlagzeichnung von Hans Traxler

Neuübersetzung

80/90/8/3
ISBN 3 257 21603 3

Kapitel 1

Milly wäre ein guter Name, dachte sie. Zurückhaltend, unauffällig und ihrem wirklichen Namen so unähnlich wie nur möglich.

Ihrem wirklichen Namen? Wer mußte denn wirklich montagnachmittags um vier auf der Circle Line sein? Sie schaute vorbei an den leeren Gesichtern mittleren Alters ihr gegenüber und sah, wie sich ihr eigenes leeres Gesicht mittleren Alters in der vorbeihuschenden Schwärze des Fensters gegenüber spiegelte. Die Ähnlichkeit zwischen ihnen allen und das Gefühl der Sicherheit, das diese Ähnlichkeit ihr gab, war schon komisch. Es ist wegen London Transport, grübelte sie, abwesend und inzwischen etwas benommen vor Hunger und Schlaflosigkeit: wir sind nur die Passagiere von London Passenger Transport. Wie herrlich, nur eine schwankende, sanft mit dem Kopf nickende, ins Leere starrende statistische Ziffer zu sein! Statistische Leere. Niemand, sann sie nach, bringt je sein wirkliches Ich mit in die Untergrundbahn. Keiner von uns hier. Wir haben alle unsere Identität zurückgelassen in irgendeiner riesigen körperlosen Gepäckaufbewahrungsstelle, und keiner kann ahnen – es kann unmöglich jemand durch bloßes Hinsehen darauf kommen –, daß es unter all diesen starren Gesichtern eines gibt, das seine Identität nicht nur für die Dauer der U-Bahnfahrt zurückgelassen hat, sondern für immer.

Der Zug fuhr jetzt langsamer; das kalte Licht des U-Bahnhofs Euston Square wischte ihr Spiegelbild vom Fenster gegenüber, und die Furcht – vertraut jetzt, und so regelmäßig wie Wehen alle drei Minuten wiederkehrend, den ganzen Tag über – nagte wieder an ihr, als der Zug mit einem Seufzer stehenblieb und die Türen sich öffneten. Angenommen, es stieg jemand ein, der sie kannte! Angenommen, der eine oder andere Stationsvorsteher erkannte sie allmählich wieder, wie sie Runde für Runde den gleichen Kreis von Bahnhöfen abfuhr, ohne Unterbrechung, seit sieben Uhr morgens!

Oh, sie veränderte ihr Aussehen, so gut sie konnte. Manchmal nahm sie ihren Hut ab und ließ ihr strähniges Haar unbedeckt herunterhängen, manchmal setzte sie ihn wieder auf. Manchmal legte sie ihn auf ihren Schoß und band sich ein rotes Seidentuch um den Kopf. Wirklich, ein glücklicher Zufall, dieses rote Seidentuch in der Tasche zu finden, die sie an sich gerissen hatte, als sie heute morgen vor Beginn der Dämmerung aus dem Haus geflohen war. Ein Glück auch, daß etwas Geld in der Tasche war, ein paar Pfund und etwas Kleingeld. Denn sie hatte an nichts gedacht – weder an Geld noch an sonst irgend etwas –, als sie die Treppe aus dem Kellergeschoß hinaufrannte, keuchend vor Entsetzen über das, was sie getan hatte. Wie hatte sie gezerrt und gezogen an der schiefen, widerspenstigen Eingangstür mit der abblätternden Farbe und den rostigen Bolzen! Jenseits dieser Tür war die Freiheit – sie glaubte, immer noch jene eisige Luft zu schmecken, die ihr in die Kehle strömte, als die Tür sich ächzend öffnete. Danach konnte sie sich nur noch an das Laufen erinnern. Laufen, Laufen, Laufen, während die Winterluft ihr in die Lunge drang wie Feuer und ihr aufgeschrecktes Herz laut pochend um Erbarmen bat, als es versuchte, mit ihrem Entsetzen Schritt zu halten, mit ihrer instinktiven, primitiven Gewißheit, daß Jagd auf sie gemacht werde.

Aber es wurde natürlich nicht Jagd auf sie gemacht. Wer geht schon an einem Januartag um sechs Uhr morgens auf den Straßen Südlondons auf die Jagd? Besonders auf einer Straße wie dieser, wo in all den Fensterreihen nirgends ein Licht schimmerte. Denn dies war nicht eine Straße, in der flinke, forsche, fröhliche Menschen lebten, die vielleicht schon um sechs aufstanden, um Feuer zu machen, das Frühstück für die Kinder vorzubereiten, rechtzeitig für die Frühschicht in die Fabrik zu kommen. Nein, dies war eine Straße, in der die Leute bis mittags im Bett liegen, bis zwei oder drei oder vier Uhr nachmittags, in der Milchflaschen ungespült auf Treppenstufen und in Hausfluren stehen oder gar nicht hereingeholt werden, und in der die Namen unter den Reihen von Klingelknöpfen vor Alter vergilbt sind, und kein Schimmer des Wiedererkennens wird hervorgerufen in den rotumrandeten Augen desjenigen, der sich an die Tür schleppen mag, wenn man läutet. Nicht-Namen. Wie ihr eigener. Wie angemessen also war es, daß sie, eine Bewohnerin dieser Straße, ihr Leben auf Circle Line beenden sollte, immer im Kreis herum und herum und herum, dem einzigen Ort auf der ganzen Welt, wo man nie wieder einen Namen brauchen würde.

Sie raffte sich mit einem Ruck auf. Jetzt, Milly, mahnte sie sich selbst – denn es war unbedingt erforderlich, daß sie selbst sich an den Namen gewöhnte, bevor sie ihn an anderen Leuten ausprobieren mußte – jetzt nimm dich zusammen, Milly! Du darfst nicht immer wieder einnikken, sonst wirst du den Leuten wirklich auffallen! Irgendein freundlicher Herr wird dich ansprechen und fragen: »Nun, meine Dame, wo wollen Sie aussteigen?«, und dann mußt du irgendeine Haltestelle nennen und dort tatsächlich aussteigen! Du kannst nicht gut sagen – oder? – daß du nirgends aussteigen willst, daß du hier bleiben wirst, hier einbezogen bist, und daß du immer weiter und weiter und weiter die Strecke der Circle Line abfahren wirst, für eine Zehn-Pence-Karte, für ewig.

Also komm, Milly, was wirst du jetzt tun? Du hast von den zwei Pfund fünfunddreißig, die in deiner Tasche waren, zehn Pence ausgegeben. Du hast die Kleider, die du auf dem Leibe trägst, und, glücklicherweise, deinen Wintermantel. Du bist zweiundvierzig Jahre alt. Du hast keine Fähigkeiten, keine Qualifikationen, keine Referenzen. Bis zu diesen letzten schrecklichen Monaten hast du ein so beschütztes, so enges, so luxuriöses Leben geführt, daß du weich wie Brei bist, durch und durch. Wahrscheinlich kannst du überhaupt nicht arbeiten. Du hast keine Freunde, an die du dich wenden kannst, keine Verwandten, weil du jetzt Milly bist. Niemand, niemand auf der ganzen weiten Welt darf je auch nur den leisesten Verdacht haben, daß es irgendeine Verbindung gibt zwischen dir und jener Frau, die am Montag, dem zehnten Januar, in den frühen Morgenstunden auf eine Londoner Straße rannte, einen Schrei unterdrückend.

Es konnte noch nicht in den Zeitungen stehen. Unmöglich. Trotzdem fühlte Milly jedesmal ihr Herz klopfen, wenn ein neuer Fahrgast einstieg, sich ihr gegenüber setzte und vor ihren Augen wieder die Rückseite einer anderen Abendzeitung entfaltete.

Nicht daß es auf der Rückseite stehen würde. Es würde auf der ersten Seite stehen, mit Sicherheit, wenn es erst in die Zeitungen kam. Und so wartete Milly mit wachsender Beklommenheit, während der Besitzer der Zeitung einmal diese Seite aufschlug, einmal jene, sie beim Lesen zusammen- und wieder entfaltete, bis schließlich, wenn sie Glück hatte, die erste Seite in ihr Blickfeld rückte, oft verkehrt herum.

Ja, es war noch in Ordnung. Der BENZINPREISSCHOCK nahm immer noch den Ehrenplatz ein. Vorläufig würde niemand über den Rand seiner Zeitung hinweg verstohlen ihre Gesichtszüge mustern. So weit, so gut.

Aber wie würden morgen früh die Schlagzeilen aussehen...? Und jetzt endlich dämmerte es ihrem langsam arbeitenden, vom Schock noch wie betäubten Verstand, daß Eile geboten war. Was hatte sie sich dabei gedacht, kostbare helle Tagesstunden damit zu verschwenden, sich in die Ecke eines U-Bahnwagens zu drücken wie ein gehetztes Tier? Sie hätte herumlaufen müssen, sich Arbeit, Unterkunft, eine Versicherungskarte beschaffen... eine ganz neue Identität. Sie hätte all dies auf der Stelle tun müssen, heute, bevor ihr Photo jeden Pendler in allen Nahverkehrszügen Londons anstarrte, bevor jeder Arbeitgeber, jede Pensionswirtin alarmiert war, unter den Rand ihres Hutes spähte, sich fragte, an wen erinnert sie mich nur...?

Unbeholfen und hastig sprang sie auf, als der Zug seine Fahrt verlangsamte, und humpelte mit steifen Beinen auf die Schiebetüren zu. Welche Station es war, wußte sie nicht, egal: sie wußte, daß sie raus mußte, sich in Bewegung setzen, etwas tun! Auf die den ganzen langen Tag andauernde Lähmung folgte jetzt zwanghafte Hast. Irgendwohin eilen, irgend etwas tun – ganz gleich wohin oder was; der Zwang war ebenso unlogisch wie die Lähmung es gewesen war, nur eine Schockreaktion, keine echte Entscheidung.

Die Außenwelt schlug wie Brandung über ihr zusammen. Die Kälte, die Hast, die Menschen und vor allem das schreckliche Durcheinander von Geräuschen, das in Ohren dröhnte, die den ganzen lebenslangen Tag nichts anderes zur Kenntnis genommen hatten als das endlose beruhigende Rattern der U-Bahn. Sie, Milly, neugeboren und neugetauft, war hinausgestoßen worden aus dem sicheren Schoß der Circle Line und mußte beginnen, ihr neues Leben zu leben.

Hier. Jetzt. In der Edgware Road. Mitten in der Hauptverkehrszeit, bei einbrechender Dämmerung und mit zwei Pfund fünfundzwanzig in der Handtasche.

Während sie dort stand, kam ihr allmählich zum Bewußtsein, daß es nichts gab, was zu tun sie wagte. Überhaupt nichts. Selbst wenn sie das Geld für ein Hotel gehabt hätte – sie wußte, daß sie es nicht wagen würde, eine Drehtür aufzuschieben oder auf den Tisch einer Rezeption zuzugehen. Sie stellte sich vor, wie sie dort stünde, den Mund öffnete, während ein elegantes strahlendes junges Mädchen mit überheblichen Blicken alles registrierte: vom strähnigen, ungekämmten Haar bis zum Fehlen eines Koffers in der schmutzigen, handschuhlosen Hand!

Und eine Arbeit – noch schlimmer! Sich ein Einstellungsgespräch vorzustellen... »Ja, Miss...?« (Großer Gott, sie hatte sich bis jetzt noch gar nicht einen Nachnamen überlegt, und ob sie eine Mrs. oder Miss sein wollte!) »Ja, Miss K., und wo waren Sie bisher beschäftigt? Wie schnell schreiben Sie?... Können Sie mit einem Dings-ator umgehen?... Haben Sie Erfahrung im Verkauf...?«

Während sie sich fast wie in Trance durch die schiebende, hastende Menge bewegte, sah Milly in einem Schaufenster plötzlich jemanden, der genauso langsam wie sie selbst ging: eine alte Frau, deren Haare wie Strohhalme unter einem zerdrückten Hut hervorschauten. Sekundenlang erkannte sie sie nicht, und als sie sie erkannte, blieb sie mit klopfendem Herzen stehen. So siehst du also aus, nach einem einzigen Tag auf der Flucht...! Sie mußte sich einen Kamm kaufen, einen Lippenstift... Verstört hielt sie Ausschau nach einem Woolworth, einer Drogerie, einem Supermarkt.

Aber überall wurden die Läden geschlossen. Der Tag in London war zu Ende; die Nacht und Lichter und ausschwärmende Menschen ergriffen Besitz von der Stadt wie von einem Schlachtfeld, nachdem das Gemetzel vorüber ist, und, schlimmer als alles andere: Milly wußte inzwischen, daß sie nicht nur nicht wagen würde, ein Hotel zu betreten oder sich um eine Stellung zu bewerben; sie traute sich nicht einmal, in einen Laden zu gehen und nach einem Kamm zu fragen.

Ein Bus mit der Aufschrift VICTORIA hielt neben ihr, und instinktiv, ohne auch nur einen Moment nachzudenken, stieg Milly ein. Wie ein Reh im Unterholz oder eine Maus in dunklen Löchern in der Holztäfelung Deckung sucht, so tauchte die neugeborene Milly automatisch an Orten unter, die gedrängt voll müder Menschen waren. Anonyme, gelangweilte, geistesabwesende, mit Päckchen beladene Menschen, die nach Kleingeld fummelten, schoben, drängelten, ausdruckslos wie Zombies. Diese Orte waren von jetzt an ihr Zuhause, und als ihr Bus bei Victoria Station ankam, erkannte sie einen weiteren solchen Ort. Die abendliche Menschenmenge, die Schlangen, zig Meter lang, für Fahrkarten, für Taxis, für Züge ... Milly war es gleichgültig, in welcher Schlange sie stand, vorausgesetzt, sie war sehr, sehr lang, und wenn sie sich endlich dem Kopf einer Schlange näherte, marschierte sie einfach davon und schloß sich hinten wieder an.

Wie mußte ihr Haar inzwischen aussehen! Und ihr abgezehrtes, übernächtigtes Gesicht ohne jedes Make-up! Sie zog sich den Hut tief in die Stirn und senkte den Kopf, so daß sie schließlich nur noch Beine sehen konnte. Ganze Alleen von Beinen, wie Säulen in einer Kathedrale. Nein, wie Bäume, wie sauber gekappte Bäume, im Stein verwurzelt ... und doch kriechend ... ja, die Bäume krochen ... wogten, wuchsen, wanderten über den kahlen Boden, weshalb ...

Weshalb was? War es ein Bibelzitat, das ihr in den Sinn kam? ... »Weshalb sie kriechen sollen auf dem Antlitz der Erde« ... etwas in der Art ...?

»Wohin?« schrie der Mann am Schalter zum drittenmal. »Wo wollen Sie hin, meine Dame?«

»Nun ... ich ...« Vor Entsetzen, daß sie unabsichtlich bis an den Kopf der Schlange gelangt war, spürte Milly nur Leere im Kopf. »Nun ... ich ... nun, wohin fahren die Züge?« fragte sie töricht.

»Seacliffe und South Coast an diesem Schalter«, schnauzte der Mann sie müde an. »Richmond gegenüber von Bahnsteig Sechs. Nehmen Sie sich nur Zeit, meine Dame. Es warten nur etwa zweitausend Leute hinter Ihnen!«

Sein matter Sarkasmus versetzte Milly in Panik.

»Oh! O je! Ja! Seacliffe bitte!« stotterte sie, wie ein Ertrinkender nach dem Namen greifend, den der Mann am Schalter ihr zugeschleudert hatte. »Ich möchte nach Seacliffe.«

»Einfach oder Rückfahrkarte?«

»Oh, oh, einfach! Ja, einfach, bitte!«

Einfach. Was für ein schönes Wort. Es bedeutete, keine Rückkehr! Keine Rückkehr, niemals! Merkwürdig, daß man das kaufen konnte, für Geld, an einem Schalter der Southern Railway! Mit einer seltsamen, klingenden Freude sah Milly ihre letzten zwei Pfundnoten auf der Welt verschwinden, ausgetauscht werden gegen eine kleine Handvoll Wechselgeld und ein kleines Rechteck aus Pappe. Aber was für Pappe! Reisepaß, Visum, Geburtsurkunde – alles in einem! »Einfache Fahrt, £ 1.40«, stand drauf, aber Milly übersetzte es schnell genug. Es bedeutete, daß die neugeprägte Milly jetzt eine Einwohnerin der Stadt Seacliffe war, jetzt und für alle Zeiten. Dort, in jener unbekannten Stadt, würde sie arbeiten, leben und sterben, und keiner, der sie in ihrem ganzen bisherigen Leben gekannt hatte, würde sie jemals finden.

Kapitel 2

Es war noch nicht ganz zehn, als Milly aus dem Zug auf den dunklen, windigen Bahnsteig des Bahnhofs von Seacliffe trat. Schon jetzt schien es spät in der Nacht zu sein, in London um diese Zeit unvorstellbar, und die vereinzelten Fahrgäste, die hier mit ihr ausgestiegen waren, hasteten mit gesenkten Köpfen auf die Sperre zu, als befürchteten sie, daß die letzten Busse, die letzten Taxis schon abfuhren.

Milly folgte ihnen langsamer. Was interessierten sie die letzten Busse, die letzten Taxis – sie, die kein Ziel hatte, nichts, wo man zu spät oder rechtzeitig eintreffen konnte. Wenn man nirgendwo hingeht, kann es unmöglich zu weit sein, um zu Fuß hinzugehen, und so schlenderte Milly durch die Sperre wie eine Königin, von all der Hast und Besorgnis isoliert durch eine so tiefe Verzweiflung, daß sie sich von völliger Gelassenheit nicht unterscheiden ließ.

Aber nachdem sie den Bahnhof verlassen hatte, war sie gezwungen, sich aufzuraffen. Der Nachtwind kam vom Meer her heulend angefegt, mit einer Stärke, die ihr den Atem verschlug und sie nach Hut, Haaren und wild flatterndem Mantel greifen ließ. Um sie herum zeichnete sich eine breite Straße undeutlich ab, dunkel und völlig verlassen, auf der hie und da eine Straßenlaterne im Ungestüm des Windes grünlich schimmerte.

Milly setzte sich in Bewegung, als hätte sie ein Ziel vor Augen. Nicht in der unbestimmten Absicht, Verdacht von sich zu lenken – wessen Verdacht sollte schon abgelenkt werden in dieser sturmgepeitschten Leere? – sondern eher, weil es nichts anderes gab, was ihr zu tun einfiel. Sein ganzes Leben tut man Dinge mit irgendeiner Absicht, die Mechanismen sind eingebaut, und sie hören nicht auf zu funktionieren, nur weil jede Absicht plötzlich verschwunden ist.

So stapfte sie weiter, und obwohl eine dumpfe Müdigkeit ihre Beine schmerzen ließ, kam es ihr nicht in den Sinn, stehenzubleiben, und nach einiger Zeit merkte sie an der Feuchtigkeit, die ihr ins Gesicht schlug, daß sie sehr nahe am Meer sein mußte.

Und da war es! In welch prachtvoller Einsamkeit trug es seine schwarze Unermeßlichkeit gegen die Mauern der Promenade – wieder und wieder und wieder, mit seiner ganzen uralten Kraft! Die Gischt sprühte ihr ins Gesicht, der Wind heulte um ihre eiskalten, schmerzenden Ohren und zerrte und riß an ihren feuchten, flatternden Haarsträhnen. Himmel, wie mochte sie inzwischen aussehen! Jeder, der vorbeikam, würde sie für eine Verrückte halten, wie sie bei Wind und Wetter in der Gegend umhertaumelte, mit Haaren, die ihr wie Seetang um den Kopf flogen!

Und warum sollte sie nicht verrückt sein? Das konnten die Zeitungen auch noch in die Schlagzeilen nehmen! Sollten sie doch! Warum nicht? Warum nicht tanzen und lachen und heulen mit dem heulenden Wind? Warum sich nicht wie Gischt in die Dunkelheit schleudern, bis ihr Lachen und ihr Heulen eins wurden, eins mit den schwarzen Wellen, die gegen die Ufermauern donnerten, die den Kiesstrand knirschen und saugen ließen, wenn sie zurückwichen, langsame, unglaubliche Sekunden lang eine Pause machten, während sie neue Energien aus ihrem geheimen, unerschöpflichen Vorrat sammelten?

Doch es war wirklich bitterkalt! Milly schlug den Kragen ihres Mantels hoch, um ihre schmerzenden Ohren zu schützen, und machte sich wieder auf den Weg. Aber auch der Kragen war schon von Gischt durchtränkt, und der Wind pfiff in ihre schmerzenden Ohren, als lache er über diesen törichten Versuch, sich zu schützen. Sie entdeckte keine Pracht mehr in den schwarzen hereinrollenden Wellen; sie sahen eiskalt und scheußlich aus, und sie überquerte die Straße zur anderen Seite, wo sie sie nicht sehen konnte, wo die leeren Fassaden von Hotels und verriegelten Spielsalons wenigstens eine Illusion von Zuflucht gaben.

Während sie weiterging, beschlich Milly so etwas wie Wehmut. Da war irgendeine Erinnerung, wie aus einem Traum vor langer, langer Zeit. Und als sie auf eine kleine Fish-and-Chips-Bude stieß, die noch geöffnet hatte, wurde ihr klar, was für eine Erinnerung das war. Essen. Wie lange war es her, seit sie gegessen hatte? Gestern? Vorgestern? Sie spürte keine Versuchung, ein paar von den ihr noch verbliebenen Münzen in der hellen kleinen Imbißstube auszugeben. Trotzdem war der im Vorübergehen erhaschte Geruch nach Essen ermutigend gewesen, wie das Lächeln eines Fremden: eine Erinnerung daran, daß irgendwo für einige Leute das Leben weiterging.

Es mußte nach Mitternacht sein, als sie schließlich zur Ruhe kam, ziellos wie ein verwehtes Blatt, in einer Art Wartehäuschen nahe am Wasser, etwas außerhalb der Stadt. Es war eine Konstruktion aus Glas und Eisen, mit drei Wänden. Indem sie sich in die äußerste Ecke verkroch, fand Milly ein wenig Schutz vor der Gischt und vor dem schwarzen, schrecklichen Wind, der vom Meer her über das Land heulte.

Aber die Kälte! Sie schien hier drinnen fast noch schlimmer als draußen zu sein. Böen aus eisiger Luft wirbelten um ihre Knie und durchbohrten den feuchten Stoff ihres Mantels, als sei er Papier. Nach einiger Zeit wurde ihr klar, daß sie wohl sterben würde, wenn sie die ganze bitterkalte Januarnacht hier verbrachte.

Sterben. Sie versuchte, dem Wort eine Bedeutung zu geben, und zum erstenmal kam ihr zum Bewußtsein, wie sehr ihr Befinden sich seit diesem Morgen verschlechtert hatte. Heute morgen war sie schockiert gewesen, entsetzt, aber körperlich unversehrt. Sie hatte auf Furcht reagiert, wie ein gesundes Säugetier reagieren sollte – mit Flucht, und mit einer überwältigenden Entschlossenheit zu überleben. Sie schien jetzt unverständlich, diese Entschlossenheit, ebenso wie all die Anstrengungen, die dafür auf sich zu nehmen sie bereit gewesen war! Sie erinnerte sich voll Staunen, wie sie keuchend, nach Luft schnappend, zum nächsten U-Bahnhof gelaufen war wie eine Maus, die zu ihrem Loch läuft. Wie die Maus war sie von robusten und großartigen Instinkten geführt und gestützt worden, die über Millionen von Jahren der Evolution intakt und vollkommen zu ihr gelangt waren. Diese Instinkte, von elementarer Bedeutung für jedes Lebewesen, waren stark und kraftvoll in ihr ausgeprägt gewesen, sogar noch, als sie wie gelähmt dagesessen hatte – Verteidigung durch Bewegungslosigkeit – und immer wieder die Strecke der Circle Line abgefahren war, als sie unermüdlich die hereinströmenden Reihen neuer Fahrgäste gemustert hatte, jeder Muskel bereit zur weiteren Flucht, sollte ihr Blick auf einen Bekannten fallen, wie oberflächlich die Bekanntschaft auch sein mochte. Wie besorgt, und mit welch schwungvollem gesundem Menschenverstand hatte sie das Geld in ihrer Handtasche gezählt und wieder gezählt und versucht, mehr dabei herauskommen zu lassen als zwei Pfund fünfundzwanzig, gerade so, als spiele das tatsächlich eine Rolle! Und während sie mit der U-Bahn immer im Kreis herumgezuckelt war, Stunde für Stunde, wie hatte sie Pläne gemacht, Luftschlösser gebaut, sich Sorgen gemacht, wie sie sich eine neue Identität verschaffen, eine Stellung bekommen, ein Zimmer finden sollte... Es hörte sich jetzt wie ein Traum an, dieser groteske Lebenswille und all die Mühen, die sie dafür hatte auf sich nehmen wollen! Jetzt war es ihr schon fast zuviel, die beschmutzten Ränder ihres Mantels über ihren eiskalten Knien zusammenzuschlagen, und was den Gedanken betraf, aufzustehen und weiterzulaufen, den Kreislauf in ihren tauben Gliedern wieder in Gang zu bringen – eine solche zielbewußte Anstrengung schien ihr jetzt unvorstellbar, jenseits von allem, was ihr in den Sinn kam.

Sie spürte, wie eine bedenkliche Lethargie von ihren eiskalten Gliedern aufstieg und vorsichtig begann, ganz von ihr Besitz zu ergreifen. Es waren die Finger des Todes. Sie wußte es. Seltsam, wie sie sie sofort zu erkennen schien, als hätte sie ihr ganzes Leben lang genau gewußt, wie der Tod aussah, wenn er kam.

Während der letzten Minuten hatte sie aufgehört zu zittern, und das war das unheilvollste Zeichen von allen. Nacheinander brachen die großartigen Mechanismen für die Erhaltung der Körperwärme zusammen. Bald würde ihre Temperatur absinken, und die Blutzufuhr zu ihrem Gehirn würde nachlassen, bis Anoxie einsetzte. Wie leicht und selbstverständlich die alten, vertrauten medizinischen Ausdrücke ihr in den Sinn kamen, selbst nach all dieser

Zeit! Ein Vermächtnis aus ihrer ersten Ehe und aus der sogar noch länger zurückliegenden Zeit, als sie versucht hatte, sich zur Krankenschwester ausbilden zu lassen. Gegenstände fallen ließ, sterilisierte Instrumente falsch benutzte, so ungeschickt und nervös bei Injektionen war, daß die Patienten, mit echter Furcht in den Augen, baten, »die kleine Schwester soll es machen!« Oder »die große Schwester«, oder »die blonde Schwester« – irgendeine Schwester, solange es nicht Milly war!

Nur war sie damals natürlich nicht Milly gewesen; sie war Schwester Harris, die bald – wenn sie es nur geahnt hätte – Mrs. Waggett werden würde, Ehefrau des vielversprechenden jungen Klinikchirurgen Julian Waggett.

Niemand im Krankenhaus hatte verstanden, warum seine Wahl auf sie gefallen war. Mit seinem guten Aussehen, dunkel, arrogant, mit seinem Charme und seinem völlig selbstsicheren Auftreten hätte er jedes Mädchen im Krankenhaus haben können – und jedes andere auch. Alle jungen Lernschwestern waren mehr oder weniger verliebt in ihn, einige, wie Milly, mit einer traumwandlerischen jugendlichen Schwärmerei, die sich allein in einer lähmenden Sprachlosigkeit ausdrückte, wann immer er auf der Station erschien. Andere, kühner und erfahrener, waren ernsthaft darauf aus, ihn einzufangen. Das waren die Mädchen, die wußten, wie man aus sittsam niedergeschlagenen Augen herausfordernde Blicke warf, während sie neben einem Bett standen und Anweisungen über einen Kochsalzlösungstropf erhielten. Mädchen, die wußten, wie man die nüchterne Tracht trug, als sei sie Teil eines Striptease. Einige dieser Zauberinnen schafften es sogar, sich mit dem großen Mann zu verabreden, hin und wieder, und lebten noch Wochen danach von Geschichten über

Diners (oder vielleicht wäre Kakaos zutreffender) mit Wein und Orchideen und geflüsterten Worten der Leidenschaft.

Nicht etwa, daß Julian Waggett reich gewesen wäre – damals nicht. Er war nur ein Anstaltschirurg, seit zwei Jahren als Facharzt anerkannt, und verdiente die Art von Gehalt, die zu Protestmärschen führt. Aber das machte keinen Unterschied. Obwohl er erst sechsundzwanzig war und eher zu den niederen Rängen im Krankenhaus gehörte, umgab ihn bereits der undefinierbare Hauch von Erfolg. Schon jetzt hatte man das Gefühl, daß die dicken Teppiche von Harley Street sich vor seinen Füßen entrollten, wenn er durch die Stationen schritt, und wenn er beiläufig einen Blick auf die Karte am Fußende eines Bettes warf oder wie von ungefähr ein einsilbiges Wort von sich gab, das ein schmerzverzerrtes Gesicht aufleuchten ließ, dann wußte man ohne jeden Zweifel, daß diese gemächlichen Schritte ihn mit Überschallgeschwindigkeit in die Zukunft trugen.

Und die Frau, die ihn in diese Zukunft begleiten sollte? Für sie würde es nicht das aufreibende Leben der überarbeiteten Frau eines praktischen Arztes geben – ans Telefon gebunden, Mahlzeiten, die im Backofen austrockneten, und nie eine ungestörte Nachtruhe. Nein, wer immer es auch schaffen sollte, Julian schließlich einzufangen – sie würde ein verwöhntes Leben in Luxus und Sorglosigkeit erwarten. Etagenwohnungen mit Personal. Ein Haus in der Stadt und ein Landhaus. Luxusurlaub auf den Bahamas. Wußte er, fragte Milly (das heißt, Schwester Harris) sich manchmal, wie viele tausend Lockenwickler jede Nacht in wieviel Haar gewickelt wurden im Schwesternheim, nur für ihn? Wie viele kleine Dosen mit Eyeliner, Lidschatten, Nährcreme, Porencreme und dem ganzen Rest in aufopferungsvollen Reihen auf Hunderten von unbekannten Altären in kleinen, zellenähnlichen Schlafzimmern aufgereiht waren? Und würde er jemals glauben, daß diese vergeßlichen kleinen Köpfe, denen es so unmöglich erschien, die Blutplasmatabellen zu verstehen, dennoch durchaus fähig waren, Zeitpläne aufzustellen, die viel komplizierter waren als irgend etwas, was in der Zentrale geplant wurde, wenn es darum ging, »zufällige« Begegnungen mit ihm auf Fluren oder in Türöffnungen herbeizuführen? Und wußte er – amüsierte es ihn vielleicht sogar –, daß mehrere junge Frauen ihr Leben drastisch geändert hatten – zum Guten oder zum Schlechten –, nur weil das Gerücht ging, daß er von Jungfrauen nichts hielt?

Und nach all dem Schall und Rauch – was war geschehen? Er heiratete Milly – das heißt Schwester Harris! Schwester Harris mit dem rotbraunen Haar und den Sommersprossen. Schwester Harris mit der dicken Taille und den kurzen Fingern, die kein Make-up tragen konnte, weil sie dann Gerstenkörner bekam. Und obendrein eine Jungfrau. Kein Wunder, daß das ganze weitläufige, geschäftige Krankenhaus für einen Moment einzufrieren schien, als die Verlobung verkündet wurde, vom großen Spezialisten bis zum kleinen Geschirrspüler, und daß jeder dieselbe Frage stellte: Warum? Warum?

All ihre Vermutungen waren falsch. Schwester Harris war nicht schwanger. Sie hatte nicht eine halbe Million Pfund von einem verstorbenen Onkel geerbt. Julian versuchte auch nicht, irgendein herablassendes Glamourgirl zu zwingen, Farbe zu bekennen, indem er sie eifersüchtig machte. Er wollte wirklich Schwester Harris heiraten. Er heiratete sie wirklich. Es gab Blumen, Sekt, Glückwünsche, und dann konnten die verwirrten Gratulanten sich nur noch zurücksetzen und darauf warten, daß die Ehe kaputtging. Sechs Monate gaben die meisten ihr.

Aber sie ging nicht kaputt. Nicht in sechs Monaten, und auch in einem Jahr nicht. Zwei Jahre gingen vorüber, drei, sogar fünf, und während dieser Zeit eilte Julian von Erfolg zu Erfolg. Anstaltschirurg, stellvertretender Chefarzt, Chefarzt... Mit noch nicht fünfunddreißig war er Gutachter – und hatte außerdem noch eine Privatpraxis, die rasch in Mode kam. Sein Name tauchte hin und wieder in den Zeitungen auf, im Zusammenhang mit irgendwelchen komplizierten Operationen unbedeutender Berühmtheiten. Inzwischen mußten die Propheten des Scheiterns ihre Worte zurücknehmen: sie mußten zugeben, daß ein Mann kaum so viel Erfolg haben würde, wenn er sich die ganze Zeit mit einer unglücklichen Ehe herumschlagen mußte. Auf unerklärliche Weise mußte die farblose kleine Schwester Harris die richtige Frau für ihn gewesen sein. Aber warum?

Milly wußte natürlich, warum. Sie hatte es die ganze Zeit gewußt, aber nicht zugelassen, daß dieses Wissen ihre Freude und Erregung über ihr außerordentliches Glück beeinträchtigte. Sie hatte von Anfang an gewußt, daß das, was Julian wollte – ja sogar brauchte –, eine Frau war, die als Hintergrund für seinen eigenen Glanz diente. Eine Frau, die so bescheiden war, so unscheinbar, daß im Gegensatz zu ihrer Farblosigkeit sein eigener Verstand, sein eigener Charme um so heller strahlten. Eine Frau, die niemals, nie, unter welchen Umständen auch immer, die Aufmerksamkeit von ihm auf sich selbst lenken würde.

Und für längere Zeit – tatsächlich für eine ganze Reihe von Jahren – schien der einseitige Handel sehr gut zu funktionieren. Milly war keine ehrgeizige Frau, sie sehnte sich nicht nach dem Rampenlicht. Außerdem liebte sie Julian und freute sich aufrichtig, ihn dort zu sehen, wo er, wie sie wußte, so gern stand – im Mittelpunkt einer bewundernden Menge. Sie war stolz auf seinen Erfolg, stolz darauf zu wissen, daß dieser strahlende, so gefragte Mensch ihr Ehemann war, und sie spürte auch einen tiefen und nicht ungerechtfertigten Stolz, daß sie es war, sie selbst, die auf alle mögliche langweilige, kleine, unauffällige Art den Hintergrund geliefert hatte, vor dem sein Verstand und sein Charme am hellsten glänzen, seine Talente sich am vorteilhaftesten entfalten konnten.

Von Anfang an gab Julian mit großer Vorliebe kleine anspruchsvolle Abendgesellschaften. Auch in den ersten Jahren, als sie es sich eigentlich nicht leisten konnten, hatte er immer auf Wein, Blumen und mindestens vier Gängen vorzüglichen Essens für ihre Gäste bestanden. Glücklicherweise war Milly eine gute Köchin, wenn auch langsam, und so brachte sie es mit Hilfe sorgfältiger Planung und vielen Stunden am Herd immer fertig, ein Diner zu kochen, das nicht teuer war und Julians hohen Anforderungen doch gerecht wurde. Und daß, wenn sie sich an den Tisch setzten, die Gastgeberin zu nervös und erschöpft war, um sich viel an der Unterhaltung zu beteiligen – was machte das schon aus? Julian war der Star des Abends, Julian bestimmte die Konversation, füllte die Gläser, strahlte Gastfreundschaft und Charme aus. Manchmal tadelte er sie hinterher, daß sie »so eine kleine graue Maus« sei, aber sie wußte, daß es ihm in Wirklichkeit gefiel, und sie benutzte alle weibliche List, über die sie verfügte, um dafür zu sorgen, daß ihre Unzulänglichkeiten ein Scherz zwischen ihnen blieben und nie zu einem echten Problem wurden.

Aber am Ende wurden sie natürlich zu einem echten Problem. Während die Jahre vergingen und für Julian ein Erfolg dem anderen folgte, wurden die Diners größer und anspruchsvoller. Kleine Berühmtheiten aus der Gesellschaft und aus Künstlerkreisen wurden zu ihnen eingeladen, dann größere Berühmtheiten. Bis Julian, sicher in seiner eigenen unanfechtbaren Stellung, allmählich glaubte, er brauche eine Frau, die ihm Ehre machte. Nicht eine, die ihn in den Schatten stellte, natürlich – als ob so etwas möglich wäre! – o nein! Aber er brauchte eine Frau, die elegant war, kultiviert – eine angemessene Partnerin für einen Mann in seiner Position. Und eines Abends musterte er seine vorhandene Ehefrau, wie sie nervös an ihrem süßen Sherry nippte, den finnischen Botschafter langweilte und es zuließ, daß man ihrem runden glänzenden Gesicht ihre Besorgnis wegen des Kastaniensoufflés ansah. Er betrachtete ihr dauergewelltes, verblaßtes rotblondes Haar, ihre Sommersprossen und ihre dicker werdende Figur, die sich unter dem Abendkleid aus schwarzem Samt wölbte, und das war der Anfang vom Ende gewesen.

Milly hatte es natürlich kommen sehen. Sie hatte gewußt, lange vor ihm, daß sie es nicht schaffen würde, mit ihm »Schritt zu halten«. Es passierte häufig in den Kreisen, in denen sie sich bewegten. Sie hatte es mit eigenen Augen gesehen, immer wieder, unter ihren Bekannten: der brillante, ehrgeizige Mann, der wie eine Rakete seinen Weg nach oben macht und seine hausbackene, nicht mehr junge Frau auf dem Weg fallenläßt – wie eine Schlange, die ihre alte Haut im Frühling abwirft. Sie hatte die Ehefrauen auch später gesehen, nachdem die Amputation vollzogen war: graue, mutlose Wesen, die jammerten und jammerten, über die dürftigen Unterhaltszahlungen und über »seine« Undankbarkeit nach allem, was sie getan und geopfert hatten für ihn während der frühen mühsamen Jahre ihrer Ehe.

Hatten sie keinen Stolz? Es stimmte alles, gewiß, aber trotzdem – sicherlich konnte eine Frau doch die Lippen geschlossen halten und den Kopf hoch tragen? Und was den Unterhalt betraf: Milly war der Meinung – und hatte das auch zu auserwählten Freundinnen gelegentlich gesagt –, wenn ihr Mann sie je verlassen würde, stürbe sie lieber in der Gosse, als auch nur einen einzigen Penny von ihm zu nehmen.

Aber sie nahm ihn natürlich, als es soweit war, genauso wie all die anderen. Als es darauf ankam, schien es nichts sonst zu geben, was sie tun konnte. Da saß sie, in der Wohnung in Kensington, und es regnete Rechnungen für Dienstleistungen und Verbindlichkeiten, von deren Existenz sie nicht einmal gewußt hatte, und noch während sie durch die Straßen wanderte, um sich nach etwas Billigerem umzusehen – und die Vermieterinnen ihr ins Gesicht lachten, wenn sie die Miete, die ihr vorschwebte, erwähnte –, sogar nach so kurzer Zeit begann die zweite Runde von Rechnungen einzugehen. Zahlungsaufforderungen, letzte Zahlungsaufforderungen, Androhung gerichtlicher Verfahren – was anderes konnte sie tun, als die einhundertfünfzig Pfund zu akzeptieren, die ihr früherer Ehemann ihr angeboten hatte, so großzügig und so bewußt boshaft? Es war tatsächlich mehr, als das Gericht ihr zugesprochen hatte, und er erklärte diese freiwillige

Großzügigkeit in einem Brief an Milly kurz nach seiner viel Aufsehen erregenden Vermählung mit Cora Grey, der vielversprechenden jungen Filmschauspielerin, die sich für Julian von ihrem Nichts von einem Ehemann hatte scheiden lassen. Die beiden hatten damals auf der Titelseite der Abendzeitungen gestanden, und seitdem grinsten ihre sonnengebräunten Gesichter mit den unwahrscheinlich strahlenden Zähnen vor einem Hintergrund aus Meer und Himmel aus mindestens zweien der Farbbeilagen zum Wochenende. Zweifellos war Julian das alles etwas zu Kopf gestiegen, und dies erklärte – oder Milly nahm es jedenfalls an – die schuljungenhafte Bosheit, die leichtherzig-beiläufige Grausamkeit des Briefes, den zu schreiben er sich herabließ, aus seinem Urlaubsparadies, auf der Höhe seines Triumphs:

»Es tut mir leid, meine Liebe«, schrieb er, *»daß alles so enden mußte, aber so ist es eben. Ich nehme an, da kann man nichts machen, und was mich betrifft, so bin ich glücklicher als jemals zuvor in meinem Leben. Cora ist ein großartiges Mädchen, wir sind wie geschaffen füreinander. Um dir zu zeigen, wie großartig sie ist, möchte ich dir sagen, daß es ihre Idee war, dir fünfzig Pfund im Monat mehr zu zahlen, als das Gericht Dir zugesprochen hat. Findest Du das nicht toll? Sie ist der großzügigste Mensch, dem ich jemals begegnet bin, und bringt es einfach nicht fertig, gegen irgendwen einen Groll zu hegen.*

Ich brauch nicht zu erwähnen, daß ich mit ihr der Meinung war, daß Du das Geld haben sollst. Wie sie sagt, eine Frau in den Vierzigern hat wenig Chancen, ein neues Leben anzufangen, und so braucht sie wirklich Geld, während ein Mann in den Vierzigern noch in der Blüte seiner Jahre steht, mit einem ganzen wundervollen Leben vor sich. Es tut mir leid, meine Liebe, es erscheint unfair von der Natur, die Dinge so eingerichtet zu haben, aber so ist es nun einmal, und wie Du an diesem Scheck siehst, versuchen Cora und ich zu tun, was wir können, um Dich dafür zu entschädigen, daß Hoffnung und Glück nur auf unserer Seite sind.

Nun, das wär's für den Augenblick. Wir essen heute abend mit Lord und Lady Erle, auf ihrer neuen Yacht, darum müssen wir uns beeilen, uns in Abendkleidung zu werfen. Cora schließt sich mit ihren Grüßen an, und sie bittet mich, Dir zu sagen, daß sie hofft, die Dir noch verbleibenden Jahre würden Dir irgendeine Art von Zufriedenheit bringen. Sie erzählte mir, daß sie einmal eine Großtante hatte, die, als ihre Lebensarbeit getan war, viel Freude an dem Anpflanzen von Senf und Kresse in Form von Buchstaben hatte. Es sei sehr interessant, sagte sie, darauf zu warten, daß sie zu sprießen begannen.

Mit allen guten Wünschen
Dein Julian.«

»Dem zeige ich's!« hatte Milly gedacht, während sie den Brief in winzige Fetzen riß.

Und sie zeigte es ihm. Und das war der Grund, warum sie, nach all diesen Monaten, hier kauerte, in diesem eiskalten Häuschen am Meer, von Wind und Gischt gebeutelt, ohne etwas zu essen, ohne Zuhause und sehr wahrscheinlich mit nur noch wenigen Stunden zu leben.

Was würde Julian sagen, fragte sie sich, wenn er die ganze Geschichte morgen in den Zeitungen lesen würde, oder vielleicht übermorgen? Würde er einfach, mit vertrautem, verächtlichem Gesicht sagen: »Gott, wie ekelhaft!« Oder würde er vielleicht mit einem winzigen Funken unfreiwilliger Bewunderung in den selbstzufriedenen Augen murmeln: »Großer Gott! Das hätte ich ihr nie zugetraut!«

Kapitel 3

Milly bewegte sich vorsichtig auf der harten Bank und stellte fest, daß inzwischen auch ihre Hüften taub waren. Wie spät war es? Zwei Uhr? Oder sogar drei? Konnte es sein, daß sie einen nennenswerten Teil ihrer Strafe, zu der sie für eine Nacht verurteilt war, verschlafen hatte? Sie würde es nie wissen. Es war nicht meßbar, wie Traum und Wahrnehmung sich in Dunkelheit und Sturm in ihren Gedanken abgewechselt und verwoben hatten. Wenn sie von Kälte geträumt hatte, von einer Kälte, die so scharf war, daß menschliches Fleisch sie nicht ertragen konnte, wachte sie nur auf, um festzustellen, daß es gar kein Traum war. Ihre Gliedmaßen waren noch da, ragten an vier Stellen aus ihr hervor und ertrugen in der Wirklichkeit, was in Träumen nicht ertragen werden konnte. Dieses fremde Leiden ihrer Arme und Beine war es, was ihr Sorgen machte, denn sie, sie selbst, war sehr sehr klein geworden und bewegte sich unerbittlich, immer schneller, aus dem Bereich ihrer Leiden. Sie ließ ihre Glieder im Stich, überließ es ihnen, auf verlorenem Posten zu kämpfen, so gut sie konnten... und dann, sie wußte nicht woher, überkam sie ein Anfall so heftigen Zitterns, daß ihre Seele wieder an ihren richtigen Platz gerückt wurde, wieder die Verantwortung trug, wieder litt, und bis zur Grenze der Erträglichkeit die Qualen jeder weitentfernten Zelle teilte.

Seltsame Momente der Lethargie lagen dazwischen, und seltsame Moment des Erwachens, wo gar kein Schlaf gewesen war, bis endlich die Dunkelheit wie eine hinuntergefallene Tasse zu zerbrechen schien und sie in ihrem Traum spürte, wie eine große Veränderung, eine unvorstellbare Pracht über die Erde kam, und als sie aufwachte, sah sie, daß es stimmte. Denn als sie ihre tauben Lider öffnete, breitete sich ein schwaches gelbes Licht über dem aufgewühlten Wasser aus, der Wind hatte sich gelegt, und es war Tag.

Das Licht wurde heller, und Milly empfand etwas wie Verehrung, als sie ihren eigenen Körper betrachtete. Dies war der Körper, der sie lebend durch die unglaubliche Winternacht gebracht hatte, indem er zuerst den einen, dann den anderen großartigen Mechanismus anwandte. Sie erinnerte sich, wie er zuerst den Gliedmaßen das Blut entzogen hatte, den Händen und den Füßen, um die lebensnotwendige Maschinerie im Zentrum zu erhalten. Und dann hatte er, ohne daß sie es auch nur bemerkte, sich selbst zu diesem Bündel eingerollt, in dem sie sich jetzt befand, mathematisch exakt so eingerichtet, daß das absolute Minimum an Oberfläche der beißenden Kälte ausgesetzt war. Und danach, als ihre Gliedmaßen taub waren und sie keine Willenskraft mehr hatte, hatte er ihr Blut und ihr Herz in Bewegung gehalten, indem er auf Anfälle von Zittern Anfälle von schläfriger Apathie hatte folgen lassen. Durch diese magischen, unglaublichen Mechanismen hatte er den Tod durch die ganze lebenslange Nacht hindurch ferngehalten, ohne irgendeine Hilfe oder Unterstützung von ihr – was sie betraf, so hätte sie sich sterben lassen. Und zudem hatte er keine Vorwürfe gegen sie erhoben, ihn in diese verzweifelte Situation gebracht zu haben; er fragte sie nicht, warum er die ganze kälteste Nacht des Jahres hindurch auf diese Weise ausgesperrt wurde, in nassen Kleidern und ohne Essen in sich. Wie ein wahrer und liebender Freund hatte er ihre Entscheidung ohne Vorwurf akzeptiert und dann all seine Energien mobilisiert, all seine vielfältigen und wunderbaren Fähigkeiten, um sie durch alle Konsequenzen hindurch in Gang zu halten. Einen solchen Freund habe ich noch nie gehabt! dachte Milly und starrte im zunehmenden Licht hinunter auf ihre beschmutzten Kleider. Und mit diesem Gedanken entstand in ihr eine wilde Entschlossenheit zu leben. Sie und erfrieren? Kam nicht in Frage! Sie hatte ja nicht einmal Halsschmerzen! Langsam und unter Schmerzen ging sie daran, diesen empfindungslosen, wunderbaren Körper wieder in die Lage zu versetzen, sich zu bewegen. Sobald sie sich wieder bewegen konnte, würde sie ihm heißen Kaffee kaufen, ein Brötchen und Butter... ihr wurde fast schwindelig bei der Vorstellung solcher Wunder und bei der Erkenntnis, daß sie immer noch in ihrer Reichweite waren. Schließlich hatte sie noch Geld, mindestens achtzig oder neunzig Pence.

Als sie an diese Summe dachte, kam ihr ein wirklich seltsamer Gedanke. Es gab etwas, wofür sie das Geld ausgeben mußte, das sogar noch wichtiger als Essen war. Sie mußte zum Friseur!

War das nicht das mindeste, was sie tun konnte? Wie konnte sie es zulassen, daß ihr Körper, ihr treuer, wundervoller Körper, der sie beschützt und durch die tödlichen Gefahren der Nacht gesteuert hatte, herumlief wie eine Vogelscheuche?

Erst viel später, als sie ihr verwandeltes Erscheinungsbild im Spiegel des Friseurladens musterte, wurde ihr klar, daß diese Art, ihre letzten Pence auszugeben, auch ausgesprochen vernünftig gewesen war. Jetzt konnte sie sich nach einer Stelle umsehen, mit Vermieterinnen verhandeln, Geschichten über verlorene Versicherungskarten erfinden. Jetzt war sie gerüstet, der nagelneuen Welt gegenüberzutreten.

Kapitel 4

Ja, gut, können Sie morgen anfangen?«

Milly schluckte den Rest ihrer erfundenen Lebensgeschichte hinunter und sah ihre zukünftige Arbeitgeberin ungläubig an. Die Frau hörte nicht einmal zu! Als Milly das Stellenangebot für eine Putzfrau auf dem schwarzen Brett vor einer Zeitschriftenhandlung sah, hatte sie es für naheliegend gehalten, daß sie sich als erstes eine überzeugende Vergangenheit für sich selbst ausdenken müsse, und so war sie über eine Stunde in einer Arkade vor verlassenen Spielautomaten auf und ab gegangen und hatte sich eine wundervolle Geschichte zusammengebastelt, die auf einleuchtende Weise erklärte, wie es geschehen konnte, daß sie auf einmal weder einen festen Wohnsitz noch Referenzen oder eine Versicherungskarte hatte. Und jetzt unterbrach diese Frau sie mitten im Satz, um ihr die Stelle anzubieten, einfach so! Einen Augenblick lang fühlte Milly sich eher beleidigt als erleichtert. All die sorgfältig ersonnenen Einzelheiten über den invaliden Vater, die Beschlagnahme des elterlichen Hauses, den Verlust aller Papiere beim Umzug – und dann die Erbschaftssteuer und die mysteriösen Familienschulden – alles, alles umsonst! Mrs. Graham (so schien die unruhige, etwa fünfunddreißigjährige Frau zu heißen, die ständig auf die Uhr sah und mit Büroklammern herumspielte), Mrs. Graham wollte das alles gar nicht wissen. Sie fragte nicht nach Millys Alter, ihren Fähigkeiten, oder warum sie plötzlich in Seacliffe aufgetaucht war wie ein Besucher vom Mars. Alles was sie wollte war offenbar, nach ihren beunruhigten Blicken zu urteilen, den Handel abzuschließen, bevor Milly sich mit einem Rasseln gespenstischer Ketten in dünne Luft auflöste oder wieder in ihre fliegende Untertasse einstieg oder sonst etwas Ungewöhnliches tat. Waren Putzfrauen wirklich so rar? Milly konnte nur vermuten, daß sie es waren, und ihre Stimmung hob sich ein wenig. Es war lange her, seit sie sich rar vorgekommen war.

»Können Sie morgen anfangen?« wiederholte Mrs. Graham und verbog die unschuldige Büroklammer mit ihren nervösen Fingern. »Es ist nämlich so, meine andere Frau hat mich ziemlich häßlich im Stich gelassen... es ging nicht um Geld oder so etwas, überhaupt nicht. Ich bin bereit, fünfunddreißig Pence die Stunde zu zahlen, außerdem bekommen Sie Lunch – meine andere Frau hat immer kräftig zugelangt. Und die Arbeit ist leicht, Mrs.... nichts Schweres. Sie werden feststellen, daß die Küche absolut arbeitssparend eingerichtet ist, die Geräte und alles brandneu. Und ein Hoover! Mit Zusatzteilen! Und dann habe ich einen Handsauger. Sie können ihn für Regale und alles andere benutzen, Sie brauchen sich die Hände nicht schmutzig zu machen...«

Inzwischen war Milly klargeworden, wer mit wem ein Einstellungsgespräch führte, und sie änderte ihre Haltung entsprechend. Sie lehnte sich ein wenig zurück auf dem Stuhl, auf dessen äußerster Kante sie bisher zaghaft gehockt hatte. Jetzt, in ihrer neuen, entspannten Haltung, konzentrierte sie sich auf ein huldvolles Zuhören, während ihr Opfer in besorgter Hast die mannigfaltigen Wonnen herunterrasselte, die auf Milly warteten, wenn sie die Stellung annahm. Moderner Müllschlucker. Poliermittel, die man nicht einzureiben brauchte. Kein Schrubben... Es erschien sinnlos, sie zu unterbrechen, obwohl

Milly tatsächlich schon längst beschlossen hatte, die Stelle anzunehmen. Oder genauer, es kam ihr gar nicht in den Sinn, sie nicht anzunehmen. Als sie heute morgen begonnen hatte, die schwarzen Bretter der Zeitungshändler zu überfliegen, war sie fest entschlossen gewesen, die erste Stelle, die ihr angeboten wurde, anzunehmen – wenn ihr überhaupt irgend etwas angeboten wurde. Nie, in ihren kühnsten Träumen nicht, hatte sie erwartet, daß es so leicht sein würde. Sie, eine Fremde, über vierzig, ohne Fähigkeiten, ohne Qualifikationen, ohne Referenzen, und in einem Mantel, der noch feucht war von der langen Nacht, die sie im Freien verbracht hatte. Diese Mrs. Graham hatte ja keine Ahnung, ob sie nicht sogar eine Mörderin war...!

»Sie werden morgen doch kommen?« fragte Mrs. Graham besorgt. »Ich habe schon so oft erlebt, daß Frauen, mit denen ich gesprochen habe, zusagten, und dann sind sie einfach nicht erschienen! Sie werden mich nicht im Stich lassen, nicht wahr, Mrs.... O je, wie heißen Sie eigentlich? Ich hätte Sie schon viel früher fragen sollen.«

Milly wollte gerade zur Antwort ansetzen, als ihr klar wurde, daß ›Milly‹ allein nicht genügen würde. Ein Nachname! Schnell, schnell! Sie zermarterte sich den Kopf, um sich etwas einfallen zu lassen... irgend etwas... O je, Mrs. Graham mußte ihr Zögern schon aufgefallen sein...

Und es war Mrs. Graham tatsächlich aufgefallen, aber sie hatte, wie es besorgten Menschen so häufig geschieht, dieses neue Phänomen sofort eingegliedert in ihr ganz persönliches Netzwerk von Ängsten und angenommen, Milly zögere noch, die Stelle anzunehmen.

»Sie werden morgen doch kommen, nicht wahr?«

drängte sie zum zweitenmal. »Ich verlasse mich auf Sie! Ich bin Leute so leid, die versprechen zu kommen und dann einfach verschwinden. Versprechen Sie, daß Sie das nicht tun werden!«

Milly versprach es frohlockend. Verschwinden! Wenn sie damit rechnen konnte, morgen um diese Zeit ein Pfund vierzig in der Tasche zu haben und einen freien Lunch im Bauch. Sehr unwahrscheinlich! Außerdem war sie während der letzten sechsunddreißig Stunden so oft verschwunden, daß es ihr für ein ganzes Leben reichte.

Sie verbrachte den Nachmittag in der Bahnhofs-Cafeteria, wo es warm war. Sie war dorthin gegangen, um sich etwas zu essen zu stehlen, hatte aber zu ihrer Überraschung festgestellt, daß sie es nicht fertigbrachte. Eigentlich absurd, daß eine Frau, die eigenhändig das getan hatte, was sie gestern getan hatte, heute nicht in der Lage sein sollte, die gleiche Hand auszustrecken, um ein Zwei-Pence-Brötchen zu entwenden.

Wenn sie nicht so hungrig gewesen wäre, hätte sie gelacht.

Na ja. Sie würde eben nichts essen können. Aber es gab anderes, an dem ihr Körper sich erfreuen konnte – Vergnügen, die sich ihr jetzt zum erstenmal in all ihrer Herrlichkeit offenbarten. Eines davon war, sich hinzusetzen. Der Anblick eines freien Platzes in einer Ecke bei der Heizung erfüllte sie mit einem so leidenschaftlichen Verlangen, daß ihr fast schwindelig wurde bei der Vorstellung, jemand anderer könnte vor ihr dort sein. Zwischen Tabletts und Servierwagen und all dem Unrat einer Konsumgesellschaft hindurch erkämpfte sie sich den Weg zum Ziel ihrer Wünsche.

Endlich! Sie hatte es geschafft, lehnte den Kopf gegen die dunkelgrüne Wandverkleidung und streckte die vor nun erlaubter Schwäche zitternden Beine unter dem Tisch aus. Sie fühlte, wie ihr die Augen zufielen, aber es spielte keine Rolle, es würde niemandem auffallen. Dies war ein Bahnhof, nicht wahr, ein Vorposten der herrlichen, anonymen Welt, die sie gestern bewohnt hatte. Die Welt der Pendler, wo Eile zum Lebensbeweis wird. – »Ich eile, also bin ich!« Wenn man nicht eilt, existiert man nicht, und darum ist es völlig in Ordnung, mit geschlossenen Augen dazusitzen, im feuchten, dampfenden Mantel – man kann sogar schnarchen –, einen ganzen Nachmittag lang, und kein frostiger Blick wird sich einem zuwenden, noch wird sich ein einziges, verkniffenes Bewußtsein lange genug von seinem inneren Tachometer trennen, um sich zu fragen, wer man sei und warum man so müde sei.

Leute kamen, setzten sich ihr gegenüber, aßen ihre Korinthenbrötchen, schauten auf ihre Uhren und gingen, und Milly schlief immer weiter, fühlte sich sicher in dem Wissen, daß sie nicht existierte. Eine schwarze Katze bei Nacht, weißes Rechteck auf weißem Feld, das Brummen eines Flugzeugs, das man nicht sieht – eine größere Sicherheit gibt es kaum.

Zwei Stunden schlief Milly wie eine Tote, oder wie ein noch ungeborenes Kind, und als sie erwachte, stand etwas so Wundervolles vor ihr, daß sie einen Augenblick lang dachte, sie müsse gestorben und jetzt im Himmel sein. Der Gegenstand war weiß und kunstvoll geformt; die Ränder bildeten einen Streifen von märchenhafter Schönheit und Vielfältigkeit – nein, nicht wirklich ein Streifen, eher wie Blütenblätter, die sich vor ihr öffneten, sich selbst anboten, in vollkommener, lächelnder Freundschaft.

Milly blinzelte. Ihr Blick wurde wieder klar (einen Moment lang hätte sie eher gesagt, er sei trübe geworden), und sie stellte fest, daß sie hungrig auf ein durchgebrochenes, teilweise mit Butter bestrichenes Brötchen starrte, das jemand auf einem mit Krümeln übersäten Teller hatte liegenlassen, nur zwei Handbreit von ihr entfernt.

Milly war zutiefst erstaunt. Wie konnten die Dinge so einfach sein? Niemand konnte dies Stehlen nennen. Sie rückte den Teller verstohlen zu sich herüber, und während sie tief in die zerbrochene Kruste biß und die weiche Federweiße des Brötchens an ihren Zähnen spürte, murmelte sie ein wortloses Gebet, sie wußte nicht, zu was oder wem. Schon begann das Gefühl einer Offenbarung dahinzuschwinden; durch das Hungern und den gesunkenen Blutzuckerspiegel erzeugt, wurde die Vision jetzt mit jedem köstlichen Mundvoll blasser, löste sich Schimmer für Schimmer auf.

Wirklich eine Schande, daß sie nach allem Vorausgegangenen jetzt nicht einmal das Brötchen zu Ende essen konnte. Nach nur wenigen Bissen war ihr ganzer Riesenhunger verschwunden, und sie fühlte sich richtig aufgebläht. Sie war gerade dabei, den Rest des Brötchens in ihre Handtasche zu schieben, für später – vielleicht als Frühstück am nächsten Tag –, als ein Tablett in ihr Blickfeld rückte. Es schwankte für ein paar Sekunden vor ihren Augen und kam dann auf dem Tisch zur Ruhe. Der Besitzer des Tabletts, ein Mann mittleren Alters mit ergrauendem Haar, machte es sich auf dem Platz gegenüber von Milly bequem, griff zuerst nach dem Salz, dann nach dem Essig, und nachdem er seine Bratwurst mit Pommes frites großzügig mit beidem besprenkelt hatte, entfaltete er eine Abendzeitung, lehnte sie gegen die

Essigflasche und begann, sich in sie zu vertiefen, während er gleichzeitig wie ein Automat Pommes frites in sich hineingabelte.

Zuerst bedeutete der kleine Vorgang für Milly lediglich, daß sie jetzt vielleicht den Rest des Brötchens unbeobachtet in ihre Handtasche schieben konnte. Unauffällig legte sie die Handtasche in ihren Schoß und öffnete sie hinter dem Schutz des Tisches. Bevor sie nach dem Brötchen griff, warf sie einen raschen letzten Blick über den Tisch, um sich zu vergewissern, daß ihr Gegenüber noch immer in seine Zeitung vertieft war.

Er war es. Warum also nahm Milly ihre Chance nicht wahr, holte sich das Brötchen, ließ ihre Tasche wieder zuschnappen? Statt dessen saß sie einfach da und starrte.

... IN WOHNUNG GEFUNDEN, war alles, was sie von der Schlagzeile lesen konnte, aber es war genug. Genug, um ihre Hand in der Bewegung erstarren zu lassen, um jeden Gedanken an Essen aus ihrem entsetzten Bewußtsein zu vertreiben. Vergeblich drehte sie sich in diese Richtung, in jene, um den verborgenen Teil der Seite zu sehen; vergeblich versuchte sie, sich zu beruhigen, daß es zu früh sei... zu bald... sie konnten noch nichts entdeckt haben.

Aber sie konnten. Es war keineswegs zu früh. Dies war eine Londoner Zeitung. Natürlich konnte es drinstehen – es hatte genauso lange gedauert, wie man erwarten würde, wenn man die schneckenartigen Reaktionen der Bewohner jener düsteren Straße berücksichtigte. Oder nicht? Wie lange würde Mrs. Roach, ein Stockwerk höher, träge dagesessen und den sonderbaren Geräuschen aus dem Kellergeschoß gelauscht haben? Wie lange würde es dauern, bis ihren abgestumpften Sinnen zum Bewußtsein kam, daß etwas nicht stimmte? Und selbst wenn es ihr zum Bewußtsein gekommen war – wie lange würde es dauern, bevor sie ihre massige Gestalt aus dem alten modrigen Sessel, in dem sie ihre Tage verbrachte, gehievt hatte, und in ihren runtergetretenen Pantoffeln, die Lokkenwickler in ihrem schütteren Haar in alle Richtungen weisend, bis zur Haustür und die windige Straße hinunter bis zur Telefonzelle an der Ecke geschlurft war? Denn in dem Haus gab es kein Telefon – ein Mangel, mit dem Gilbert Milly gegenüber tatsächlich geprahlt hatte, mit seiner leisen alten Stimme, als sei es ein rarer und teurer Luxus. »Es ist die einzige Möglichkeit, in diesen Zeiten etwas Ruhe zu bekommen«, hatte er gesagt, an jenem Tag, als er sie zum erstenmal in seine Wohnung einlud. Erst später, nach und nach, war Milly klar geworden, was Gilbert mit »Ruhe« meinte.

Wie lange hatte sie gebraucht, um zu begreifen? Wie lange hatte es gedauert, bis sie allmählich merkte, worauf sie sich eingelassen hatte, als sie Gilbert heiratete?

Ihn zu heiraten schien zu jener Zeit die Lösung all ihrer Probleme zu bedeuten, und in gewisser Weise war es das auch gewesen, denn damals waren all ihre Probleme ganz einfach die variierten Aspekte des gleichen Problems: des Problems, wie sie es Julian »zeigen« sollte. Ihm zu zeigen, daß »eine Frau in den Vierzigern« nicht fertig und erledigt ist, ihm zu zeigen, daß sie, die entlassene Ehefrau, immer noch anziehend sein, immer noch einen anderen Ehemann finden konnte. Ihm zu zeigen, daß das, was er weggeworfen hatte wie einen abgetragenen Handschuh, ein Schatz war, um den andere Männer bettelten. Ihm zu zeigen, daß sie, um ehrlich zu sein, sich nicht *so* viel aus ihm und Cora machte, und aus der Scheidung und der ganzen öffentlichen Demütigung. Ihm zu zeigen, daß sie es immer noch schaffte, rasch wieder auf die Beine zu kommen, unbesiegt und unbesiegbar, bereit, noch einmal ganz von vorne anzufangen. Und ihm zu zeigen, vor allem das, was er mit seiner Unterhaltszahlung tun konnte.

»Ich schicke Dir Deinen Scheck zurück«, hatte sie geschrieben – und das Aufsetzen dieses Briefes hatte ihr vielleicht die köstlichsten zehn Minuten ihres ganzen Lebens bereitet. Zurückblickend sah es so aus, als habe sie das alles nur für diese zehn Minuten auf sich genommen, als habe sie, wissentlich, ihr ganzes zukünftiges Leben eingetauscht, ohne den geringsten Zweifel, daß ein Leben voller Frustration und Langeweile ein geringer Preis war für zehn Minuten eines so perfekten und vollkommenen Triumphes. »Ich schicke Dir Deinen Scheck zurück«, schrieb sie, »weil ich keine weitere Unterstützung von Dir brauche – und auch keinen Anspruch darauf habe. Es wird Dich freuen zu hören, daß ich nächste Woche heirate und glücklicher bin als je zuvor in meinem Leben. Gilbert ist Witwer, gerade sechzig, groß und sehr distinguiert aussehend, und er besitzt ein sehr hübsches Haus im Süden Londons ...«

Sie hatte, als sie den Brief schrieb, natürlich nicht gewußt, wieviel von all dem gelogen war, wenn sie auch wußte, daß einiges nicht stimmte, aber es war ihr gleichgültig. Sie wußte zum Beispiel, daß Gilbert nicht sechzig war, sondern um einiges älter: sein steifer Gang, sein federleichtes schneeweißes Haar und vor allem seine Hände, schildkrötenlangsam und voller Altersflecke – all das hatte vom frühesten Anfang an deutlich gezeigt, daß er mit seinem Alter nicht die Wahrheit sagte. Aber wenn schon. Damals hatte sie nur eine milde Dankbarkeit dafür gespürt, daß er die Bürde des Lügenerzählens auf sich genommen hatte, anstatt es ihr zu überlassen. Denn wenn er es nicht für sie getan hätte, hätte sie natürlich selbst ein Jahrzehnt abgezogen, als sie Julian gegenüber mit ihrem Verehrer prahlte.

Was sie damals nicht gewußt hatte, war, wie das »hübsche Haus im Süden Londons« wirklich aussah. Aber selbst wenn sie es gewußt hätte – selbst wenn sie mit eigenen Augen die mit Brettern vernagelten Fenster, die abblätternde alte Farbe gesehen hätte, das Schlürfen von Mrs. Roachs Pantoffeln auf der Treppe hätte hören können – selbst dann hätte es wahrscheinlich keinen Unterschied gemacht. Weil es sie damals einfach weder interessierte, wie der Rest ihres Lebens aussehen würde, noch, was für eine Art Mensch Gilbert war. Nur eines war wichtig, nämlich daß Julian dachte, sie hätte einen guten Fang gemacht und sei von Stund an glücklich. Das wirkliche Leben schien eine banale Angelegenheit, verglichen mit der Notwendigkeit, Julian zu beeindrucken.

Und überhaupt, was zum Teufel sollte es? Wie konnte ein Leben mit diesem harmlosen alten Mann schlimmer sein, als in der schrecklichen, gutausgestatteten Wohnung in Kensington herumzuhängen, bemitleidet von den Nachbarn, gemieden von ihren und Julians früheren Freunden? Gilbert schien sich, auf seine mummelnde, fummelnde Art, wenigstens etwas aus ihr zu machen. Er war höflich und rücksichtsvoll bis zur Unbegreiflichkeit, und manchmal machte er ihr steife, gewundene Komplimente, über die sie sich aufrichtig freute, ausgehungert nach jedem Lob, wie sie während der letzten Jahre gewesen war.

Außerdem, so vermutete sie vage, würde sie im Lauf der Zeit lernen, ihn gern zu haben. Er schien ein bejammernswertes Leben geführt zu haben – von seiner ewig nörgelnden ersten Frau in einen Nervenzusammenbruch getrieben, von dem jetzt nicht mehr existierenden Indian Civil Service um die ihm zustehende Rente betrogen; Milly sah sich schon in der Rolle eines kleinen Sonnenstrahls, der seinen Lebensabend erhellte. Und wenn man, indem man den Lebensabend eines Menschen erhellt, gleichzeitig dem aufgeblasenen Ego seines Ex-Ehemannes einen wohlverdienten Tritt in den Hintern versetzen kann – welche normale Frau würde da zögern?

Milly jedenfalls nicht. Sie heiratete Gilbert in einem Standesamt in Brixton, mit zwei tauben alten Männern aus einem Kegelclub in der Nähe als Trauzeugen. Julian schickte sie unverzüglich ein wunderschön retuschiertes Hochzeitsfoto, auf dem sie ein strahlendes, ganz ungeheucheltes Lächeln lächelte (und wie sollte Julian ahnen, daß nicht der Liebe junger Traum die Freude, die ihre Züge verklärte, inspirierte, sondern der Gedanke an sein Gesicht und das von Cora bei Empfang der Neuigkeiten?).

Gilbert war nicht ganz so gut getroffen: sein Gesicht hatte einen verschlagenen Ausdruck, der ihr im wirklichen Leben noch nicht aufgefallen war. Sein Lächeln war eingefroren und von falschen Zähnen versperrt. Immerhin, es war nicht zu übel, wenigstens die Falten in seinem Gesicht waren verschleiert und gemildert, so daß er auf dem Foto aussah, als könnte er wirklich sechzig sein. Und seine Haltung war auch gut, groß und hager stand er da, fast militärisch. Man konnte ihn nicht wirklich gutaussehend nennen – und es war schade, daß das flaumige Weiß seiner Haare so deutlich zu sehen war –, aber zumindest sah er distinguiert aus, auf eine knochige, gespensterhafte Weise.

Der Mann gegenüber Milly ließ plötzlich die Zeitung sinken, und einen schrecklichen Augenblick lang sah es so aus, als ruhe sein Blick ein wenig zu lange auf ihrem Gesicht. War ihr Bild schon in der Zeitung? Eben das Hochzeitsfoto vielleicht, mit dem starren, jetzt auf so unheimliche Weise unangemessenen Lächeln auf den Gesichtern des Brautpaares? Genau die Art von makabrer Note, die Leute von der Zeitung lieben...

Der Mann sah Milly nicht mehr an; er sah nur noch gereizt aus und blätterte die Seiten hastig um, die Zeitung zusammen- und wieder auseinanderfaltend, auf der Suche nach irgendeinem kleinen Zufluchtsort aus Druckerschwärze, der seinen Blick festhalten könnte.

IN WOHNUNG GEFUNDEN... IN WOHNUNG GEFUNDEN... noch zweimal tauchten die quälenden Buchstaben vor Millys Augen auf, bis sie endlich Glück hatte und die erste Seite ausgebreitet vor ihr lag:

GESTOHLENE JUWELEN IN WOHNUNG GEFUNDEN las sie, und ihr ganzer Körper sackte erleichtert in sich zusammen.

Es hatte überhaupt nichts mit ihr zu tun! Man gewährte ihr eine Gnadenfrist!

Denn was sie auch finden mochten in jener Kellerwohnung im Süden Londons – Juwelen würden es gewiß nicht sein.

Kapitel 5

Eigentlich dachte ich, ich könnte mit Scheck bezahlen?«

Ein mit ihrem neuen falschen Namen unterschriebener Scheck war natürlich reine Papierverschwendung, aber Milly rechnete damit, daß sie die ganze Wochenmiete in bar würde bezahlen können, bevor der Betrug aufgedeckt wurde. Sie hatte noch nie etwas mit ungedeckten Schecks zu tun gehabt und wußte nicht, wie leicht es war, die Sache mit einem Scherz zu überspielen – und noch weniger, wie sie die Vermieterin dazu bringen sollte, es ebenfalls als Scherz zu betrachten. Aber in einem Punkt war sie sich ganz sicher: eine zeitgemäße kleine Geschichte über die Verirrungen des gerade in ihrer Bank installierten Computers würde sich für eine Vermieterin wesentlich komischer anhören, wenn Milly drei wirkliche, echte Pfundnoten in der Hand hielt, während sie lachend mit der Geschichte begann.

»Es ist also in Ordnung? Auf wen soll ich ihn ausstellen?« Milly zog das nutzlose, überholte Scheckbuch schwungvoll aus ihrer Handtasche und schlug es mit dem ganzen gesunden Selbstvertrauen eines Menschen auf, der am nächsten Tag wirklich ein Pfund vierzig besitzen wird, und einen Tag später wieder ein Pfund vierzig, der also gar nicht lügt, nicht wirklich. Sie spürte aber, während sie mit gezücktem Kugelschreiber und einem gewinnenden Lächeln auf den Lippen dort stand, daß die kleine Frau, die wegen eines leerstehenden Zimmers im Obergeschoß annonciert hatte, sie jetzt unter ihren grauen Stirnlocken hervor mit Falkenaugen musterte, sie abzuschätzen versuchte. Sie ließ nicht lange auf eine Antwort warten.

»Es tut mir leid. Nein, ich nehme keine Schecks. Tut mir leid.«

Sie nahm also keine Schecks. Manche Leute nehmen ja auch keine Milch in den Kaffee. Der winzige Hoffnungsschimmer war erloschen. Milly fand sich geschickt zurückgeschoben durch den engen Flur, vorbei am Fahrrad, den Gummistiefeln und dem Schirmständer, bis zur Eingangstür, die immer noch offenstand, als habe sie schon bei Millys Ankunft gewußt, daß sie zu jenen gehörte, die nicht bleiben würden.

Aber auf der Schwelle blieb Milly stehen. Als sie hier angekommen war (nicht nur durch das Schild »Zimmer zu vermieten« angezogen, sondern auch durch die schmutzigen Gardinen, die andeuteten, daß es billig sein könnte), war es noch Nachmittag gewesen, mit einem schwachen Schimmer von Sonnenlicht auf den Schieferdächern. Jetzt dämmerte es schon. Die Vermieterin schauderte, während sie Milly die Tür aufhielt; man sah, daß sie ungeduldig war, sich danach sehnte, die Tür wieder zu schließen. Was Milly betraf: sie hatte keine weiteren Pläne. Es schien alles so schwierig zu sein.

»Also dann auf Wiedersehen«, sagte sie geistesabwesend und zog sich aus der kleinen erleuchteten Halle zurück. Als sie den Schutz des Eingangs verließ, griff die eisige Luft der kommenden Nacht nach ihr; die ersten Ausläufer der schneidenden Kälte berührten sie an den Knien und am Hals – und sofort erinnerte ihr Körper sich. Bevor sie ihn bewußt lenken konnte, hatte er sich zurückbewegt durch die sich schon schließende Tür, zurück in die warme Vorhalle. Er kämpfte um sein Leben.

Sie verstehe durchaus, brabbelte Milly, daß jemand, der Zimmer vermietet, vorsichtig sein muß; sie würde es genauso machen... die Worte ratterten ihr von den Lippen wie ein Telexstreifen, rasten dahin, um alles zu sagen, bevor berechtigter Zorn an Stelle der Verblüffung in das verwirrte Gesicht vor ihr trat. Wie wäre es also, babbelte Milly weiter – und hier lächelte sie mit einem aufrechten, unechten Charme, der selbst Julian Ehre gemacht hätte, in die immer noch benommenen blauen Augen – wie wäre es, wenn sie Referenzen vorlegte? Sie hatte eine Stellung hier am Ort... ihre Arbeitgeberin... eine Mrs. Graham...? Was geschehen würde, wenn dieser Vorschlag tatsächlich aufgegriffen wurde, wollte sie sich nicht ausdenken. Aber Mrs. Graham hatte zumindest von ihr gehört und würde das zugeben müssen; war es nicht schon eine ganze Menge, wenn jemand auf dieser großen leeren Welt von einem gehört hatte?

Aber wie sich ergab, wurde die Sache gar nicht auf die Probe gestellt. Bei dem Wort »Referenzen« explodierte die entrüstete kleine Person vor ihr beinah.

»Referenzen!« zischte sie. »Wozu sind Referenzen gut? Jeder kann eine Referenz fälschen! Glauben Sie, ich bin von gestern?« Sie erwartete natürlich keine Antwort auf diese Frage, am wenigsten die Antwort »Nein, aber ich bin es!« die sich Milly fast auf die Lippen drängte und hastig unterdrückt werden mußte.

»Einige meiner schlimmsten Mieter kamen mit einem ganzen Sack voll piekfeiner Referenzen«, fuhr die Frau fort. »Ich würde keine zwei Pence für eine Referenz von der Königin von England geben! Und überhaupt«, fügte sie gehässig hinzu: »Wo ist Ihr Gepäck? Ich nehme nie jemanden, der ohne Gepäck kommt.«

Bei dieser zusätzlichen Anklage schöpfte Milly plötzlich Hoffnung. Sobald jemand zwei Gründe nennt, warum er nicht tut, was man möchte, hat er das Spiel bereits so gut wie verloren: ahnungslos hat er sich Argumenten von zwei Fronten ausgesetzt. »Mein Gepäck? Es ist im Bahnhof«, sagte Milly würdevoll, denn inzwischen war ihr fast entfallen, daß sie bisher nichts als Lügen von sich gegeben hatte. »Ich wollte es natürlich nicht mit mir herumschleppen, bevor ich eine Unterkunft gefunden hatte, und so...«

Ein kleiner Sturm spöttischen Beifalls von oben ließ die beiden Frauen herumwirbeln und ins Halbdunkel des Treppenhauses hinaufblinzeln. Dort, genau an der Biegung des Geländers, tauchten zwei grinsende Gesichter auf, sich nur undeutlich von den Schatten aus Bärten und Haaren absetzend.

»Bravo, Mädchen! Sie gewinnen!« rief eine fröhliche junge Stimme, und die andere: »Kommen Sie, Mrs. Mums, geben Sie ihr eine Chance! Denken Sie daran, was wir Ihnen vorlügen mußten, bevor Sie uns reingelassen haben!«

Die zierliche, so angeredete Person lief wie ein kleiner angreifender Bulle zum Fuß der Treppe.

»Weg mit euch!« kreischte sie in die Dunkelheit. »Alle beide, ab in euer Zimmer! Und ich wäre euch dankbar, wenn ihr mich Mrs. Mumford nennen würdet, wenn ich bitten darf! Was soll die Dame denken, wenn sie euch so loslegen hört! Sie wird denken, dies ist ein Tollhaus! Also fort mit euch! Fort!!«

Ein unterdrücktes Lachen, das Stampfen von schweren Schuhen und dann das Zuschlagen einer Tür. Mrs. Mumford wandte sich jetzt fast entschuldigend an Milly, gerade so, als habe Milly ein Recht, hier im Flur zu stehen und ein Urteil über die Pension zu fällen.

»Meine Studenten«, erklärte sie mißbilligend. »Nägel zu meinem Sarg, ich schwöre es! Nie eine Minute Ruhe...«

Aber Milly überhörte nicht den Hauch von Stolz in der scharfen Stimme. »Meine Studenten...« Was sie auch sagen mochte, man merkte schon jetzt, daß Mrs. Mumford entzückt war, sie bei sich wohnen zu haben.

»Im kommenden September sind es zwölf Jahre, daß ich an Studenten vermiete«, teilte Mrs. Mumford mit und unterbrach damit vorübergehend die Feindseligkeiten, um (vermutlich) einen kleinen Schwatz zu halten. »Es ist die Universität, müssen Sie wissen, nur zwölf Meilen die Küste hinunter, sie brauchen nur zwanzig Minuten mit dem Zug. Viel zu verdienen ist dabei allerdings nicht, nicht, wenn man das Sonntagsessen berücksichtigt. Ich habe sonntags immer für meine Studenten gekocht, aber wenn man bedenkt, was Fleisch heutzutage kostet... Und was die wegputzen – Sie würden es nicht glauben, Mrs.... Mrs.... Verzeihung, wie, sagten Sie, war doch Ihr Name?«

»Barnes«, sagte Milly, die nichts Derartiges gesagt und sich tatsächlich erst gerade eben für diesen Namen entschieden hatte. »Milly Barnes.«

»Ah. Ja, also, Mrs. Barnes, wie ich schon sagte, es ist ein großes Problem, ein Haus wie dieses zu führen, besonders, wenn man allein ist. Als ich anfing, wissen Sie, war mein Leslie – das ist mein Sohn –, war mein Leslie noch zu Hause, war noch nicht verheiratet... Haben Sie einen Sohn, Mrs. Barnes?«

Was für eine hübsche Idee! Milly spielte mit dem

Gedanken, einen Sohn zu haben – oder sogar zwei Söhne. Schließlich wären sie jetzt aus dem schwierigen Alter heraus und würden ihren eigenen Lebensunterhalt verdienen. Und wie wäre es mit einer verheirateten Tochter …?

Milly seufzte.

»Nein«, sagte sie. Es war bedauerlich, aber die Komplikationen würden zu groß. Man würde erwarten, daß diese drei jungen Leute sie hin und wieder besuchten … ausgenommen natürlich, sie hätten alle Stellungen im Ausland, aber in dem Fall würde diese kleine Person auf Luftpostbriefe lauern, die nie kamen. Es würde auch so schon schwierig genug zu erklären, warum sie nie Post bekam.

»Nein …«, sie dehnte das Thema vorsichtig aus. »Ich habe nie Kinder gehabt. Sie müssen sehr froh sein, einen Sohn zu haben«, fuhr sie fort und gab damit der Unterhaltung jene Art von geschickter Kehrtwendung, die ihr von jetzt an in Fleisch und Blut übergehen sollte.

»Na ja.« Mrs. Mumford machte eine bedeutungsvolle Pause und verzog nachdenklich den kleinen Mund. »Na ja. Er hat in eine komische Familie eingeheiratet, wissen Sie. Das ist das Problem. Nicht daß ich ihn nicht gewarnt hätte. Ich meine, ich will mich nicht einmischen oder so, ich mische mich grundsätzlich nie ein …«

Zu welchem Zeitpunkt ihrer Unterhaltung war es unmöglich geworden, Milly hinauszuwerfen? Nachher weiß man so etwas nie – sicher ist: die Erkenntnis, daß der kritische Moment bereits vorüber war, kam ihnen beiden plötzlich und gleichzeitig. Mrs. Mumford verstummte abrupt, und sie sah Milly hilflos an, fast als wende sie sich um Rat an sie. Wie, schien sie zu fragen, sollen wir jetzt wieder mit dem Streiten beginnen? Wie kommen wir zurück an den

Punkt, als ich sagte »Nein, tut mir leid«, und die Tür aufhielt, damit Sie in der Nacht verschwanden? Es war ein Problem der Etikette, dem Mrs. Mumfords begrenztes Repertoire einfach nicht gewachsen war.

»Na ja«, sagte sie endlich, und dann, als auf die Bemerkung nichts erfolgte, versuchte sie es noch einmal: »Tja.«

»Ja«, sagte Milly.

Es war immer noch nicht klar, wer gewonnen hatte, aber trotzdem konnten sie nicht ewig weiter im Flur stehen, und so ging Mrs. Mumford nach einer Weile Milly voran die Treppe hinauf und erklärte dabei aus alter Gewohnheit, daß nach elf Uhr abends kein Bad mehr eingelassen werden dürfe, wegen des Wasserspeichers. Erst als sie diese kleine Ermahnung beendete, wurde ihr klar, daß jedes Wort hinterlistig Millys bisher dürftigen Anspruch auf ein Mietverhältnis gestärkt hatte.

»Und natürlich keine Besucher spätabends!« schnauzte sie, jetzt wahllos um sich schlagend, da sie spürte, daß die Initiative ihr entglitt. »Nein, natürlich nicht«, sagte Milly aus vollem Herzen. »Oh, was für ein prachtvolles Zimmer!«

Nichts in ihrer zwölfjährigen Laufbahn als Wirtin hatte Mrs. Mumford auf eine solche Reaktion auf ihr ›Erster-Stock-hinten, nur berufstätige Einzelpersonen‹ vorbereitet. Für einen Augenblick blieb sie mitten in der geöffneten Tür stehen und starrte erst Milly, dann das Zimmer an, als fragte sie sich, wer denn nun den Verstand verlöre. Sie konnte natürlich weder ahnen, daß das schäbige, teppichlose kleine Zimmer verklärt wurde durch die aus Urzeiten stammende, fast vergessene Freude über vier Wände und ein Dach, das fest genug war, den Regen und den grausamen Winterwind fernzuhalten, noch, daß das schmale klumpige Bett mit der altmodischen weißen Tagesdecke das Versprechen jener sinnlichsten aller menschlichen Freuden in sich barg: sich in Sicherheit hinzulegen, von Decken umgeben.

»Oh, ich werde hier so glücklich sein!« rief Milly und weidete sich an dem Anblick der vier soliden Wände, die gegen Hagel, Schnee und den bitterkalten Wind vom Meer so wundervoll standhielten. Die aus dem Herzen kommende Aufrichtigkeit in ihrer Stimme schien ihre angehende Vermieterin zu verwirren. Nach all den Jahren in diesem Geschäft wußte Mrs. Mumford sehr wohl, wann man versuchte, sie »herumzukriegen«. Sie hätte jederzeit eine Doktorarbeit schreiben können über Schmeicheleien und »Schmus« und alle anderen die Mietzahlung hinausschiebenden Tricks, die Mieter ersinnen konnten. Aber diese aufrichtige und uneingeschränkte Bewunderung für eines ihrer häßlichsten und am meisten überteuerten Zimmer konnte sie nicht einordnen.

Was man nicht einordnen kann, ist gefährlich. Sie beobachtete Millys unbegreiflichen Enthusiasmus aus zusammengekniffenen Augen. Es war unnatürlich. Und verdächtig. Und herzerfrischend.

»Ja, es ist ein hübsches kleines Zimmer, nicht wahr?« hörte sie sich selbst voller Stolz sagen. »Und wenn Sie sich die Vorhänge ansehen, Mrs. Barnes, werden Sie feststellen, daß sie gefüttert sind. Richtig gefüttert. Ich habe sie anfertigen lassen, ich halte nichts von Knauserigkeit, nicht wenn es um die Bequemlichkeit meiner Mieter geht...«

Waren es diese gefütterten Vorhänge, die am Ende den Ausschlag gaben? Weder Milly noch Mrs. Mumford hätten es mit Sicherheit behaupten können, aber nachdem

Milly gehorsam die erwähnten Vorhänge betrachtet, sie mit dem Zeigefinger berührt und die gute Qualität des Stoffes bestätigt hatte – nicht das Zeug, das sie einem heutzutage offensichtlich verkaufen –, zu diesem Zeitpunkt war die ganze Diskussion offensichtlich beendet. Milly würde hierbleiben. Sie wußten es beide. Milly hatte gewonnen.

Betroffen und ziemlich bestürzt über diesen Verlauf der Dinge hielt Mrs. Mumford beunruhigt Ausschau nach irgendeiner Möglichkeit, Milly ein wenig zu bestrafen für das, was es auch sein mochte, was sie getan hatte, um sich hier einzunisten. Sie erwarte Kooperation von ihren Mietern, teilte sie Milly in scharfem Ton mit, und hoffentlich habe Milly kein Radio mitgebracht? Sie brachten eine Menge Ärger, Radios, und sie, Mrs. Mumford, war immer dafür gewesen, Ärger zu vermeiden. Ob das klar sei?

Nachdem sie auf diese Weise ihre Überlegenheit wiederhergestellt hatte, ging Mrs. Mumford, und Milly befand sich in unbestrittenem Besitz des kleinen kalten Zimmers mit der nackten elektrischen Birne und der blassen Feuchtigkeit, die in der braunen, kreuz und quer gemusterten Tapete aufgestiegen war.

Sieg! Endlich! Das Siegesgefühl war wie ein Fieber, und Milly spürte weder Kälte noch Hunger, während sie Rock und Bluse auszog und zwischen die eiskalten Betttücher glitt. Und als sie in der Dunkelheit dort lag, kam sie sich vor, wie ein Leichtathlet sich vorkommen muß, wenn er erschöpft das Band durchreißt und der Beifall aus Tausenden von Kehlen ihm in den Ohren klingt. Nur gab es für Milly keinen Beifall, nur das ferne, unveränderliche Tosen des winterlichen Meeres und das Klappern der schlecht schließenden Fenster, gegen die der Wind aus der Nacht heraus trommelte.

Oh, welch ein Triumph! Hier zu liegen, sicher und trocken und siegreich – ihr ganzes Sein glühte auf, dehnte sich aus in dem Bewußtsein, fast unüberwindlichen Schwierigkeiten gegegenübergestanden und sie gemeistert zu haben! Welche Wunder hatte sie in den letzten sechsunddreißig Stunden vollbracht! Hatte sie es nicht geschafft, spurlos zu verschwinden aus dem Herzen der großen Zivilisation, die prüft und gegenprüft, die ihre Bürger registriert und etikettiert und kontrolliert, wie nie zuvor eine Zivilisation es getan hat? Und hatte sie nicht sechsunddreißig Stunden bitterer Kälte und Hunger überlebt, bei perfekter Gesundheit überlebt, was einen ausgebildeten Soldaten auf die Knie hätte zwingen können? Sie, eine schlaff gewordene Frau mittleren Alters, ohne Ausbildung, ohne Geld, in einem Zustand tiefer Verwirrung, hatte es fertiggebracht, nicht nur zu überleben, sondern auch Arbeit zu finden, eine Unterkunft, eine neue Lebensform, und alles, ohne den geringsten Verdacht bei einer der beteiligten Personen zu erwecken!

Wenn Julian das nur wüßte! »Darf man nicht allein auf die Straße lassen!« sagte er immer, mit so vernichtender Geringschätzung, wenn sie zufällig ihre Handschuhe irgendwo hatte liegenlassen oder die polnischen Oliven vergessen oder sonstwas für eine seiner wichtigen Parties. »Allein auf die Straße«, also wirklich! Er sollte sie nur jetzt sehen!

Die undeutlichen, unvertrauten Umrisse der fremden Möbel in dem fremden Zimmer begannen, vor Millys Augen zu schmelzen und zu schwimmen, als sie ausgehungert, wie sie war, von einer tiefen Erschöpfung ergriffen wurde. Wie gescheit ich bin! gratulierte sie sich selbst schläfrig, und während sie da lag und in ihrer eigenen Gescheitheit badete, kam es ihr nie in den Sinn, daß sie, für eine Person, die spurlos untertauchen möchte, bereits zwei eklatante und schreckliche Fehler gemacht hatte. Einer davon so töricht, daß wirklich ein Kind darauf hätte kommen und vorsichtiger sein können.

Kapitel 6

Milly erwachte aus einem langen, traumlosen Schlaf mit dem unbestimmten Gefühl, daß etwas vor sich ging. Eine Zeitlang lag sie regungslos und gelassen da, zu schläfrig, um Notiz davon zu nehmen. Dann strömte langsam die Erinnerung an die gestrigen Ereignisse zurück und damit fiel ihr wieder ein, wo sie sich befand und wie sie hergeraten war. Langsam und mit allmählich erwachender Neugier öffnete sie die Augen.

Das Entsetzen des ersten Moments ließ sie fast in Ohnmacht fallen, genau dort, wo sie schon lag. Und das Schrecklichste am Ganzen war, daß das Entsetzen so vertraut war, vertraut wie der Alptraum eines Wahnsinnigen, der immer wieder durchgemacht werden muß, bis in alle Ewigkeit, und von dem es kein Entrinnen gibt. Die schlurfenden Pantoffelschritte, der von den knochigen Schultern rutschende gestreifte Pyjama, die hochgewachsene, gebeugte Gestalt, die sich durch das Zimmer zu den geschlossenen Vorhängen tastete... die langen, suchenden Hände, die leise in Schubladen und Schränke griffen... prüfend, stöbernd... das Grauen war so groß, daß Milly sich zuerst weder bewegen noch schreien konnte.

Dann war ihre ganze Flucht also ein Traum gewesen?

Dann hatte es diese beiden letzten Tage gar nicht gegeben? All die Geschicklichkeit, all die Tricks und Glücksfälle, mit deren Hilfe sie wie durch ein Wunder ein neues Leben begonnen hatte – dann war das alles zu schön gewesen, um wahr zu sein?

Ein Traum? Nur eine sehnsüchtige Phantasie, ausgebrütet in der schlechten, verbrauchten Luft der Kellerwohnung in Südlondon – einer Luft, die voller Besessenheit war, voller seltsamer Hirngespinste, die über die Jahre hinweg selbst von den Wänden aufgesogen worden waren ...?

So mußte alles noch einmal getan werden? Ihr Entschluß, ihre Flucht? Mußte sie das alles noch in Wirklichkeit durchstehen, nachdem sie es schon einmal in Träumen durchlebt hatte? Milly zwang sich, noch einmal in das Dämmerlicht zu schauen. Als die erste Schockwirkung in ihren Gliedmaßen und in ihrem verkrampften Magen nachgelassen hatte, war sie fähig zu erkennen, daß die Gestalt nicht ganz ihrer Erinnerung entsprach. Wo war der weiße Haarschopf, der mottenhell durch die Dunkelheit schimmerte, wie schwarz die Nacht, wie fest geschlossen die alten, knarrenden Läden auch sein mochten? Und wo das leise, kaum hörbare Murmeln, das immer weiterging, ohne Ende oder Ergebnis, das diese nächtlichen Herumstreichereien stets begleitete ...?

Nächtlich? Es war ja nicht einmal Nacht! In diesem Augenblick hatte die Gestalt im Pyjama die Fenster erreicht, zog die Vorhänge zurück, dabei irgend etwas umstoßend, und ließ das erste weiße Glitzern eines Wintertags herein. In dem kalten scharfen Licht entpuppte die Gestalt sich als die eines schlaksigen jungen Mannes; zerzaustes, ziemlich helles Haar hing ihm wirr um die Ohren, und in der rechten Hand schwenkte er einen großen, zerbeulten Aluminiumkessel. Mit unsäglicher Erleichterung erkannte Milly in ihm einen der jungen Männer, die letzte Nacht über das Treppengeländer geschaut hatten, während sie und Mrs. Mumford ihr Wortgefecht auf Leben und Tod kämpften.

»Oh!« sagte der junge Mann, dem Millys Kopf auf dem Kissen offenbar zum erstenmal auffiel; dann fügte er hinzu: »Nanu!«

Er machte eine Pause, als erwarte er eine Antwort, und nahm dann seinen eigenen Gedankengang wieder auf: »Ich meine. Das heißt, also, es tut mir leid! Ich wußte nicht, daß hier jemand ist.«

Milly wußte nicht, was sie sagen sollte. Sie war sprachlos vor Erleichterung und matt von der Angst, und so lag sie einfach nur da, durchaus zufrieden, und wartete darauf, daß die Begegnung irgendeinen Sinn ergab. Er sah recht nett aus, mit einem Bart und freundlichen grünlichen Augen unter struppigen sandfarbenen Brauen. Sein Mund war in diesem Augenblick geöffnet.

»Es geht um die Kochplatte, wissen Sie«, erklärte er schließlich und zog seine Pyjamahosen hoch, während er sprach. »Sie wissen nicht zufällig, was mit der Kochplatte passiert ist?«

»Ich fürchte ... na ja, wissen Sie, ich bin erst letzte Nacht gekommen«, sagte Milly zögernd, noch immer benommen, und dann sah sie zu, ohne sich besonders zu wundern, wie der Eindringling, etwas vor sich hin murmelnd, die Tür eines riesigen, gelb lackierten Kleiderschranks aufriß und begann, in dessen Tiefen zu wühlen. Klirren, gedämpfte Aufschläge – dann tauchte er wieder auf, mit verstörten Augen, und strich sich das zerzauste Haar aus dem Gesicht. Einen Augenblick lang sah er sich verzweifelt im Zimmer um, dann machte er kehrt und ging mit langen Schritten wortlos zur Tür.

»Kev!« schrie er. »Hör mal, Kev! Die dumme alte Kuh hat die Kochplatte weggeschleppt! Was machen wir jetzt?«

Welche Kochplatte? Welche dumme alte Kuh? Bevor Milly irgendwelche Vermutungen anstellen konnte, standen plötzlich zwei junge Männer in ihrer Tür. Der zweite (Kev vermutlich) war dunkler und eindeutig gepflegter als sein Gefährte. Sein Bart war gestutzt, und sein Pyjama wurde von einer Kordel zusammengehalten.

»Also, das tut mir leid«, sagte der Neuankömmling zu Milly. »Jacko hatte keine Ahnung, daß hier jemand ist, müssen Sie wissen.«

Er machte eine Pause und sah sich nachdenklich im Zimmer um. »Haben Sie etwas dagegen, wenn ich mich mal ein bißchen umsehe? Irgendwo muß sie sein.« Er wartete höflich gerade so lange, daß Milly hätte sagen können: »Ja, sehen Sie sich nur um«, wenn sie das vorgehabt hätte, dann begann er, Schubladen und Schränke aufzureißen, stöberte zwischen Lockenwicklern, abgetragenen Handschuhen und Überresten eines luxuriösen Lebens aus längst vergangenen Zeiten herum: spitzenumrandete Untersätze und bestickte Nachthemdbehälter – Dinge, die zu gut zum Wegwerfen und zu umständlich im Gebrauch sind und somit gerade richtig für Mieter.

»Siehst du?« sagte der erste Junge, Jacko, mit einer Art melancholischem Triumph, als deutlich wurde, daß der Suche seines Freundes ebensowenig Erfolg beschieden war wie seiner eigenen.

»Ich habe dir ja gesagt, du hättest ihr beim Packen helfen sollen!« entgegnete Kevin. »Dann hätte sie nie ...«

In diesem Augenblick schienen sich beide gleichzeitig an Millys Existenz zu erinnern, die sich inzwischen im Bett aufgesetzt und sich ihren Wintermantel über die Schultern geworfen hatte. Sie musterten sie nachdenklich.

»Miss Childe«, bemerkte der Kevin genannte Junge mit einer kaum wahrnehmbaren Spur von Vorwurf in der Stimme, »ließ uns immer unseren Tee hier machen. Auf der Kochplatte.«

»Ja. Auf der Kochplatte.«

Milly begann, die Kochplatte zu hassen, was das auch sein mochte. Sie begegnete den beiden vorwurfsvollen Augenpaaren mit kühnem Blick.

»Ich habe keine Ahnung, worum es geht«, erklärte sie. »Ich habe keine Ahnung, wovon ihr sprecht. Was für eine Kochplatte?«

»Für unsern Tee morgens«, erklärte Kevin geduldig. »Wir haben morgens immer unsern Tee darauf gemacht. In diesem Zimmer«, fügte er erläuternd hinzu, noch immer mit diesem würdevollen Trauerton in der Stimme. »Jetzt weiß ich nicht, wie wir überhaupt Tee machen sollen! Darum geht es.«

»Ja. Darum geht es«, stimmte Jacko zu.

Beide sahen sie jetzt mit dem gleichen vorsichtigen Flehen an, das junge Hunde im Blick haben, die wissen, daß sie eigentlich nicht bei Tisch betteln sollen. Jacko hielt den großen, nutzlosen Kessel an die Brust gedrückt, gerade dorthin, wo der mittlere Knopf seiner Pyjamajacke fehlte.

Aber was konnte Milly tun?

»Wie wäre es mit dem Gasring?« schlug sie vor und warf einen Blick auf diese Vorrichtung, während sie sprach. »Ich habe nichts dagegen, wenn ihr meinen Gasring benutzt, wenn ihr wollt.«

»Sie meinen, es ist Geld drin? In der Gasuhr?«

Sie sprachen beide zur gleichen Zeit und so voller Erwartung, daß es Milly leid tat, sie zu enttäuschen.

»Nein«, sagte sie bedauernd, »ich fürchte nein, ich meine, ich habe keins hineingesteckt, und ich fürchte, im Augenblick habe ich gerade kein...«

»Nein. Na ja...« Jacko zuckte mit den Schultern, bekümmert, aber jetzt ohne jeden Vorwurf in seiner Haltung. Während der letzten ein oder zwei Minuten war sie unmerklich eine von ihnen geworden, eine im selben Boot.

Die drei sahen einander traurig an.

»Es war ein großartiges kleines Gerät, die Kochplatte!« seufzte Kev wehmütig, wie ein alter Mann, der in Erinnerungen an die entschwundenen Freuden seiner Jugend schwelgt. »Man konnte sie am Stecker anschließen, und sie wurde heiß wie nix, und keiner brauchte einen Penny zu bezahlen! Ich kann mir nicht vorstellen, was die alte Kuh sich dabei gedacht hat, sie einfach mitzunehmen! Ich meine, wie konnte sie sowas tun?«

»Vielleicht gehörte sie ihr?« schlug Milly sanftmütig vor, und die beiden Jungen starrten sie an, als habe sie den Verstand verloren. Offensichtlich war die Vorstellung von Privateigentum einfach nicht anwendbar auf etwas, was sie so dringend brauchten.

»Aber wir wissen nicht, worauf wir unsern Tee machen sollen!« rief Jacko entrüstet, während Kevin mit aus der Not geborenem Einfallsreichtum plötzlich rief: »Das Bett! Sie könnte sie unters Bett geschoben haben, zu all dem Kram...«

Inzwischen lagen Millys beide Besucher der Länge nach auf dem Boden und krochen unter ihr Bett, von wo sie alles mögliche zum Vorschein brachten. Schuhe, Strumpfhosen mit Laufmaschen, wieder Schuhe. Ein Exemplar von ›Nova‹. Eine halbe Kerze...

»He!« ertönte Kevins Stimme, gedämpft durch Staub und Decken. »He! Seht euch das an! Rice Crispies! Will jemand Rice Crispies?« Er quetschte sich unter dem Bett hervor und setzte sich auf, seinen Fund triumphierend hochhaltend.

Wie alt sie waren, konnte natürlich niemand ahnen, aber die Packung war fast voll, und Milly, die bis zu diesem Augenblick überhaupt keinen Hunger verspürt hatte, fühlte sich plötzlich schwach vor Verlangen.

»Ja!« entgegnete sie. »Ja, bitte...!« Und als einem der Jungen einfiel, daß irgendwo unter seinen Sachen noch eine halbe Dose Kondensmilch sein mußte, glaubte sie, der glücklichste Mensch zu sein.

Fünf Minuten später saß sie auf Jackos ungemachtem Bett in der vollgestopften Kammer, die die beiden Jungen teilten, und hörte sich die Lebensgeschichte der beiden an, während sie ausgehungert Löffel auf Löffel der nicht mehr ganz taufrischen Rice Crispies in sich hineinstopfte.

Die beiden Lebensgeschichten, so kam es Milly vor, waren ungewöhnlich und einander erstaunlich ähnlich. Beide Jungen kamen offenbar aus wohlhabenden Familien, beide hatten immer Künstler werden wollen, und bei beiden war es unglücklicherweise auf das gleiche hinausgelaufen; sie studierten beide Volkswirtschaft an einer unbedeutenden Universität. Bis dahin erschien Milly die Geschichte vertraut. Auch in ihrer Jugend waren werdende Genies von gefühl- und verständnislosen Eltern in eine langweilige und praktische Ausbildung gedrängt worden. Aber bei diesen beiden war es offenbar etwas anders. Weit entfernt von Gefühl- und Verständnislosigkeit hatten beide Elternpaare geradezu darum gebettelt, ihren werdenden jungen Genies das Kunststudium solange finanzieren zu dürfen, wie sie wollten. Paris... Rom... wo sie nur wünschten... am Geld sollte es nicht scheitern.

»Aber das wäre natürlich nur Zeug von Kunsthochschulen gewesen«, erklärte Kevin. »Ganz und gar nicht meine Linie.«

»Nein«, stimmte Jacko ihm zu. »Das war es. Es ist eine Frage der Integrität. Der persönlichen Integrität.«

Integrität schien sie von vielen Dingen abgehalten zu haben, wie etwa sich einen Ferien-Job zu suchen, oder hart zu arbeiten für ihre Prüfungen. Soweit Milly es ihren Schilderungen entnehmen konnte, waren es Integrität und ihr Abscheu vor materiellem Besitz, die dem Erfolg an jeder Ecke im Weg gestanden hatten.

»Sehen Sie, Mrs. Barnes, wir wollen den Erfolg einfach nicht«, erklärte Jacko und fuchtelte mit seinem Löffel, um das Gesagte zu unterstreichen. »Erfolg ist eine Form des Todes. Sie wissen – materieller Besitz und der ganze Krampf. Es ist einfach nicht unsere Linie.«

Ob eine Kochplatte kein materieller Besitz sei, fragte Milly reichlich unbedacht, und es entstand ein gequältes Schweigen, als habe sie sich nach einem Verwandten erkundigt, über den man nicht spricht. Schließlich wies Jacko ziemlich steif darauf hin, daß sie ihre, Kevins und seine, Rice Crispies esse; sie, Kevin und er, glaubten an Besitzverteilung und Gewaltlosigkeit und an den Respekt vor dem Sein eines jeden menschlichen Wesens.

Milly, geschlagen von so viel Logik, entschuldigte sich demütig.

Sie reagierten sehr nett, und bald hatte sie das Gefühl, sie seien schon seit Jahren miteinander befreundet. Sie erzählte ihnen die erfundene Geschichte ihres Lebens (die gleiche, die Mrs. Graham am Tag zuvor auf so beleidigende Weise beiseite gewischt hatte), und die hingerissene Leichtgläubigkeit der beiden trug viel dazu bei, den frustrierten kreativen Menschen in ihr zu versöhnen, so viel, daß der Verkauf der Familienerbstücke ihr fast selbst Tränen in die Augen trieb, und der Gedanke an die nicht existierenden Lieblingsplätze ihrer Kindheit, über die jetzt die gleichermaßen nicht existierenden Füße von Fremden trampelten, war berauschend bitter.

Ihre gutartigen Zuhörer schienen ihr jedes Wort zu glauben und unermeßlich viel Zeit zu haben, und als sie an die einzige wahre Stelle kam, nämlich wie hungrig sie sei, zeigten sie sich auf geradezu rührende Weise betroffen. Sie wühlten zwischen Hi-Fi-Anlage und ungebügelten Hemden herum und fanden schließlich zwei kalorienarme Brötchen und einen Rest Erdnußbutter für sie. Als sie die auch noch gegessen hatte, fühlte sie sich prächtig.

Anschließend erzählten sie ihr, was sie von Sex hielten, und daß sie das längst hinter sich gebracht hätten: Kinderkram. Ja, auch Homosexualität und Perversionen und der ganze Quatsch – sie hätten es alles ausprobiert: nichts dran. Integrität, das sei das Wahre. Kevin, so schien es, hatte auch Drogen hinter sich gebracht, und als Milly ihn fragte, ob das auch Kinderkram sei, sagte er, nein, nicht ganz, aber er sei sofort davon losgekommen, als er in irgendwelchen Ferien nach Hause gekommen wäre und seine Großmutter beim Shit-Rauchen angetroffen hätte und sie gesagt habe, sie finde die junge Generation großartig. Das habe ihn sofort runtergebracht, ehrlich, und überhaupt, teilte er Milly freundlich mit, Integrität und die Entdeckung des wahren Ich seien ohne die Hilfe von Drogen möglich. Er wisse es, weil er es ausprobiert habe.

Inzwischen waren kein Krümel und kein Brösel von Eßbarem übrig, und Milly bemerkte bestürzt, daß sie keine Ahnung hatte, wie spät es war. Sie konnte ja schon Stunden zu spät dran sein für ihren großartigen Job! Zehn Uhr, hatte Mrs. Graham gesagt.

»Wie spät ist es?« rief sie und unterbrach unhöflich einen Bericht über Jackos wahres Ich contra Zulassungsausschuß. Einen Augenblick lang schienen ihre beiden Gefährten etwas verblüfft. Sie fanden ihre Sorge, rechtzeitig am Arbeitsplatz zu erscheinen, verwirrend und ein wenig schockierend, und obwohl sie zu gutherzig waren, es tatsächlich auszusprechen, erkannte Milly doch deutlich genug, daß Integrität nicht wirklich mit Pünktlichkeit vereinbar war. Aber sie waren beide tolerant, und als sie sahen, daß Milly sich wirklich Sorgen machte, berieten sie sich miteinander, und Jacko stapfte freundlicherweise die Treppe hinunter, um die Uhren im Haushalt zu befragen. Er kam zurück mit der beruhigenden Nachricht, daß die Küchenuhr zwanzig vor elf anzeige, die Glockenspieluhr im Eßzimmer gerade sieben geschlagen habe und es deshalb nicht später als halb zehn sein könne. Wahrscheinlich sogar früher. Milly würde sich bald daran gewöhnen, versicherte er ihr, wenn sie erst eine Zeitlang hier gelebt habe.

»Auf dem Weg zur Arbeit, Mrs. Barnes?«

Zufällig oder absichtlich tauchte Mrs. Mumford gerade in dem Augenblick im Flur auf, als Milly die Haustür öffnete, und Milly benutzte freudig die Gelegenheit (solche Gelegenheiten waren in der letzten Zeit immer seltener geworden), die Wahrheit zu sagen.

»Ja«, sagte sie fröhlich und begegnete dem wachsamen

Blick ihrer Vermieterin mit einem Lächeln. »Ich muß um zehn dort sein...«, und mit diesen Worten trat sie triumphierend hinaus in den frostigen, silbergelben Morgen.

»Auf dem Weg zur Arbeit!« Wie sicher und solide und erfolgreich sich das anhörte! Milly lief fast im Tanzschritt über die vereiste, ungewohnte Straße; der Wind vom Meer riß an ihrem scharlachroten Kopftuch, und die handschuhlosen Hände hatte sie tief in die Taschen ihres Wintermantels gesteckt. Auf zur Arbeit! Auf zur Arbeit! Was hältst du jetzt von Senf und Kresse, Julian?

Kapitel 7

Ah, guten Morgen, Mrs.... Mrs. Äh! Ob Sie wohl in der Küche anfangen könnten? Es ist eigentlich nicht viel zu tun, nur ein paar Sachen, die nicht in den Geschirrspüler gehen, und wenn Sie eben mit dem Gummiwischer über den Boden gehen könnten? Mehr braucht der Boden nicht, er hat eine Spezialbeschichtung. Ich halte nichts von Schrubben, Sie, Mrs. Äh? All das Herumgerutsche auf Händen und Knien. Ich bin für Arbeitserleichterung, meine Küche ist durch und durch modern, die neuesten Geräte. Ich halte nichts davon, auch noch Arbeit zu *machen*...«

Als Mrs. Graham diesen Punkt ihres Glaubensbekenntnisses erreicht hatte, waren sie bei der Küchentür angekommen, und die ein oder zwei Sachen, die nicht in den Geschirrspüler gingen, zeigten sich in ihrer ganzen Größe. Fettverkrustete Kochtöpfe, verbrannte Backformen und Bratpfannen... und auf jeder sichtbaren Arbeitsfläche lagen riesige, halb auseinandergenommene Geräte, jedes von ihnen an einem langen, fettverschmierten elektrischen Kabel hängend und die meisten von ihnen mit einer dicken Schicht alter Essensreste bedeckt, je nach Funktion des Gerätes.

»Ja... ja, natürlich«, stimmte Milly matt zu und versuchte, ihre Bestürzung zu verbergen, während sie all die Ausschußware aus dem arbeitssparenden Paradies betrachtete, über das Mrs. Graham immer noch fröhlich plapperte.

»...kann bis zu vier Füllungen an einem Morgen

bewältigen!« sagte sie eben stolz und tätschelte den Geschirrspüler, als sei er ein Lieblingspony. Milly wandte ihre eingeschüchterten Blicke jetzt dem Gegenstand dieser Lobrede zu. Er beherrschte die Szene wie eine Bienenkönigin und thronte an der Stelle, wo einst ein geräumiges Abtropfbrett eine Arbeitsfläche geboten hatte, von der jetzt nur noch ein etwa zehn Zentimeter breiter Streifen frei war, auf dem man (das sah Milly schon jetzt) unmöglich etwas Größeres als eine Teetasse abstellen konnte.

»Das Geschirrspülen ist jetzt überhaupt keine Angelegenheit mehr«, erklärte Mrs. Graham zufrieden. »Nur noch ein paar Kochtöpfe, die man liegenlassen kann, bis es einem paßt«, (wie jetzt, nehme ich an, dachte Milly) »und alles andere kommt direkt in den Geschirrspüler! Alle Tassen, Untertassen, Löffel, Teller – wenn sie nicht sehr fettig sind, natürlich...«

Es kam Milly so vor, als wasche das Monster genau die Dinge gern ab, die jedermann gern abwäscht, und meide alles, was auch nur ein wenig schwierig oder unangenehm war. Der einzige Unterschied war, daß es sich das leisten konnte. Gerade in diesem Augenblick betrachtete Mrs. Graham es mit liebevollem Stolz, als habe es eben ein Examen bestanden...

»Er hat mich zweihundert Pfund gekostet!« informierte sie Milly mit gedämpfter Stimme, »und er ist jeden Penny wert! Es ist Zeit, Mrs. Äh, woran es mir mangelt: für einen Menschen wie mich ist Zeit Geld!«

Das war es für Milly natürlich auch; in ihrem Fall bedeutete eine Stunde sieben Schilling, wie gerade Mrs. Graham wissen sollte. Aber Mrs. Graham schien diese Situation so sehr als ihr persönliches Mißgeschick zu betrachten, daß Milly es nicht fertigbrachte, auf ihre

Allgemeingültigkeit hinzuweisen. Statt dessen hörte sie mit höflicher Aufmerksamkeit zu, während ihre Arbeitgeberin fortfuhr:

»Ich habe nämlich Soziologie studiert, und wenn eine Frau irgendeine Art von Hochschulabschluß hat, ist sie geradezu verpflichtet, ihr Wissen auch zu benutzen, finde ich, auch nachdem sie geheiratet hat, sind Sie nicht auch der Meinung, Mrs. Äh? Aber es ist schwierig, zu Hause zu arbeiten: die Leute scheinen anzunehmen, nur weil man zu Hause ist, können sie einen stören, wann es ihnen gefällt. Sie denken, sie können ein- und ausgehen und einen mit jeder Kleinigkeit belästigen. Meine andere Frau war so.«

Ihre Stimme ging in ein mißbilligendes kleines Lachen über, und sie warf Milly einen besorgten Blick zu. Offensichtlich wollte sie sich davon überzeugen, daß sie verstanden worden war, befürchtete aber gleichzeitig, daß sie dabei ihre neue Mrs. Äh beleidigt haben könnte. Milly unterdrückte ein leises Lächeln und war sich der ersten Regung eines gewissen Machtgefühls angenehm bewußt. Die Mrs. Ähs waren dünn gesät.

Aber nachdem Mrs. Graham sich zurückgezogen hatte und sie allein in der schmutzigen fremden Küche stand, verließ sie der kurze Anflug von Selbstvertrauen, und sie fühlte sich einer Panik nahe. Wo sollte sie anfangen? Wo gehörte alles hin? Wo war das Vim, wo das Abwaschmittel? In den folgenden Wochen sollte sie erfahren, daß diese Anfälle von Panik angesichts einer fremden Küche zu den Berufsrisiken einer Putzfrau gehörten, und sie sollte auch erfahren, wie schnell sie vorübergingen, wie, wenn man ganz gelassen mit einer Sache begann, wie unbedeutend sie auch sein mochte, alle anderen Aufgaben auf geheimnisvolle Weise zu lösen und in den Griff zu bekommen waren, während man gar nicht hinschaute. Aber an diesem Morgen, bei ihrem allerersten Job, wußte sie davon noch nichts; sie dachte, sie selbst, ihre eigene Unzulänglichkeit, seien schuld daran.

Ich schaff es nicht, dachte sie, ich schaff es nicht! Ihre Hände zitterten, und ihr Mund war trocken, genau wie bei jemandem, der im Begriff ist, zum erstenmal eine öffentliche Rede zu halten. Doch selbst während sie einer Panik nahe war, fing sie einfach an, ob nun aus Instinkt oder weil sie Glück hatte, das Richtige zu tun. Das heißt, irgend etwas zu tun. Sie fing an, blindlings die Töpfe aus dem Spülstein zu holen und sie auf dem Boden neben sich zu stapeln.

Und plötzlich stellte sie fest, daß ein Wunder geschehen war! Sie hatte etwas vollbracht. Sie hatte den Spülstein leer geräumt. Jetzt war alles möglich.

Vor lauter Erleichterung summte sie eine kleine Melodie, während sie den Heißwasserhahn voll aufdrehte, und als das Wasser sauber und dampfend gegen den rostfreien Stahl rauschte, begann sie mit echter Begeisterung die Gegenstände zusammenzustellen, mit denen sie anfangen wollte; inzwischen genoß sie geradezu das Ausmaß des Schmutzes, dem sie sich gegenübersah. Sie hatte ihm den Kampf angesagt, und sie würde siegen!

Doch schon kam der nächste Rückschlag. Kein Spüllappen. Nicht, daß sie keinen Spüllappen finden konnte – es existierte einfach keiner. Nirgends. Und auch kein Scheuerlappen oder überhaupt irgendein Lappen. Wie um alles in der Welt sollte sie all das Zeug ohne einen Lappen abwaschen – ganz zu schweigen von dem Abwischen all der stromlinienförmigen arbeitssparenden Oberflächen, die, wie sich jetzt herausstellte, beschichtet waren mit Fett, alten Teeblättern und Spritzern von Bratensoße? Es juckte Milly in den Fingern, sich all das mit einem schönen, heißen, gut ausgewrungenen Lappen vorzunehmen. Einen Moment stand sie regungslos da, betrachtete die Spritzer und Flecke und wägte sie ab gegen Mrs. Grahams abgeschlossenes Soziologie-Studium.

Dann hatte sie ihre Entscheidung gefällt und marschierte kühn aus der Küche und klopfte energisch an die Wohnzimmertür.

»Kein Scheuerlappen?« Mrs. Graham blinzelte sie geistesabwesend an, von ihrer Schreibmaschine aufschauend. »Kein Spüllappen? Aber natürlich ist in der Küche kein Spüllappen. Wir haben einen Geschirrspüler – ich habe Ihnen alles gezeigt, Mrs. Äh – und darum brauchen wir keinen Spüllappen. Es ist eine automatische Maschine, verstehen Sie? Das Abwaschen wird automatisch durchgeführt.«

Ihre Stimme war müde, als hätte sie diesen einfachen Sachverhalt schon zum zwanzigstenmal wiederholt. Man konnte sehen, wie sie sich mit der Vorstellung abfand, daß Mrs. Äh sich als ebenso dumm wie meine andere Frau erweisen würde.

»Es ist ein automatischer Geschirrspüler«, wiederholte sie und warf einen ungeduldigen Blick auf ihre Schreibmaschine, aber Milly blieb standhaft.

»Es geht um all die Töpfe«, erklärte sie. »Die Sachen, die nicht in den Geschirrspüler gehen. Die Backformen, und der Fleischwolf. Und die angebrannte Pommes-frites-Pfanne. Und all das weiße, klebrige Zeug in dem Mouli-Mixer...«

»O je.« Man sah, daß Mrs. Graham die Aufzählung

unterbrach, weil sie sie auswendig kannte. Sie mußte sie so manches Mal mit meiner anderen Frau und ihren Vorgängerinnen durchgegangen sein, und sie hatte durch Erfahrung lernen müssen, daß Dummheit mit Geduld ertragen werden muß.

»Sie wollen also einen Lappen, nehme ich an?« diagnostizierte sie müde. Und mit einem tiefen Seufzer verließ sie ihre Schreibmaschine und begann, in der unteren Schublade eines großen Mahagonischreibtisches herumzuwühlen. Stickseide, Tablettdeckchen mit Hohlsaum, Postkarten, Watte – sie kamen hoch wie Seifenflocken um ihre Ellbogen, während sie hin und her schob und tief nach unten griff. Endlich brachte sie, müde triumphierend, ein eingerissenes Nylonunterkleid und den halb aufgezogenen Ärmel eines gestrickten Pullovers zum Vorschein.

»Na also«, sagte sie, und sie schien so sehr davon überzeugt, diese Gegenstände unter widrigsten Umständen beschafft zu haben, daß Milly es nicht übers Herz brachte, darauf hinzuweisen, daß sie für diesen Job so gut wie nutzlos seien, und daß sie etwas Aufsaugendes brauche, wie etwa alte Handtücher oder Bettwäsche.

Sie bedankte sich also bescheiden bei ihrer Arbeitgeberin und ging in die Küche zurück. Alles dauerte viel länger, als es mit einem richtigen Wischlappen gedauert hätte, und das Endergebnis war nicht so, wie sie es gern gehabt hätte, aber es war immerhin ein großer Fortschritt, und Milly strahlte förmlich vor Stolz, als Mrs. Graham eine Stunde später in die Küche kam und die sauberen und schimmernden Flächen mit ehrlicher Anerkennung begutachtete.

»Sie sind großartig, nicht wahr, diese Geschirrspüler?« sagte sie und betrachtete die Früchte von Millys Arbeit mit milden Blicken. »Sehen Sie nur, wie sauber und ordentlich sie die Küche halten. Sie können sich das Durcheinander nicht vorstellen, das hier herrschte, bevor wir einen hatten! Ich mach mir jetzt eine Tasse Kaffee, Mrs. Äh, würden Sie den Kessel aufstellen? Ich trinke viel Kaffee, wenn ich arbeite. Ich nehme an, Sie bevorzugen Tee, Mrs. Äh, oder?«

Milly dachte rasch nach. Hieß dies einfach, daß meine andere Frau lieber Tee getrunken hatte? Oder war es eine verhüllte Aufforderung – Kaffee war knapp, oder zu teuer oder etwas Derartiges?

Nun, und wenn es wirklich eine verhüllte Aufforderung war? Wer war es denn, der sich in acht nehmen mußte, den anderen nicht zu verärgern? Bei diesem erfrischenden Gedanken kehrte Millys Mut zurück.

»Nein, eigentlich trinke ich lieber Kaffee«, erklärte sie kühn, und es lag nur ein winziger Hauch von Überraschung in Mrs. Grahams Zügen, als sie den Nescafé vom Bord nahm und daran ging, Kaffee für sie beide aufzugießen.

»Ich muß eine besondere Diät halten, ich nehme keinen Zucker«, erklärte sie, während sie zwei gehäufte Teelöffel in Millys Tasse schüttete. Milly nahm das widerlich süße Gebräu ohne Widerspruch entgegen. Einmal, weil sie deutlich sah, daß das Besondere an Mrs. Grahams Diät verdorben würde, wenn andere Leute auch keinen Zucker nahmen, zum anderen, weil sie eine ungewöhnliche Begierde nach Süßem verspürte. Auch nach all den Rice-Crispies fühlte sie sich noch halb verhungert, und sie sah fast schwindelig vor Gier zu, wie Mrs. Graham nach einer Keksdose griff, sie öffnete und hineinschaute.

»Alle süß!« sagte sie angewidert. »Arnold – ich meine,

Professor Graham – kauft immer wieder die süßen! Ich habe es ihm schon tausendmal gesagt...! Am liebsten würde ich selbst einkaufen, aber es ist so bequem für ihn, der Supermarkt liegt direkt an seinem Rückweg von der Universität...«

Elend vor Enttäuschung sah Milly, wie Mrs. Graham begann, die Dose wieder zu schließen, aber in diesem Augenblick schien etwas ihre Aufmerksamkeit zu erregen. Sie hob lauschend den Kopf und stellte die Keksdose geistesabwesend wieder auf den Tisch, und Milly griff in die Dose hinein, als nehme sie an, Mrs. Graham habe sie ihr angeboten.

Hatte sie sich völlig unmöglich benommen? Mrs. Graham starrte sie ungläubig an, und Milly, beschämt und verwirrt, wollte sich gerade entschuldigen, als Mrs. Graham selbst zu sprechen begann.

»Ich verstehe es einfach nicht!« sagte sie. »Ich verstehe es ganz und gar nicht! Alison schläft immer bis zum Lunch! Was mache ich jetzt?«

Jetzt hörte auch Milly die Geräusche – den unmißverständlichen Protest eines Babys, das sein Vormittagsschläfchen für beendet hält. Mrs. Graham preßte verzweifelt die Hand gegen ihre weiße Stirn.

»Und um eins wird Arnold wieder zurück sein und seinen Lunch erwarten, und ich bin mit meinen Korrelationen noch nicht fertig! Hören Sie, Mrs. Äh, würden Sie einmal nach ihr sehen? Verstehen Sie etwas von Babys? Wenn Sie sie einfach aufnehmen würden und ihre Windeln wechseln? Und sie dann bei sich behalten, während Sie das Eßzimmer machen? Sie macht keine Mühe; Sie müssen nur darauf achten, daß sie nicht die Kunstgegenstände runterreißt oder das Sideboard aufmacht oder etwas in den

Mund steckt oder an die Papiere auf der Couch geht oder an das Porzellan in der Vitrine oder mit der Verlängerungsschnur spielt oder die Bücher aus dem unteren Regal zieht oder ihre Finger in die Tür kriegt – oh, und geben Sie acht auf die Vasen, Mrs. Äh! Sie ist ganz vernarrt in Blumen. Und auch auf die Uhr: seitdem sie zur Uhr hinaufklettern kann, weiß ich mir einfach keinen Rat mehr. Und was Sie auch tun, lassen Sie sie nicht weinen, weil ich weitermachen muß mit meinen Korrelationen, ich kann heute vormittag einfach keine Störungen mehr gebrauchen.«

Mit diesen Anweisungen riß sie ihre Tasse an sich und begab sich geradezu fluchtartig ins Wohnzimmer, die Tür so endgültig hinter sich schließend, daß es fast wie ein Knall klang. Es blieb Milly überlassen, das Baby allein ausfindig zu machen.

Nicht, daß das ein Problem gewesen wäre. Das Schreien schwoll jetzt zu einem Crescendo an, und Milly öffnete die Tür, hinter der es ertönte, mit ziemlich großer Beklommenheit. Sie gehörte nicht zu jenen, die Babys automatisch gern haben; sie mochte sie nur, wenn sie nett waren, und bis jetzt gab es nicht den geringsten Hinweis darauf, daß dieses Baby in eine solche Kategorie fallen würde.

Beim Anblick des zornigen kleinen Wesens mit dem roten Gesicht, das in seinem Bettchen stand, sich an das Gitter klammerte und in seiner Wut auf und ab sprang, strömten Milly all ihre am wenigsten mütterlichen Gefühle in die Brust.

»Na, na! Komm schon, beruhige dich!« zwang sie sich mit liebevoller Stimme zu sagen, das Geschrei übertönend. Als Alison Millys Stimme hörte, stellte sie das

Gebrüll sofort ein, vermutlich vor Schreck. Einen Augenblick lang blickten sie sich in wechselseitiger Bestürzung finster an. Muß ein echtes Trauma sein, dachte Milly bedrückt, eine vollkommen fremde Person marschiert in dein Zimmer, zerrt dich aus deinem Bett und fängt an, deine Windeln zu wechseln. Sicher müßte auch eine Mutter ohne abgeschlossenes Soziologiestudium sich so etwas gründlich überlegen?

Aber alles hat auch seine gute Seite: glücklicherweise sah es so aus, als bewirkten traumatische Erfahrungen bei Alison die minutenlange Einstellung ihres Geschreis, lange genug für Milly, ihr die Windeln zu wechseln, ihr die Strampelhosen anzuziehen, sie ins Eßzimmer zu tragen und sie auf einen kleinen Teppich zu setzen, wo sie sitzen blieb, mit grimmiger Verbissenheit am Stecker des Hoovers lutschte und jede Bewegung von Milly mit unerschütterlicher Konzentration beobachtete. In diesem beglükkenden Gemütszustand verharrte sie so lange, daß Milly alle Möbel abstauben und sogar Fensterbänke und Kaminsims mit einem feuchten Tuch abwischen konnte. Danach blieb natürlich eine Erholung von dem erlittenen Schock nicht aus, und Alison fühlte sich wieder wohl genug, um das Gesicht zu einem neuen Anfall von Gebrüll zu verziehen. Bei diesem unwillkommenen Anzeichen wiederkehrender Energie drückte Milly dem Kind hastig einen Nußknacker aus der Schublade des Sideboards in die Hand, zusammen mit einem kleinen Messingtablett zum Draufhauen, und während Alison auf diese Weise beschäftigt war, machte sie selbst sich an das Staubsaugen. Inzwischen war sie ausgesprochen zufrieden mit sich. Sie kam glänzend mit ihrem Job zurecht. Mrs. Graham war wirklich zufrieden gewesen mit der Küche, und sicher würde sie auch mit diesem Zimmer zufrieden sein; allmählich sah es sehr hübsch aus, mit all den polierten und schimmernden Möbelstücken, und jetzt verschwanden im Handumdrehen auch noch die letzten Krümel vom Fußboden... und gerade in diesem Augenblick, gerade als sie den Hoover abstellte, begann das Telefon zu läuten.

Es war natürlich lächerlich; warum in aller Welt sollte Mrs. Grahams Telefon nicht hin und wieder läuten? Warum sollte es etwas mit Milly zu tun haben? Und doch, während sie dastand, hinter der geschlossenen Wohnzimmertür, fühlte sie ihren Puls schneller schlagen. Ihre Handflächen begannen zu schwitzen, ihr Herz klopfte in ihrer Kehle, mit dumpfen, nervösen Schlägen, und ihre Beine zitterten so, daß sie kaum noch stehen konnte. Sie hörte Mrs. Graham durch das Zimmer gehen, den Hörer aufnehmen...

»Seacliffe 49901«, hörte Milly sie mit fester Stimme sagen, und sie hielt den Atem an, während sie lauschte. Gleich würde es in Ordnung sein. Sie würde Mrs. Graham etwas sagen hören wie: »Oh, hallo, Christine...! Oder »Vielen Dank, Dienstag würde wunderbar passen...!« Etwa in der Art, etwas, aus dem eindeutig hervorging, daß es nicht das geringste mit Milly zu tun hatte. Natürlich hatte es das nicht. Wie konnte es? Niemand auf der ganzen Welt wußte, daß sie hier war... wie lächerlich, wegen nichts so in Panik zu geraten!

»Ja-a«, hörte sie Mrs. Graham mit zurückhaltender Stimme sagen, und dann, entschiedener: »Ja, sie ist seit zehn Uhr hier...« Danach kam eine Pause, die Milly ein ganzes Leben lang zu dauern schien. Dann kam wieder Mrs. Grahams Stimme: »Nun, dagegen kann ich nichts machen, oder? Aber wer hat Ihnen von ihr erzählt? Woher wissen Sie es?«

Wenn nur ihre Beine sie so weit getragen hätten, wäre Milly jetzt aus dem Fenster des Eßzimmers gestiegen und am Abflußrohr oder was sonst dort sein mochte drei Stockwerke tiefer zum Boden hinuntergerutscht, aber der nackte Horror des Ganzen lähmte sie so, daß sie nur dort stehen konnte. Wer hatte sie aufgespürt ...? Und wie ...? Oder war es alles ein Komplott gewesen, eine Falle, die die Polizei ihr gelegt hatte? Was für ein Dummkopf sie gewesen war ...! Warum war sie nicht mißtrauisch geworden wegen der unglaublichen Leichtigkeit, mit der sie diese Stelle bekommen hatte ...? Warum hatte sie nicht erkannt, daß es eine Falle war, daß Mrs. Graham mit der Polizei unter einer Decke steckte ...? Noch während diese Vermutungen ihr durch den Kopf jagten und wirbelten, merkte sie, daß die Unterhaltung im Nebenzimmer abgebrochen worden war: Mrs. Graham kam durch die Diele, öffnete die Eßzimmertür und stand jetzt in der Tür, Milly mit harten, mißtrauischen Blicken musternd, und hinter dem Mißtrauen stand ein leichtes, unübersehbares Aufflackern von Angst.

»Ein Telefonanruf, Mrs. Äh« sagte sie anklagend, »von einer Nachbarin. Sie hat gehört, daß ich eine neue Frau habe; irgend jemand muß Sie heute morgen zu mir kommen gesehen haben, und sie möchte wissen, ob Sie Zeit hätten, auch für sie zu arbeiten. Sie möchte mit Ihnen darüber sprechen. Sie werden doch daran denken, nicht wahr, Mrs. Äh, daß Sie vormittags für mich arbeiten wollten? Sie werden mich doch nicht im Stich lassen? Aus dem, was Mrs. Day sagte, entnehme ich, daß sie Ihnen vielleicht vierzig Pence die Stunde anbietet, aber Sie werden doch nicht vergessen, Mrs. Äh, daß Sie bei mir Lunch bekommen, einen wirklich guten Lunch, jeden Tag, nicht wahr...?«

Glücklicherweise war Mrs. Graham so gründlich von diesen Sorgen in Anspruch genommen, daß sie nicht wahrnahm, wie Milly förmlich im Tanzschritt durch die Diele zum Telefon hüpfte, noch hörte sie die atemlose Erleichterung in Millys Stimme, als sie mit Mrs. Day vereinbarte, an drei Nachmittagen wöchentlich für sie zu arbeiten. Es war ihre eigene Erleichterung, nicht Millys, die Mrs. Grahams ganze Aufmerksamkeit in Anspruch nahm. Die Farbe kehrte sichtbar in ihre Wangen zurück, als aus Millys Seite der Unterhaltung langsam deutlich wurde, daß Milly sie nicht wirklich hintergehen würde. Es waren nur Nachmittage, an denen Mrs. Äh für die falsche Mrs. Day arbeiten würde.

Aber die Ungewißheit, solange sie dauerte, hatte Mrs. Graham in gereizte Stimmung versetzt.

»Unglaublich, nicht wahr?« schimpfte sie, als Milly den Hörer auflegte. »Wie in einer Gegend wie dieser niemandem etwas entgeht! Ich habe keiner Seele erzählt, daß ich eine neue Frau habe... ich weiß nicht, wie diese Dinge sich herumsprechen! Ich meine, Sie sind kaum zwei Stunden hier, und schon muß sie anrufen...! Nun ja...« Mrs. Graham bemühte sich offensichtlich, ihr Gleichgewicht wiederzuerlangen. »Nicht etwa, daß ich etwas dagegen hätte, wenn Sie nachmittags für Mrs. Day arbeiten, Mrs. Äh, nicht das geringste, ich freue mich, wenn es Ihnen beiden so recht ist. Ich wünschte nur, die Leute würden nicht herummarschieren und alles weitertratschen... Sie werden mich doch nicht im Stich lassen, Mrs. Äh, nicht wahr?«

Und Milly versprach huldvoll, wie es der großen Dame, die sie in so kurzer Zeit geworden war, anstand, daß sie das nicht tun werde.

Kapitel 8

Milly hatte sich selten in ihrem Leben glücklicher gefühlt als an diesem Nachmittag, als sie am Meer entlang nach Hause ging, ein Pfund vierzig in der Tasche, einen Lunch von Lammkoteletts, Kartoffelbrei und Rosenkohl im Magen, der sie noch immer durch und durch erwärmte, wie eine erinnerte Freude. Der Wind hatte nachgelassen, und durch den aufsteigenden Nebel des Winternachmittags hörte Milly die unsichtbaren kleinen Wellen seufzen und auf den Kiesstrand klatschen, und sie fühlte sich lebendig und kribbelig vor Hoffnung, wie sie es seit ihrer Teenagerzeit nicht mehr gekannt hatte. Als Erwachsene hatte sie schon Hoffnungen gekannt, wilde, verzweifelte, ekstatische Hoffnungen, die manchmal für eine Weile erfüllt, häufiger jedoch enttäuscht wurden, vor ihren eigenen Augen zerschlagen und zerstört. Aber dies war etwas anderes. Wenn Erwachsene hoffen, hoffen sie irgend etwas – daß dieses oder jenes geschieht oder nicht geschieht. Was Milly jetzt erfuhr, war jene Art von Hoffnung, die eigentlich nur die ganz Jungen kennen: nicht die Hoffnung auf etwas Bestimmtes, sondern einfach Hoffnung als solche, gewaltig, ungezielt, unbestimmt und unfaßbar wie die Ewigkeit.

Es war natürlich so, weil sie jung *war*, jünger als sie in ihrer Erinnerung je gewesen war, nur drei Tage alt. Getrieben von einer Katastrophe, die zu groß geworden war, als daß man sie begreifen könnte, war sie plötzlich wie ein Donnerschlag hinausgeschleudert worden aus all ihren Sorgen, all ihren Ängsten, hinaus aus der ganzen

Last ihrer Fehler und Vergehen, und war in Frieden hineingeplatzt: in den ruhigen, goldenen Winternebel am Ufer eines stillen Meeres. Es war wie Sterben und in den Himmel kommen... es war wie Sterben als eine besonders intensive Form des Lebens... es war neu, neu! Und in diesem ganzen neuen Himmel, oder auf der neuen Erde, was es auch sein mochte, war Milly das Neueste von allem!

Wie erfolgreich hatte sie ihr neues Leben bisher gemeistert! Die Hochstimmung der letzten Nacht hielt immer noch an, unbeeinträchtigt durch die kurze Panik wegen des Telefonanrufs heute morgen. Eher war es, als habe der Augenblick voller Schuldgefühle und überwältigenden Schreckens etwas bei ihr bewirkt, was Schrecken und Schuldgefühle für immer ausgelöscht hatte. Weil ihre Ängste in jenem besonderen Augenblick sich als unbegründet erwiesen hatten, fühlte sie sich jetzt immun gegen Angst.

Es war, als sei man geimpft worden – etwas in der Art. Sie war jetzt geschützt vor Schwierigkeiten, auf eine Weise, von der die Ärzte nichts wissen. Der Nebel vom Meer, der sie schimmernd umgab, war wie das Nachlassen der Wirkung eines Narkotikums nach einer Operation... es war das gleiche benommene Hochgefühl, daß aller Schmerz jetzt vergangen sei... wenn er in Wirklichkeit manchmal gerade erst anfängt.

Aber nicht alles Gewonnene war illusorisch, dessen war Milly sich gewiß. Sie hatte ihre Sache gut gemacht als Putzfrau, erstaunlich, unerhört gut, wenn man bedachte, wie selten es ihr in ihrem früheren Leben gelungen war, etwas gut zu machen. Sie hatte Mrs. Grahams Küche und Eßzimmer wirklich gründlich saubergemacht; sie hatte dafür gesorgt, daß Alison ruhig blieb; sie hatte bei der

Zubereitung des Lunches geholfen; und sie hatte (da war sie ganz sicher) ihrer Arbeitgeberin echte moralische Unterstützung gegeben, als, etwa gegen zwölf Uhr fünfzig, das Unheil zuschlug in Form von Professor Graham, der volle zehn Minuten früher als erwartet zum Lunch nach Hause kam.

»O Gott!« hatte seine Frau ihn begrüßt und mit einem gejagten Blick von ihrer Schreibmaschine aufgeschaut. »Was ist geschehen, Arnold? Du hast ein Uhr gesagt! Du hast gesagt, du würdest nicht vor eins zum Lunch kommen!«

Milly warf einen Blick durch die Küchentür und sah einen hochgewachsenen, wie ein Gelehrter aussehenden Mann mit ergrauendem Haar, der seinen Schirm bedachtsam in den Schirmständer stellte. Dann richtete er sich auf und ging auf die Wohnzimmertür zu. Bei der Tür blieb er stehen, nahm seine Hornbrille ab, die von dem plötzlichen Wechsel von draußen in die zentralgeheizte Wohnung völlig beschlagen war, und machte sich daran, sie sorgfältig mit seinem Taschentuch zu putzen. Seine milden braunen Augen blinzelten ohne Brille wie die einer Eule; seine momentane Blindheit schob sich als sanfte Barriere zwischen ihn und seine vorwurfsvolle Frau. Erst nachdem er die Brille wieder aufgesetzt und sein Taschentuch zurück in die Tasche gesteckt hatte, sah er sich genötigt, ihr zu antworten.

»Jemand hat mich mitgenommen«, erklärte er. »Carstairs mußte zum Lunch des Bibliotheksausschusses und hat mir angeboten, mich unterwegs abzusetzen. Aber mach dir keine Gedanken, meine Liebe, mach nur fertig mit deiner Arbeit, ich habe es nicht eilig.«

»Fertig mit meiner Arbeit!« Seine Frau schob mit einem

tiefen Seufzer ihre Papiere beiseite und legte ostentativ den Deckel auf die Schreibmaschine. »Manchmal denke ich, ich werde nie mit irgendeiner Arbeit fertig! Zuerst wachte Alison zu früh von ihrem Vormittagsschlaf auf, und jetzt kommst du nach Hause! Du weißt gar nicht, wie gut du es hast, Arnold, daß du arbeiten kannst, wenn du arbeitest! Wie ich dich um dein Zimmer in der Universität beneide... all deine Sachen zur Hand... niemand stört dich...«

»Aber ich werde manchmal gestört, weißt du, meine Liebe«, erklärte er milde. »Du würdest dich wundern, wie oft bei mir das Telefon läutet. Komitees. Gastprofessoren. Ärger mit dem Schreibbüro. Alles mögliche. Ich komme nicht immer so mit meiner Arbeit voran, wie ich es gern täte.«

»Aber bei dir schreit sich Alison nicht die Lunge aus dem Hals«, entgegnete Mrs. Graham. »Und es gibt keinen Lunch, um den du dich kümmern mußt... und dann ist heute morgen diese neue Frau gekommen, und ich mußte ihr alles zeigen. Erstaunlich, wie viele Fragen die immer stellen... Mrs. Äh!« – hier hob sie ihre Stimme, damit Milly sie in der Küche hören konnte, obwohl Milly schon jetzt jedes Wort ihrer klaren, tragenden, klagenden Stimme verstand – »Mrs. Äh! Könnten Sie sich mit den Kartoffeln etwas beeilen? Professor Graham ist früher als geplant nach Hause gekommen...«

Wie man sich mit den Kartoffeln beeilen konnte, wußte Milly nicht so recht. Sie kochten bei der Temperatur, bei der sie kochten und brauchten eben ihre Zeit. Aber sie nahm an (zu Recht), daß die Anweisung eher als Vorwurf für den Professor bestimmt war, nicht als eine Anweisung für sie selbst, und so fuhr sie einfach fort mit den

Vorbereitungen für das Essen, so schnell sie konnte, und strahlte respektvolles Verständnis aus, wann immer Mrs. Graham in die Küche hineingelaufen kam oder wieder hinausflatterte, ihre unvollendeten Korrelationen bejammernd.

Dank Millys Bemühungen stand um Punkt eins der Lunch auf dem Tisch, und Alison war in ihrem Kinderstuhl angeschnallt, und so konnte Professor Graham sich nicht beklagen, wie seine Frau ihm drei- oder viermal nacheinander versicherte. Er hatte doch ein Uhr gesagt, oder?

Und er beklagte sich auch gar nicht. Er aß seine Lammkoteletts, den Kartoffelbrei und den Rosenkohl mit sichtlichem Genuß, eine Ausgabe des ›Scientific American‹ an die Ketchup-Flasche vor ihm gelehnt und in seinem Gesicht den Ausdruck eines Mannes, der mit der Welt in Frieden lebt, ein Ausdruck, von dem die spitzen Versuche seiner Frau, ein Gespräch in Gang zu bringen, fruchtlos abprallten.

So wandte sie nach einer Weile ihre Aufmerksamkeit Milly zu und fing an, ihr Alisons Diät zu erklären, und wie wichtig es sei, daß sie viel Salat esse, seit sie – mit ihren elf Monaten – gemischte Nahrung bekomme. Sie wies mit bescheidenem Mutterstolz darauf hin, daß sie zu Alisons Portion Essen eine Tomate und ein zerpflücktes Salatblatt hinzugefügt habe, und Milly murmelte beifällig zustimmende Worte, während sie mit faszinierter Bewunderung zusah, wie Alison mit großem Geschick jedes Tomatenstückchen und jedes Salatblattfitzelchen aus ihrem Brei herausfischte und auf den Fußboden warf. Wie die meisten Babys in unserer ernährungsbewußten Zeit liebte sie alle proteinlosen und vitaminlosen Speisen, und Milly fand, daß sie und ihre Mutter sich sehr gut arrangiert hatten: Mrs. Graham teilte allen Besuchern wortreich und begeistert mit, wieviel Salat sie Alison gebe, wie viele Vitamine er enthalte und was für eine gute Wirkung sie auf Zähne und Haut des Kindes hätten (beide waren in der Tat vollkommen in Ordnung), während Alison sich zufrieden mit Kartoffelbrei und Ketchup vollstopfte. Auf diese Weise waren beide zufrieden. Der einzige Verlierer war Milly, als deren Aufgabe es sich erwies, Alisons Vitamine vom Boden zu fegen, zu wischen und zu scheuern, nachdem das Mahl beendet war.

Trotzdem: ein Pfund vierzig! Ganz zu schweigen von Mrs. Grahams von Herzen kommendem »Danke, Mrs. Äh! Sie werden morgen doch wieder kommen, nicht wahr? Wieder um zehn Uhr?«

Reich, erfolgreich und gefragt war Milly mit dem Fahrstuhl ins Erdgeschoß geschwebt, und sie schritt aus dem zentralgeheizten Gebäude, als sei sie königlichen Geblüts, hinaus in die plötzliche, belebende Kälte eines Januarnachmittags, an dem der weiße, glitzernde Nebel sich vom Meer her über das Land wälzte.

Nachdem sie, während sie am Wasser entlangschlenderte, diesen erfolgreichen Vormittag noch einmal in jeder Einzelheit durchlebt hatte, kam sie an die Stelle, wo sie das Meer verlassen und sich landeinwärts wenden mußte. In Wirklichkeit war dies keineswegs der schnellste Weg von Mrs. Graham zu Millys Unterkunft, aber irgendwie hatte sie in ihrer Freude den Wunsch gehabt, am Meer entlangzugehen, ihre Freude mit dem Meer zu teilen, mit seinen leisen Wellen, die durch den Nebel flüsterten, so wie das Meer vor sechsunddreißig Stunden die lange Nacht voll Sturm, Dunkelheit und Verzweiflung mit ihr geteilt hatte.

Kapitel 9

Als Milly zu Hause ankam – denn als das betrachtete sie Leinster Terrace Nr. 32 bereits –, empfing sie ein lieblicher Duft nach frisch gebackenem Kuchen. Sehr zögernd – weil sie noch nicht wußte, was, außer nach elf zu baden, Mieter nicht tun und wohin sie nicht gehen durften – spähte sie durch die halb geöffnete Küchentür. Mrs. Mumford, in einer zerschlissenen, aber farbenfreudig bedruckten Kittelschürze, drehte in diesem Augenblick eine große runde Kuchenform über einem Gestell auf dem gescheuerten Holztisch um. Köstlicher Dampf stieg wie Weihrauch an allen Seiten der Form empor, und rechts und links davon saßen Jacko und Kevin, konzentriert wie Altardiener bei einer Kulthandlung, atmeten die geweihten Dämpfe ein und beobachteten die geheimnisvollen Abläufe mit ehrfurchtsvoller Bewunderung.

»Ich sage euch, vor Sonntag wird er nicht angerührt!« schalt Mrs. Mumford. »Dieser Kuchen ist für Sonntag. Denkt ihr, ich blamiere mich vor allen und stelle am Sonntag zum Tee einen Kuchen auf den Tisch, der schon angeschnitten ist? Wofür haltet ihr mich? Und es hilft kein bißchen, wenn ihr beiden mich so anseht, ihr könnt da sitzen bleiben, bis man kommt und euch in euren Särgen abholt, ihr bekommt nicht einen einzigen Krümel...!«

Während diese Tirade von ihren Lippen perlte, hatte Mrs. Mumford die ganze Zeit in der Schublade des Tisches herumgesucht. Jetzt brachte sie ein langes scharfes Messer zum Vorschein und begann, immer noch zankend, zwei großzügige Stücke von dem großen, goldbraunen Kuchen abzuschneiden. Dampf stieg von den Einschnitten auf, und als Mrs. Mumford die Stücke vor ihre beiden Verehrer knallte, sah Milly, wie locker, wie voller Rosinen der Kuchen war.

»Ah, so ist es recht!«

»Gute alte Mums!«

Beide Jungen sprachen mit bereits dankbar vollgestopften Mündern, und Mrs. Mumford verzog die Lippen in dem Bemühen, ein Lächeln der Freude und des Stolzes auf ihre Kochkunst zu verbergen, das ihre Autorität zu untergraben drohte.

»Kein Fitzelchen mehr, kein einziges Fitzelchen!« setzte sie drohend an, als Jacko die unschlüssig vor der Tür stehende Milly entdeckte.

»Barney!« hustete er mit vollem Mund gastfrei. »Hallo, Barney!« Dann wandte er sich wieder Mrs. Mumford zu und schluckte einen Teil des Kuchens herunter, um deutlicher sprechen zu können: »He, Mums, Mrs. Barnes ist wieder da! Laden wir sie doch zu unserer Kuchenparty ein! Kommen Sie rein, Barney!«

Daraufhin konnte Milly kaum anders, als um die Tür zu schauen und sich zu entschuldigen (wenn sie auch nicht so recht wußte, wofür, denn sie hatte überhaupt nichts getan, aber eine Entschuldigung schien angebracht). Mrs. Mumford musterte den Neuankömmling inzwischen mit einer Mischung aus Gereiztheit und Erleichterung. »Wieder ein Stück Kuchen weg«, schien sie grollend zu denken, aber auch: »Gott sei Dank, noch eine Frau, sie wird verstehen, wie ich hier ausgenutzt werde!« Also stellte sie ein großes Stück Kuchen vor Milly, setzte den Kessel für Teewasser auf und verbreitete sich inzwischen über die Prüfungen und Leiden einer Hausbesitzerin, deren Tagediebe von

Mietern der Ansicht seien, daß Kuchen auf Bäumen wachsen und daß drei Pfund fünfzig pro Woche ihnen das Recht gebe, sie von morgens bis abends bis aufs Blut zu peinigen und sie zudem mit ihrer Fresserei um Haus und Hof zu bringen. »Sehen Sie, was ich meine?« schloß sie ihre Beschwerde und legte den beiden Jungen noch ein Stück Kuchen auf den Teller. »Jetzt muß ich für meinen Sohn und dieses Biest noch einen Kuchen backen! Von diesem kann ich mich verabschieden, das ist mal sicher!« Sie betrachtete den kläglichen Rest ihrer so geschätzten Schöpfung mit kaum verhohlener Befriedigung, schenkte Milly eine Tasse starken, heißen Tee ein und begann dann, ihre Besucherin über den Preis von Rosinen zu informieren, und daß ihre Schwiegertochter sich nie bei ihr bedankt hätte für den Plumpudding, den sie ihr im letzten Jahr gebracht hatte. »Auch noch mit bestem Brandy gemacht!« murrte sie. »Das letzte Mal, daß ich für die einen Plumpudding gemacht habe, das verspreche ich...!«

Milly hatte den Verdacht, daß dieses Versprechen seit der Hochzeit des Sohnes immer wieder gemacht und gebrochen worden war, und gab eine unverbindliche, aber verständnisvolle Antwort. Sie begann, diese bissige kleine Person und ihre warme, unordentliche Küche ins Herz zu schließen, und was Jacko und Kevin betraf, so hatte sie das Gefühl, sie kenne sie schon ihr ganzes Leben. Dies war ihr Zuhause. Hier gehörte sie hin.

So war ihr Entsetzen um so größer, als sie eine halbe Stunde später hinauf in ihr Zimmer kam und direkt neben der Tür auf einen fremden Koffer stieß. Er war groß und schäbig, mit Riemen fest verschnallt und mit Aufklebern aus dem Ausland bedeckt... Genf... Beirut... Delhi...

Milly starrte in einer Art bestürzter Trance auf die exotischen Namen, während sie allmählich begriff, daß jemand anders in ihr Zimmer zog. Irgendeine schreckliche Person mit echtem Geld anstatt eines ungedeckten Schecks... mit echtem Gepäck anstatt einer unglaubwürdigen Geschichte von einer Gepäckaufbewahrung. Wie Übelkeit kam in Milly das Gefühl hoch, verraten worden zu sein. Warum hatte Mrs. Mumford nichts gesagt? Warum hatte sie Milly zu Kuchen und Tee in die Küche eingeladen wie eine alte Freundin und nicht mit einem Wort erwähnt, daß sie sie auf die Straße setzen würde? Hinaus auf die Straße, geradewegs dahin zurück, von wo sie gekommen war. All ihre Anstrengungen, alles, was sie erreicht hatte, war um sie zusammengefallen wie ein Kartenhaus. War Mrs. Mumford irgendein Gerücht über ihre neue Mieterin zu Ohren gekommen – hatte sie etwas geahnt? In den Zeitungen heute morgen hatte nichts gestanden, davon hatte Milly sich überzeugt – aber was war mit den Abendzeitungen? Hatten sie ein Bild gebracht? Hatte Mrs. Mumford die Ähnlichkeit erkannt und entschieden ›Vorsicht ist die Mutter der Weisheit‹ oder ›Im Zweifel nein danke‹ – irgendeine dieser zahllosen deprimierenden Weisheiten, die das Leben so schwierig machen für alle, die versuchen, mit etwas ungestraft davonzukommen, und so langweilig für alle anderen? Aber wenn das so war – warum Kuchen und Tee, warum die freundliche Unterhaltung? ›Je weniger gesagt wird, um so schneller wird alles gut‹, ohne Zweifel... Milly spürte, wie sie vor Wut innerlich zu kochen begann, nur um langsam in Verzweiflung zu erstarren. Wieder ohne Heim durch die Winternacht zu wandern... wieder gegen den Tod zu kämpfen – wofür, wofür...? In diesem Augenblick kündigte das Getrappel von Füßen auf der Treppe das Heraufkommen von Kevin und Jacko an. Waren sie auch eingeweiht? Nach all ihrer Freundlichkeit heute morgen, nach all dem Austausch innerster Gedanken und Lebensgeschichten, wahr oder falsch, die Rice Crispies gar nicht zu erwähnen ... hatten auch sie den Verrat an ihr geduldet? Sie ging hinaus auf den Flur, um sie zur Rede zu stellen, sie versuchte zu sprechen, aber etwas von der Größe einer Billardkugel schien in ihrem Hals zu sitzen.

»Hallo, Barney!« begrüßte Jacko sie fröhlich, und Kevin, dicht hinter ihm, fügte hinzu: »Haben Sie in Ihr Zimmer geschaut, Mrs. Barnes? Dort wartet eine Überraschung auf Sie!«

»Eine Überraschung ...!« Milly erstickte fast an dem Wort, aber jetzt waren die beiden Jungen bei ihr und zerrten sie fast mit Gewalt in ihr Zimmer.

»Sehen Sie?« Jacko schwang den fremden Koffer wie eine Trophäe über dem Kopf, und Kevin erklärte, etwas sachlicher: »Es war meine Idee, Mrs. Barnes. Ich habe ihn von einem Medizinstudenten, den ich kenne. Die alte Mums ist drauf reingefallen wie ein Affe, der vom Baum fällt ...«

»Ja«, unterbrach Jacko ihn, »sie fing den halben Vormittag lang immer wieder davon an, wie sonderbar es sei, daß Mrs. Barnes ihr Gepäck noch nicht geholt habe, und wenn die Mums erst anfängt, etwas sonderbar zu finden, dann weißt du, daß es ernst ist. Wir haben also darüber nachgedacht, Kev und ich, und wir hatten diese Idee ...«

»Ich hatte die Idee«, warf Kevin ein. »Du hast nur ...«

»Ja. Gut. Jedenfalls.« Jacko schien vorübergehend gekränkt über diese Unterbrechung seines Redeflusses; dann setzte sich seine natürliche Überschwenglichkeit wieder durch. »Jedenfalls, wie ich schon sagte, wir hatten diese Idee, irgendwo Gepäck für Sie aufzutreiben. Etwas mit Klasse, um der Mums den Mund zu stopfen! Nun hat Kevin zufällig diesen klasse Freund auf der Uni, und...«

»Er ist nicht mein Freund, ich kenn ihn nur zufällig«, unterbrach Kevin ihn, sich verteidigend, und Milly wurde sofort klar, daß es für seinen Status in der Studentengemeinschaft von Nachteil war, wenn er sich zu Freunden aus der Oberschicht bekannte. Jungen wie Kevin und Jacko, die sich eifrig bemühten, vergessen zu machen, daß sie offenkundig nicht aus der Arbeiterklasse stammten, mußten in diesen Dingen vorsichtig sein.

»Er ist nicht übel, auf seine Art.« Kevin nahm den Faden wieder auf. »Er sagte, es sei okay mit dem Koffer, solange er ihn zum Sommer zurückbekäme, und so...«

»Wir haben ihn reingeschleppt, als würde er eine Tonne wiegen.« Jacko übernahm das Weitererzählen und schwang dabei den leeren Koffer hin und her, um zu unterstreichen, wie clever sie gewesen seien. »Wir sorgten dafür, daß die Mums uns reinkommen hörte, und als sie die Nase zur Tür hinausstreckte, um zu sehen, was los war, sagten wir ihr, daß wir für Sie den Koffer vom Bahnhof abgeholt hätten. Er sei zu schwer für Sie, sagten wir! Oh, Sie hätten uns sehen sollen, Barney, wie wir ihn auf dem Rücken die Treppe raufstemmten, keuchend und ächzend, etwa so – sehen Sie!«

Jacko stellte den leeren Koffer auf den Boden und wiederholte Milly zuliebe die Pantomime, sich nach der vorgetäuschten Last hinunterbeugend und nach Luft schnappend. »Ist doch klasse, nicht?«

»Als komische Einlage, ja«, stellte Kevin trocken fest. »Aber als ernsthafter Versuch, Mrs. Mums glauben zu lassen, daß es sich um ein seriöses Gepäckstück handele, das einer seriösen Dame gehöre – also, ich weiß nicht, warum du dich nicht als Clown verkleidet und mit Torten um dich geworfen hast, nur um sicherzugehen! Ich hab jeden Augenblick damit gerechnet, daß sie uns fragen würde, warum das Ding so schwer sei – das hätte uns gerade noch gefehlt, daß die Mums den Koffer nach Bomben durchsuchte, während es doch unsere Absicht war, ihr Mißtrauen zu zerstreuen!«

»Oh, Mann, es war die beste Vorstellung außerhalb des West Ends seit Jahren! Die Mums hat uns aus der Hand gefressen! Und sie war beeindruckt! Sehen Sie nur, Barney! Schauen Sie sich die Aufkleber an!«

Milly schaute genauer hin und sah jetzt, daß von jedem der auffälligen ausländischen Aufkleber irgendein unbekannter Name sorgfältig entfernt und durch MILLY BARNES ersetzt worden war, in zierlichen, sauberen Großbuchstaben.

Ihre beiden Ritter waren so zufrieden mit sich selbst und erwarteten so offensichtlich kleine Ausrufe der Bewunderung und der Dankbarkeit von ihr, daß Milly es nicht übers Herz brachte, ihre Bedenken wegen der ganzen Angelegenheit zu äußern oder sie darauf hinzuweisen, daß die erfundene Geschichte ihres Lebens – ohnehin schwer genug aufrechtzuerhalten – in Zukunft noch komplizierter wurde durch die Notwendigkeit, in diesen einschüchternden Ablauf auch noch Abschnitte von Globetrotterei einzubauen. Wie ließ sich ein Leben der Aufopferung für einen invaliden Vater mitten auf dem Land vereinbaren mit sorglosen Besuchen der Hauptstädte halb Europas? Lissabon, Kopenhagen, Athen, Madrid... sie überflog die ganze Reihe mit argwöhnischen Augen, und sie versuchte, sich daran zu erinnern, wieviel von der Geschichte vom invaliden Vater sie Mrs. Mumford erzählt hatte ...? Oder war das die Geschichte für Mrs. Graham gewesen ... Hatte sie Mrs. Mumford nur gesagt, daß sie Witwe sei? Von jetzt an würde sie sich Notizen machen, wenn nötig in Spalten, auf kariertem Papier – so daß sie auf einen Blick sehen konnte, wem sie was erzählt hatte. System und Ordnung waren bei einer Karriere als Betrügerin eindeutig ebenso nötig wie in jedem anderen Beruf.

Währenddessen strahlten die beiden eifrigen jungen Gesichter sie erwartungsvoll an, auf angemessen wortreiche Erklärungen ihrer Dankbarkeit und Bewunderung von so viel Klugheit lauernd, und sie bot ihnen beides, aus ganzem Herzen. Die aufrichtige Freundschaft und die Sorge um sie, die hinter dem Streich standen, waren rührend, und ihre Zweifel an diesem Unternehmen behielt sie für sich. Sie konnte nur hoffen, daß die scharfäugige Mrs. Mumford so leicht zu täuschen war, wie diese beiden Jungen anzunehmen schienen.

Nachdem die beiden gegangen waren, stolzgeschwellt über ihre gute Tat des Tages, streifte Milly ihre Schuhe ab und machte es sich auf dem Bett bequem, um nachzudenken. Es war kalt, aber die Kälte war noch zu ertragen. Mit der Daunendecke über den Knien und ihrem Mantel um die Schultern war es einigermaßen gemütlich, nur ihre Füße taten ihr weh und waren müde. Sie hatte nicht gespürt, wie müde sie war, als sie bei Mrs. Graham herumhantierte, Alison und die Uhr im Auge, aber jetzt merkte sie, wie wenig ihr Körper an harte Arbeit gewöhnt war. Die Monate, die hinter ihr lagen, erschienen von der äußeren Belastung her als beinahe unerträglich, aber in Wirklichkeit waren es Monate des Verfaulens gewesen, des langsamen, schleichenden Verfalls, ein Erschlaffen einer jeden Faser des Geistes wie auch des Körpers unter dem sich ausbreitenden Schatten der Furcht.

Schatten... Schatten... ein Verlöschen des Tageslichts, eine Barrikade, düsterer als selbst der Tod, zwischen ihr und der Sonne... das war Millys erster Eindruck von der Kellerwohnung in der Lady Street gewesen, als sie und Gilbert Soames dorthin zurückgekehrt waren nach der steifen standesamtlichen Trauung und dem fast stummen Hochzeitsessen in dem dunklen, teuren Restaurant, bei dem sie beide in Gedanken versunken waren, die sie dem anderen gegenüber nicht erwähnen konnten, beide kaum fähig zu essen. Gilbert hatte die enorme, sinnlose Rechnung für das ungegessene Essen ohne das leiseste Zucken in seinem aristokratischen Gesicht bezahlt und dann ein Taxi bestellt und Milly hineingeholfen, als sei sie eine Königin. Schweigend waren sie zurückgefahren durch die müden hochsommerlichen Straßen, deren schwere August-Atmosphäre schon das Ende des Sommers ankündigte, während der schwache Dunst Südlondons die Hitze des Nachmittags kaum merklich verwischte. Milly (schon dachte sie, zurückschauend, an sich selbst als Milly; ihr alter Name war so fern wie ein Traum geworden) – Milly erinnerte sich, wie sie in einer Ecke des Taxis gesessen und sich als sehr ordentlich und kompakt empfunden hatte und vage erstaunt war, daß sie sonst keinerlei Empfindungen verspürte. Ihr war nicht einmal besonders heiß, trotz ihres neuen cremefarbenen, hochgeschlossenen Kostüms mit den bis über die Ellbogen reichenden Ärmeln. So hatte sie dagesessen, auf den Einkaufsrummel der Brixton High Street und auf das schwere, gedämpfte Sonnenlicht geschaut und darauf gewartet, etwas zu empfinden. Denn bis jetzt hatte sie dem winzigen, nagenden Gefühl noch keinen Namen gegeben, das irgendwo in ihr erwacht war, als sie ihr Jawort gab. Sie hatte es noch nicht als bestürzend empfunden, noch weniger als entsetzlich, und es war ihr auch leicht gefallen, es zu vergessen, nach jenen ersten Sekunden. Einerseits war da der Wunsch, besonders gut und glücklich auszusehen auf dem Foto, das Julian bekommen sollte, andererseits mußte sie den Fotografen überreden, die Abzüge vor dem Wochenende fertig zu haben – all dies gab ihr wenig Zeit, über so nebensächliche Dinge nachzudenken wie etwa die Frage, ob ihre Ehe ein Erfolg werden, ob der Rest ihres Lebens, und auch des Lebens von Gilbert, lebenswert sein würde. Wenn nur die Abzüge am Freitag fertig wären, bis mittags, dann würde Julian seinen Abzug aller Wahrscheinlichkeit nach am Montag erhalten. Luftpost ging gewöhnlich ziemlich schnell; Briefe wurden oft schneller über den Atlantik als durch London transportiert, das sagte jeder. Mit etwas Glück würde das Foto, Beweis der Eheschließung, Boston (wo Julian – der hellste Stern unter all den ins Ausland abgewanderten Wissenschaftlern – einen bedeutenden Forschungsauftrag an Land gezogen hatte) – würde das Foto Boston früh am Montagmorgen erreichen. Und das wäre gut so. Montagmorgen, er müßte zur Arbeit, während der Schock ihm noch frisch in den Gliedern saß und ohne genügend Zeit, alles mit Cora durchzusprechen, mit ihr zusammen gehässige Bemerkungen auszuhecken und nach geheimen Zeichen der Spannung im strahlenden Lächeln der fotografierten Gesichter zu suchen.

Ja, Montagmorgen wäre gerade richtig. Milly lehnte sich vor im Taxi, spannte all ihre Kräfte an, setzte ihre ganze Willenskraft ein, als ob das den Fotografen bei seiner Arbeit anspornen könnte und jenen dünnen blauen Brief in die Lüfte tragen würde, damit er fast mit Schallgeschwindigkeit zu Julian gelangte.

Das Taxi hielt auf halber Höhe der langen grauen Lady Street, und Milly fühlte den Arm ihres Ehemannes – (Nein! Nein! Wie sie, sogar in Gedanken, an diesem Wort fast erstickte!) nein, sie fühlte Gilberts knochigen Arm unter ihrem Ellbogen, als er ihr feierlich auf den Gehweg half. Sie stand dort und sah zu, wie er den Fahrer bezahlte, das korrekte Trinkgeld auswählte und es dem Mann reichte, mit jener Autorität im Auftreten, jener unbestrittenen Sicherheit, die sie zuerst angezogen hatte – nun, nein, angezogen ist ein zu starkes Wort – sagen wir, die Milly zuerst hatte denken lassen, daß es wahrscheinlich gar nicht übel wäre, mit ihm verheiratet zu sein. Sie hatte es gern, wenn Männer mit Taxifahrern umgehen konnten. Während sie dort stand, traf die Erinnerung an Julians Geschicklichkeit im Umgang mit Taxifahrern sie wie ein Schlag aus der trägen Augusthitze. Einen Augenblick lang konnte sie sich kaum auf den Beinen halten und war ganz froh, als der stählerne alte Arm unter ihren Ellbogen glitt, sie über den Gehweg führte, sie an einem hohen eisernen Gitter entlanggeleitete ... und ihr jetzt die steilen, schattigen Stufen zum Keller hinunterhalf. Hinunter, hinunter ... Sie spürte eine Kühle, die ihr von unten entgegenschlug, als sie die brennende Augusthitze hinter sich ließ, und während sie weiterging, schien die naßkalte, schattige Steinmauer zu beiden Seiten düster aufwärts zu marschieren, bis Milly schließlich unten war, auf dem Boden eines feuchten, schmalen Cañons, ausgeschlossen vom Sonnenschein und den Passanten. Das Tapp-Tapp der unsichtbaren Füße über ihr schien plötzlich weit weg, Teil einer entschwundenen Welt.

Und jetzt ließ Gilbert neben ihr einen Bund schwerer großer Schlüssel durch die Finger gleiten ... Er wählte den ersten für das normale Schloß, dann einen für das Sicherheitsschloß und einen weiteren für das einbruchsichere Schloß, bis sich schließlich die Tür zur Kellerwohnung knarrend öffnete, und ein Geruch nach eingeschlossenem Schimmel strömte ihr entgegen wie Wasser aus einer geöffneten Schleuse.

Gilbert Soames trug seine junge Frau nicht über die Schwelle. Er hielt die alte, abblätternde Tür höflich für sie geöffnet und wartete, bis sie vor ihm in die Dunkelheit getreten war. Es war natürlich nicht völlig dunkel, wenn die Augen sich erst daran gewöhnt hatten. Gilberts Wohnung (Millys natürlich auch, aber solchen Überlegungen gab sie sich vorläufig noch nicht hin) lag ein ganzes Stück unter dem Boden, aber an einem hellen Tag wie diesem sickerte ein gedämpftes graues Licht herunter und fand einen Weg durch die dicken Eisenstangen, die jedes Fenster der Wohnung vor Einbrechern schützten. Das war jedenfalls Gilberts Erklärung, und zuerst hatte Milly das durchaus einleuchtend gefunden. In einer Gegend wie dieser, hatte er gesagt, mußten Leute, die im Keller- oder im Erdgeschoß wohnten, sich schützen, so gut sie konnten.

Aber als sie jetzt die Stangen von innen betrachtete, spürte Milly wieder das sonderbare Zittern, direkt in der Magengrube. Für die Dauer einer Sekunde spürte sie zum erstenmal ganz schwach, was sie getan hatte, als sie Gilbert Soames heiratete. Die Erkenntnis, daß dies jetzt tatsächlich ihr Zuhause war, kam ihr für einen Moment in den Sinn und verlor sich wieder. Rasch dachte sie an Julian und an die Art, wie er am Montagmorgen gleichmütig jenen Umschlag aufschlitzen würde, ohne zu ahnen, was er enthielt.

Ihr wurde bewußt, daß Gilbert wieder in das Zimmer gekommen war. Seit ihrer Ankunft vor wenigen Minuten war er leise durch die Wohnung gewandert, fast als ob er an allem schnüffelte, wie eine Katze, die sich vergewissern will, daß all ihre Lieblingsecken nicht angerührt worden sind. Jetzt war er wieder in diesem Wohnzimmer mit seinen massiven alten Mahagonimöbeln, und er sah sie mit einer merkwürdigen strahlenden Intensität an. Mit einem plötzlichen, überwältigenden Gefühl des Abscheus wurde ihr klar, daß er beabsichtigte, sie zu küssen.

Die Heftigkeit ihres Abscheus überraschte sie völlig. Denn Gilbert hatte sie oft geküßt, während er in aller Schicklichkeit um sie warb, und sie hatte nichts dagegen gehabt. Aber das war etwas anderes gewesen. Ein Kuß in dieser Zeit war gewöhnlich ein Abschiedskuß gewesen, der ankündigte, daß wieder einmal eine schwerfällige Verabredung gut über die Bühne gegangen war und daß sie jetzt hinauf in ihre einsame Wohnung eilen und über Julian nachdenken konnte, und über sein und Coras Gesicht, wenn sie hörten, daß Milly sich einen anderen Ehemann geangelt hatte. Jene Küsse waren auf die gleiche Weise von befriedigender Endgültigkeit gewesen wie das Frankieren eines Briefes – so, das wäre geschafft – und hatten sie nicht im geringsten gestört. Aber jetzt...

»Ich mache uns Tee!« schlug sie rasch vor und stürzte, ohne auf eine Antwort zu warten, davon in die feuchte, fensterlose Höhle, die Gilbert immer (soviel hatte sie schon gelernt) »die Spülküche« nannte. Aber sie diente als Küche und mußte das seit Jahren getan haben, denn hier hielt der alte, fettverkrustete Gasherd stumm Wache, unberührt von den schwachen, unaufhörlichen Schritten oben, die unbemerkt das neunzehnte Jahrhundert verlassen hatten und tief in das zwanzigste hineingetappt waren.

Tee. Nachmittagstee. Während sie nach Streichhölzern, Kessel und Teekanne suchte, wendete Milly den Ausdruck in Gedanken hin und her und fand ihn gut. Sie war zum Nachmittagstee hier. Zum Nachmittagstee kommt man gegen vier an (so wie sie es getan hatte), und um halb sechs fängt man an, auf die Uhr zu schauen und zu sagen, eigentlich müßte ich jetzt aufbrechen. So würde es sein: sie war von diesem fremden alten Mann zum Tee eingeladen worden, und in zwei oder drei Stunden würde sie wieder zu Hause sein, in dem Frieden und der Einsamkeit der Wohnung in Kensington; vielleicht würde sie eine ihrer Freundinnen anrufen, um ihr davon zu erzählen, nur zum Spaß, wie sie zum Tee bei diesem ulkigen alten Mann gewesen sei, in einer so merkwürdigen, deprimierenden Wohnung, wie bei Dickens, wirklich, meine Liebe!

Mit einem Teil ihres Verstandes wußte Milly sehr genau, daß sie ein Spiel mit sich selbst spielte, eines der gefährlichsten Spiele der Welt. Sie wußte auch, daß ihr So-tun-als-ob früher oder später ein Ende haben und die Wirklichkeit dessen, was sie getan hatte, ihr schlagartig zum Bewußtsein kommen würde, und doch konnte sie das im Augenblick in keiner Weise beunruhigen.

Distanziert, ja auf seltsame Art sogar heiter, ließ Milly den großen eisernen Kessel am Kaltwasserhahn über der alten steinernen Spüle zur Hälfte vollaufen und stellte ihn auf die flackernde kleine Flamme des Gasherdes, und während sie dort saß und geduldig darauf wartete, daß das Wasser kochte, hatte sie plötzlich ein äußerst seltsames Gefühl, nämlich daß dies alles wirklich, tatsächlich passierte. Ihr passierte!

Einen Augenblick lang wurde sie von einer solchen Panik ergriffen, wie sie es noch nie im Traum oder in der Einbildung erlebt hatte, aber sie unterdrückte das Gefühl sofort. Sie konzentrierte ihre Gedanken auf Julian und auf das, was er am Montag denken würde, und was Cora denken würde, und sehr bald war die Realität wieder auf ihren normalen Umfang zusammengeschrumpft, auf den Umfang nämlich, der genau in die kleine Schublade ihres Bewußtseins paßte, die alles war, was sie in der letzten Zeit dafür hatte erübrigen können.

Jetzt sah sie sich in der fensterlosen Küche um, sah den abbröckelnden Putz und die seltsamen Schatten, die die schwache Fünfzehn-Watt-Birne warf, und fragte sich, was für ein Gefühl es sein mochte, wenn ihr klar wurde, daß sie nie wieder bei Tageslicht kochen würde.

Zu ihrer Erleichterung stellte sich heraus, daß sie es sich nicht klarmachen konnte. Natürlich konnte sie es nicht! All dies geschah nicht ihr. Nicht ihr selbst. Es konnte nicht ihr geschehen.

Kapitel 10

Wie lange war es ihr gelungen, auf diese Weise die Augen vor der Wirklichkeit zu verschließen? Während sie sich ruhelos auf ihrem schmalen Bett in Mrs. Mumfords Erstem-Stock-Hofseite hin und her warf, versuchte Milly, sich genau den Augenblick ins Gedächtnis zu rufen, da ihr wirklich klar wurde, auf was sie sich mit dieser Ehe eingelassen hatte, den Augenblick, da sie zum erstenmal ohne Schönfärberei der Tatsache ins Gesicht blickte, daß sie sich unwiderruflich an einen langweiligen, mürrischen alten Mann gebunden hatte, den sie nicht einmal mochte und für den sie nichts empfand außer einem heftigen und peinlichen physischen Abscheu.

Einen solchen Augenblick hatte es natürlich nicht gegeben; solche Augenblicke umwälzender Selbstoffenbarung sind selten. Mit Milly geschah, was den meisten Leuten geschieht, wenn sie mit Fehlentscheidungen oder Katastrophen konfrontiert werden, die zu groß sind, als daß man sie ertragen könnte: sie lassen die Realität Zoll für Zoll eindringen, sozusagen, in kleinen Portionen, um sich um keinen Preis dem ganzen Schock auf einmal auszusetzen. Und inzwischen gewöhnt sich, unbemerkt und unbeabsichtigt, etwas im tiefsten Inneren eines solchen Menschen ganz unauffällig an diese Realität. Es beginnt mit dem Körper. Die Knochen und Muskeln gewöhnen sich unmerklich an die neuen Bewegungsabläufe während des Tages, die neuen Türöffnungen, die neuen Stufen treppauf und treppab, die neuen Gewichte, die neuen Hindernisse. So stellte Milly lange bevor sie sich mit ihrem neuen Status abgefunden oder ihn auch nur richtig begriffen hatte, fest, daß ihre Hand den Wasserhahn in der Spülküche genau so weit drehte, bis er nicht mehr tropfte, stellte fest, daß ihre Füße ohne bewußten Befehl eine Pause einlegten, wenn sie an die eingebrochene siebte Stufe im dunklen, übelriechenden Treppenhaus kamen, das zwischen ihrem und Mrs. Roachs Teil des Hauses lag, stellte fest, daß ihre Augen sich von selbst rechtzeitig schlossen, um Gilberts Anblick auszusperren, wie er die Haut von seiner heißen Milch saugte, gierig, das Vergnügen mit schmatzenden Lippen in die Länge ziehend. Als sie sich schließlich völlig klar darüber war, was sie ihrem eigenen Leben angetan hatte, schien das alles schon eine lange Zeit gewährt zu haben.

Die Abende waren am schlimmsten gewesen, in jenen ersten Tagen. Seltsam, wie jene ersten Abende ihrer Ehe mit Gilbert rückblickend sich aneinandergedrückt hatten, wie erschreckte Schafe, so daß sie wie ein einziger Abend erschienen, ohne Anfang und ohne Ende.

Gewisse Vorfälle aber ragten heraus, messerscharf, und ihr Entsetzen darüber ließ sie noch heute genauso den Atem anhalten wie damals, aber sie konnte sie nicht in eine geordnete Reihenfolge bringen, in der ein Tag dem nächsten folgte. War es zum Beispiel der erste Abend – oder der zweite? oder vielleicht noch später? – als ihr zum erstenmal auffiel, wie früh Gilbert alles für die Nacht abzuschließen pflegte? Sie wußte noch, wie sie dem Tap-Tap seiner alten Turnschuhe gelauscht hatte, während er von einem Zimmer zum anderen wanderte, die Türen verschloß, die hölzernen Klappläden vor die Fenster zog und die schweren Riegel vorlegte. Und erst wenn er das getan und sich in seinem großen Ledersessel niedergelassen hatte und die Leselampe mit dem grünen Schirm ein seltsames Katzenglitzern in die Düsternis des großen Zimmers warf – erst dann kam Milly zum Bewußtsein, mit einem peinvollen Stich puren Entsetzens, daß draußen noch die Sonne schien, daß kleine Kinder mit nackten Beinen und leichter Bekleidung sich an der Hand ihrer Mutter festhielten, während diese, mit Kinderwagen und Einkäufen, durch die Hitze des Spätnachmittags heimwärts strebten.

Das war eine der Erinnerungen. War es am gleichen Abend oder einem späteren, als sie in der Spülküche stand, die beiden Teetassen übertrieben gründlich unter dem Kaltwasserhahn spülte und sie verkehrt herum auf das alte, hölzerne, durch die jahrelange Feuchtigkeit aufgequollene Abtropfbrett stellte? Und dann die beiden Untertassen... die beiden Teller... und dann einfach nur dastand und sich fragte, wie um alles in der Welt sie die Arbeit in die Länge ziehen könnte, so daß sie nicht, jetzt noch nicht, in das Zimmer zurückgehen mußte, wo Gilbert in dem grünlichen Lampenlicht auf sie wartete, zurückgelehnt in seinem großen Ledersessel, die Spitzen seiner langen fleckigen Finger sanft aneinander reibend, während er wartete.

Worauf wartete? Es bedurfte vieler Wochen, bis Milly begann, die Antwort zu ahnen – oder überhaupt zu begreifen, daß es einen Grund gab, die Frage zu stellen. An diesen ersten Abenden war sie sich nur einer Sache deutlich bewußt: einem dringenden Bedürfnis, alles hinauszuschieben, um jeden Preis den Augenblick zu verzögern, da sie sich zu ihm setzen mußte, da sie die schwere Tür aufstoßen und das große düstere Zimmer durchqueren mußte unter seinen ununterbrochen auf ihr ruhenden Blicken, sich einen Weg suchen mußte zwischen der riesigen Mahagoni-Anrichte und dem staubigen großen Mahagonitisch, auf dem stapelweise Bündel vergilbender Zeitungen lagen, jedes einzelne sorgfältig verschnürt.

»Fertig in der Spülküche, meine Liebe?« fragte er dann immer höflich, während sie sich auf den durchhängenden, mit Kretonne bezogenen Armstuhl setzte, gegenüber seinem Ledersessel an der anderen Seite des Kamins. »Ja«, sagte Milly, oder vielleicht »Ja, es ist alles fertig«, und dies kündigte irgendwie das Ende der malerischen kleinen Szene an. Gilbert wandte endlich die Augen ab von ihr, nahm, fast mit einem Ausdruck der Erleichterung, seine Zeitung wieder auf und verschwand dahinter, manchmal für zwei Stunden oder länger.

Er sah es aber nicht gern, wenn Milly las. Wenn er von seiner Zeitung aufblickte und sah, daß sie ein Buch oder eine Zeitschrift auf dem Schoß hatte, runzelte er die Stirn, murmelte vor sich hin und faltete mit betonter Umständlichkeit seine Zeitung zusammen, und dann saß er stumm da und wartete darauf, daß sie etwas sagte.

War es immer so schwierig gewesen, sich zu unterhalten? Während sie schweigend in dem düsteren großen Zimmer saß, das Gilbert Speisezimmer nannte, zermarterte Milly sich den Kopf, worüber sie immer gesprochen hatten, bevor sie verheiratet waren. An jenen Dienstagen oder Freitagen, wenn sie nach dem Industriearchäologie-Kurs in eine Teestube gingen – über was in aller Welt hatten sie sich unterhalten? Sie erinnerte sich, daß die Nachmittage ziemlich langweilig gewesen waren und daß sie gewöhnlich eher erleichtert als traurig war, wenn es Zeit wurde, nach Hause zu gehen – aber es war nicht so schlimm wie dies gewesen. Sicherlich nicht; das konnte es gar nicht. Hatten sie sich über den Kurs unterhalten, die anderen Teilnehmer, über die lächerlichen kleinen Hausaufgaben, die ihnen manchmal gestellt wurden? Hin und wieder, erinnerte sie sich, wurde die Unterhaltung recht interessant, und Gilbert hatte kleine Einzelheiten über sein vergangenes Leben berichtet: von dem Haus, das er mit Verlust verkaufen mußte, als er ins Ausland ging, von dem Bruder, mit dem er seit vierzig Jahren nicht gesprochen hatte wegen irgendeines Streits über den Nachlaß ihres Vaters. Nichts besonders Aufregendes, aber es war immerhin eine Art Unterhaltung gewesen. Aber als Milly jetzt verzweifelt versuchte, diese Themen wieder aufleben zu lassen, intelligente kleine Fragen in das deprimierende Schweigen des großen Zimmers warf, erstickte etwas diese Fragen, noch während sie ihre Lippen verließen. Sie fielen, schwer wie Steine, in die Düsternis, und das Schweigen wogte zurück, manchmal von einer seltsamen Feindseligkeit durchdrungen, als hätte sie etwas unterbrochen.

Gegen neun Uhr – manchmal sogar früher – ließ Gilbert seine Zeitung langsam sinken und rieb sich die Augen mit seinen dürren Knöcheln, so lange, daß Milly die eigenen Augen wehtaten und sie wegschauen mußte. Dann entfaltete er seinen steifen langen Körper aus dem alten Stuhl und stand aufrecht da.

»Ich denke, ich gehe jetzt zu Bett«, sagte er, sie tauschten pflichtgemäß einen Gutenachtkuß, und er tappte davon, mehrere Male durch die ganze Wohnung, in Zimmer hinein und wieder hinaus, bis sich endlich die Tür seines Zimmers mit einem endgültigen Klicken schloß und Milly in einem langen, schaudernden Seufzer ausatmete.

Während die Tage dahingingen, ließ ihre große Furcht, daß früher oder später mehr als der Gutenachtkuß von ihr gefordert werden würde, allmählich nach. Schließlich war er ein alter Mann. Aber beunruhigenderweise schien ihr Abscheu selbst vor dem Kuß im Lauf der Zeit größer zu werden, nicht geringer. Das sonderbare Gefühl seines Schnurrbarts an ihrer Wange, wie eine feuchte Nagelbürste, die Berührung seiner schlaffen Haut... manchmal kostete es sie Mühe, den Kopf nicht zur Seite zu reißen oder die Hände vors Gesicht zu halten, wie um einen Schlag abzuwehren.

Und dann, fast eine Woche nach der Hochzeit, kam ein Abend, den Milly nie vergessen oder vergeben würde – obwohl sie sich nie darüber klar werden sollte, wem eigentlich es zu vergeben galt.

Es war ein Abend wie die vorangegangenen; Milly saß auf ihrem jetzt vertrauten Sessel neben dem feuerlosen Kamin, beobachtete das gelegentliche leichte Zucken von Gilberts ausgebreiteter Zeitung und horchte auf das schwere Atmen hinter der Zeitung. Sie hatte nicht gewagt, ihr eigenes Buch in die Hand zu nehmen, aus Furcht, das könnte ihn veranlassen, seine Zeitung hinzulegen und darauf zu warten, daß sie eine jener schrecklichen Unterhaltungen anfing. Und während sie dort saß, ohne jede Beschäftigung, kam ihr langsam zum Bewußtsein, daß dies Montag war. Es war der Abend des Tages, an dem Julian und Cora das Hochzeitsfoto erhalten haben müßten – und sie hatte nicht daran gedacht!

Nicht daran gedacht! Der Augenblick äußersten Triumphs, für den sie wie nebenbei ihr Leben, ihr Glück und ihre Selbstachtung eingetauscht hatte, war vorbei. Er war gekommen und vergangen, und es war erledigt, und sie hatte es nicht einmal gemerkt! Alles, was jetzt noch von jener großartigen Geste der Verachtung geblieben war, war der Preis, den sie zahlte: der lebenslange Preis, den zu zahlen sie sich so gleichmütig verpflichtet hatte.

Kapitel 11

Barney! He, Barney ... Oh, es tut mir leid! Schlafen Sie oder so?«

Jacko hatte das Licht angeschaltet; jetzt schaltete er es mit Rücksicht auf Millys vermeintlichen Schlaf wieder aus.

»Sie haben Besuch!« flüsterte er zuvorkommend durch die Dunkelheit. »Soll ich sagen, Sie schlafen?«

Inzwischen hatte Jackos höchst eigentümliche Technik, Leute nicht im Schlaf zu stören, Milly kerzengerade und mit klopfendem Herzen im Bett aufsitzen lassen. Wie jeder andere, der plötzlich in fremder Umgebung geweckt wird, brauchte sie einige Sekunden, um zu sich zu kommen und sich daran zu erinnern, wo sie war, aber in ihrem Fall gab es noch ein zusätzliches Problem: sie mußte sich auch daran erinnern, *wer* sie war.

Milly Barnes! Sie war Milly Barnes! Der Erleichterung, die sie durchströmte, folgte Verwirrung. Wie spät war es? Hatte sie geschlafen oder sich nur tief in Träumen verloren? Das Licht des Winternachmittags hatte noch hell durch das Fenster geschienen, als sie es sich auf dem Bett bequem gemacht hatte: jetzt war es völlig dunkel.

»Schalt das Licht an, Jacko, bitte!« drängte sie, und dann, als er es angeschaltet hatte, konzentrierte sie sich auf das, was er gesagt hatte. »Besuch? Was für Besuch?«

»Also ehrlich! Sie sehen aus, als sei die Polizei hinter Ihnen her!« bemerkte Jacko verständnisvoll, als das harte gelbe Licht auf Milly fiel, die auf der äußersten Bettkante saß und ihren Mantel fest an sich preßte, als sei sie bereit zur Flucht. Ihre Augen blinzelten noch von dem Wechsel zwischen Hell und Dunkel; unter Jackos prüfenden Blikken versuchte sie, die Verwirrung abzuschütteln, und zupfte sich das Haar zurecht, so gut sie konnte.

»Was für Besuch?« wiederholte sie, und während ihr volles Bewußtsein zurückkehrte, regte sich Unbehagen in ihr. »Ein Mann oder eine Frau?«

Warum das eine so große Rolle spielte, wußte sie nicht zu sagen. In beiden Fällen konnte es bedeuten, daß jemand aus ihrer Vergangenheit sie aufgespürt hatte. Aber sobald sie hörte, daß ihr Besuch weiblich war, fühlte sie, wie die Furcht aus ihren Gliedern schwand und ihren Körper fest und elastisch zurückließ, bereit zu allem.

»Ich komme«, sagte sie und machte sich auf den Weg die Treppe hinunter, jetzt eher neugierig als beunruhigt.

Jacko hatte die Besucherin, eine ziemlich unordentlich aussehende Frau von etwa vierzig in Hosen und Regenmantel, im Flur stehenlassen, als er sich auf die Suche nach Milly begab. Als sie Milly die Treppe herunter auf sich zukommen sah, wirkte sie geradezu ängstlich.

»Ja?« fragte Milly, und dann, als die Frau immer noch nichts sagte: »Sie wollten mich sprechen? Ich bin Mrs. Barnes. Milly Barnes.«

Daraufhin sah die Fremde noch ängstlicher aus, und einen schrecklichen Augenblick lang fragte Milly sich, ob sie einen verheerenden Fehler gemacht hatte... den falschen Namen genannt, auf irgendeine unerklärliche Weise ihre wahre Identität enthüllt hatte? Zum erstenmal kam ihr zum Bewußtsein (in ihrer großen Sorge um die eigene Sicherheit war dieser Aspekt ihrer Lage ihr bisher entgangen), daß Leute, die wußten, wer sie wirklich war, sicher Angst haben würden.

»Sie wollten mich sprechen?« wiederholte sie argwöhnisch, und jetzt endlich begann die Frau zu sprechen, mit einem vor reiner Nervosität zuckenden Gesicht.

»Ja, das stimmt, Mrs. Barnes. Sie sind doch Mrs. Barnes? Ja. Sehen Sie, das heißt. Ich hoffe, es macht Ihnen nichts aus, daß ich einfach so reinschneie?«

Milly hoffte das auch inbrünstig. Es hing so sehr davon ab, wer die Frau war, warum sie gekommen war.

»Nein, überhaupt nicht«, sagte sie zurückhaltend, und dann hörte sie mit wachsender Verwunderung zu, wie ihre Besucherin immer wieder um den Grund ihrer Anwesenheit herumredete, nie richtig wagte, ihn beim Namen zu nennen.

»Ich möchte, daß Sie wirklich völlig aufrichtig mir gegenüber sind«, sagte sie. »Ich werde volles Verständnis haben. Ich meine, ich würde nicht gern. Das heißt, mir ist wirklich klar, daß sehr viel ... Und wie sieht es heutzutage aus, ich meine für jedermann, nicht wahr?« An diesem Punkt sah sie sich mit wilden Blicken in dem kleinen Flur um, als suche sie moralische Unterstützung. »Ich hasse es wirklich, Sie zu fragen«, hastete sie weiter. »Und ich weiß natürlich, daß Sie nicht ... das heißt, Ihre Zeit muß ... Nun, das sind wir alle, nicht wahr? Und natürlich. Ich meine, mir ist wirklich klar, daß das sehr kurzfristig ist. Es läßt Ihnen nicht viel Zeit, und ich hätte es nie vorgeschlagen, nur. Aber ich habe volles Verständnis, Mrs. Barnes. Ich hätte Sie wirklich gar nicht fragen sollen. Aber sehen Sie, meine andere Frau ...«

Bei Erwähnung dieser vertrauten Gestalt schwand Millys Verwirrung schlagartig.

»Wann soll ich kommen?« fragte sie, und auf der Stelle wurde alles klar. Offensichtlich gehörte Mrs. Lane (denn das war der Name der Frau in Hosen) zum selben Nachrichtensystem wie Mrs. Day, die eine Freundin war von der Frau, wer auch immer es sein mochte, die Milly entdeckt hatte, als sie an diesem Morgen zur Arbeit bei Mrs. Graham ging. Mrs. Lane hatte gehört, sagte sie, von »jedermann«, daß Milly ihre Arbeit großartig verrichte: zuverlässig und schnell, und nach einigen weiteren Schmeicheleien wurde es klar, daß Mrs. Lane sich fragte – sie fragte sich lediglich –, ob diese schnelle, zuverlässige und großartige Arbeit für vierzig Pence die Stunde auch ihr gehören könnte.

Wie viele Stunden? Nun, so viele, wie Milly freundlicherweise erübrigen könne...

Das waren also zwei weitere Nachmittage die Woche, vom nächsten Tag an! Milly ging nach oben; in ihrem Kopf wirbelte es von Vielfachen von vierzig Pence und Überlegungen, was sie dafür kaufen könnte, nachdem die drei Pfund Miete abgezogen waren. Morgen, am Ende des Nachmittags, würde sie schon in der Lage sein, die Wochenmiete zu bezahlen *und* noch einen Schilling in die Gasuhr zu stecken! Und Fish and Chips zu kaufen...!

»Kevin!« rief sie, als sie oben war, »Jacko! Ratet mal, was passiert ist!«

Sie freuten sich so für sie, wie sie es erwartet hatte, und nach einer kurzen und frohlockenden Beratung wurde beschlossen, wenn sie einen Schilling für das Gasfeuer beitragen und irgendwo ein paar Streichhölzer auftreiben würde, würden sie, Jacko und Kevin, losziehen und Schinkenpasteten und eine Dose Nescafé kaufen, um zu feiern. In Millys Zimmer, weil es kleiner als ihres war und die Wärme für einen Schilling länger reichen würde.

Es war für Milly die netteste Feier seit Jahren, und sie endete damit, daß sie Jacko und Kevin half, ihre überfälligen Aufsätze über die Bodenreform in der zweiten Hälfte des neunzehnten Jahrhunderts zu schreiben. Sie wußte nichts über Bodenreform, aber Kevin und Jacko auch nicht, und sie war von den dreien die Geschickteste in der Umformulierung von Passagen aus dem Lehrbuch, so daß die Aufsätze nicht ganz so abgeschrieben wirkten. Außerdem war sie gut in Rechtschreibung.

Sie spielte müßig mit dem Gedanken, selbst Volkswirtschaft zu studieren, aber würde das ebenso zuverlässig wie ihre gegenwärtige Beschäftigung fünfunddreißig Pence die Stunde einbringen? Und würde die Arbeit eines einzigen halben Tages einen über Nacht berühmt machen, wie ihre Vormittagstätigkeit es getan zu haben schien? Würden die Menschen dich anflehen, fast mit Tränen in den Augen, Dozenturen anzunehmen, so wie sie sie, Milly, anflehten?

Nein. Nach reiflicher Überlegung entschied Milly sich dagegen und studierte statt dessen Kevins Stadtplan, um sich den kürzesten Weg zwischen Mrs. Grahams Wohnung und Mrs. Lanes Heim am Castle Hill zu suchen. Wenn sie Mrs. Graham pünktlich um zwei verließ, die Abkürzung durch die Arkaden nahm und dann unter der Eisenbahnbrücke hindurch in die Old Town ... »Fünfzehn Minuten«, prophezeite Kevin. »Nein, ich hab's in sieben geschafft«, prahlte Jacko, »den ganzen Weg vom Busdepot bis ganz oben auf die Old High Street ...« Während sie sich stritten und im Kamin der Rest des Gases für einen Schilling sich verschluckte und erlosch, rechnete Milly sich die Strecke selbst aus. Zwanzig Minuten, kleinere Umwege eingeplant.

Tatsächlich waren es mehr als kleinere Umwege, und da sie nicht vor zehn nach zwei bei Mrs. Graham fortgekommen war, verspätete sie sich um fast fünfzehn Minuten und war völlig außer Atem, als sie den geschwärzten Messingtürklopfer der »Cedars« am Castle Hill anhob. Die Old High Street war steil und gewunden, und Castle Hill zweigte fast an der höchsten Stelle ab, viel weiter oben, als es auf dem Stadtplan den Anschein gehabt hatte. Milly war sich ihres erhitzten Gesichts und ihrer zerzausten Haare sehr bewußt, und auch ihrer Verspätung, und sie hatte vor, sich ausführlich zu entschuldigen, sobald die Tür geöffnet wurde.

»Nennen Sie mich Phyllis!« waren Mrs. Lanes begrüßende Worte, und bevor Milly ein Wort sagen konnte, fügte sie inbrünstig hinzu: »Bitte!« Sie trug dieselben Hosen wie am Vortag, jetzt ergänzt durch einen dicken gestrickten Pullover mit einem ausgeleierten Rollkragen und fast durchgescheuerten Stellen an den Ellbogen. Sie fegte Millys Flut von Entschuldigungen mit ungeduldigen kleinen Zwitscherlauten beiseite und ging voran durch eine kalte, hohe Halle in ein Zimmer nach hinten, in dem es noch kälter zu sein schien, trotz eines kleinen, tropfenden Paraffinofens in einer Ecke.

»Wenn wir die Kohlefeuer in Gang bringen, wird sich das ändern«, entschuldigte Mrs. Lane sich vage und zeigte auf diese Vorrichtung, und dann sah sie sich mit der Miene eines besiegten Menschen um und fuhr fort: »Ich weiß nicht, wo anzufangen ich Sie bitten soll, Mrs. Barnes. Ich weiß es wirklich nicht. Es ist außer Kontrolle geraten, wirklich. O je!«

Milly versuchte, etwas Gegenteiliges zu sagen, aus Höflichkeit, aber die Worte erstarben ihr auf den Lippen.

Das Zimmer sah aus, als sei es seit Monaten weder aufgeräumt noch abgestaubt worden. Bücher und Akten ragten von jeder sichtbaren Oberfläche in kopflastigen Stapeln empor, dazwischen standen und lagen Becher mit eingetrockneten Teeresten, Balsaholzstücke, ein zerlegter Kassettenrekorder und leere Ginflaschen. Über allem als eine Art Dünger zerknitterte Kleidungsstücke: Hemden, zerschlissene Unterhemden, alte Kordhosen – die alle darauf warteten, gewaschen zu werden? Gebügelt? Geflickt? Von Milly?

»Dies ist das Arbeitszimmer meines Mannes«, sagte Phyllis. »Seine Bude«, verbesserte sie sich erwartungsvoll, als könne das einen Unterschied machen. »Sie wissen ja, wie Männer sind!« fügte sie mit einem vorsichtigen Seitenblick auf Milly hinzu. »Glauben Sie?« fuhr sie fort. »Ich meine, die Sache ist so. Na ja, es ist Eric, verstehen Sie. Mein Mann. Was ich gern möchte, Mrs. Barnes: ob Sie versuchen könnten, hier ein bißchen sauberzumachen? Sie wissen schon, einfach alles hübsch und ordentlich machen, aber Sie geben sich doch Mühe, nichts anzurühren, nicht? Eric geht in die Luft, wenn irgend etwas angefaßt wird.«

Diese Anweisungen stimmten Milly ein wenig nachdenklich. Andererseits: vierzig Pence die Stunde! Außerdem, diese arme Frau, von deren Pullover Wollfäden hinunterbaumelten, schien so durcheinander und sah Milly schon jetzt so sehnsüchtig an, als sei sie ihr dankbar, daß sie sich das Zimmer auch nur ansah.

»Sie könnten nicht sofort anfangen, oder?« fragte Phyllis. »Oder hätten Sie lieber eine Tasse Kaffee?«

Eine Entscheidung zwischen den beiden Möglichkeiten, so vorgebracht, war etwas peinlich, aber nach dem langen Marsch hügelaufwärts und den vier vorausgegangenen Stunden Arbeit fand Milly den Mut, sich für den Kaffee zu entscheiden. Außerdem wollte sie über die vor ihr liegende Aufgabe nachdenken und etwas mehr über ihre Arbeitgeberin in Erfahrung bringen. Sie hatte Mrs. Lane (oder Phyllis, das durfte sie nicht vergessen) bereits eintaxiert als eine jener Hausfrauen, die im geheimen ein Traumhaus vor sich sehen: ein Haus, das keine Ähnlichkeit mit dem Haus hat, in dem sie tatsächlich wohnen, von dem sie aber glauben – und durch nichts davon abzubringen sind –, daß es sich eines Tages plötzlich materialisieren wird, wenn sie nur immer weiter treu und brav irgendwem vierzig Pence die Stunde bezahlen, als ob man am Tempel der Athene genügend Schafe opferte. Bei einem Arbeitgeber dieser Art ist es die erste Aufgabe einer Putzfrau, ein möglichst genaues Bild von diesem Traumhaus zu bekommen, so daß sie dann all ihre Bemühungen in diese Richtung lenken oder wenigstens diesen Anschein erwecken kann.

So erkundete Milly über dem Kaffee die Lage. Sie stellte fest, daß Phyl Lane sich als der gute Geist eines warmen, gastfreien Hauses sah, wo eine lockere und zwanglose Atmosphäre herrschte. Ein Haus, wo Ehemann und halbwüchsige Söhne bei ihren schmutzintensiven Hobbys unterstützt wurden und nie ein Nörgeln zu hören bekamen. In Gedanken sah Phyllis ein loderndes Holzfeuer im Kamin jener eiskalten Halle, sie sah eine stets offene Haustür und eine Speisekammer voller Vorräte, so daß Freunde zu jeder Tages- oder Nachtstunde hereinschneien konnten und immer willkommen geheißen wurden. All dies, so schien es, stand seit den letzten achtzehn Jahren kurz vor der Verwirklichung, und wenn Phyllis es nur schaffen könnte, den Zucker nicht zu knapp werden zu lassen und da zu sein, wenn der Kohlenmann kam, und wenn es nur nicht so schwierig wäre, das Auto einzuparken, so daß sie in großen Mengen einkaufen könnte... Und wenn Eric nur verstehen würde, wie schwierig alles war...

Ihr Vertrauen darauf, daß all dies sich jetzt, da Milly da war, ändern würde, war erschreckend, und als Milly, fast in Panik geraten, auf Angabe von Einzelheiten ihrer Pflichten drängte, konnte sie ihrer neuen Arbeitgeberin nur entlocken, daß sie, Phyllis, der Meinung sei, ein Haus sollte ein Zuhause sein, und würde Milly dafür sorgen, wenn sie die Zimmer der Jungen machte, daß sie die Ersatzteile des Fahrrads, das Martin im letzten Sommer auseinandergenommen habe, nicht von der Stelle bewege? Er habe sie sorgfältig auf dem Teppich ausgebreitet, und würde Milly zwischen ihnen staubsaugen und dabei auf Schrauben achten? Und wenn sie nichts dagegen hätte, Michaels Bett neu zu beziehen? Das hätte eigentlich schon vor Ewigkeiten geschehen sollen, aber sie, Phyllis, habe es nicht selbst tun können, weil Michael seine Sammlung von Glanz-O-Verpackungsdeckeln auf seinem Bett aufbewahre, sie seien alle durchgehend geordnet, und wenn er einhundert von ihnen habe, würde er sie für ein Luftgewehr einsenden, würde Milly also besonders darauf achten, sie nicht durcheinanderzubringen? Und die Origami-Ausschneidefiguren, auf die sie Weihnachten so verrückt gewesen waren, die lägen auch auf dem Bett. Oh, und vor allem, wenn Milly staubsaugte, würde sie sehr sorgsam auf die elektrische Eisenbahn achten, die auf dem Boden aufgebaut war? Michael hatte nicht mehr damit gespielt, seit er elf war, aber er sei immer noch sehr eigen, wenn andere darangingen. Milly verstand das doch? Offensichtlich hatte meine andere Frau das überhaupt nicht begriffen.

»Es wird nett sein, wenn die Zimmer der Jungen wieder richtig nett aussehen!« schloß Phyllis sehnsüchtig ab. »Es wächst mir über den Kopf, manchmal, wirklich. Jungen sind so... Nachdem sie aufhörten, Kinder zu sein, meine ich.«

Sie lächelte, seufzte und schloß ihre müden Augen für einen Augenblick. Hinter ihren geschlossenen Lidern erschienen Visionen von Abbildungen farbenprächtiger Teenager-Zimmer in den Sonntagsbeilagen, mit Fensternischen aus skandinavischem Holz und bunten Kissen, auf dem einfachen weißen Holztisch wie zufällig ein oder zwei nagelneue Popmusikplatten. Meiner anderen Frau war es nicht gelungen, diese Verwandlung zu bewirken, zugegeben, aber sicherlich würde diese Mrs. Barnes es schaffen? Schließlich bekam sie fünf Pence die Stunde mehr als meine andere Frau.

Mit großen Bedenken ging Milly an die Arbeit. Aber zuerst war da wieder das übliche Problem mit Staubtüchern und Putzlappen. Wie die Mehrzahl anderer Arbeitgeberinnen bot Mrs. Lane, mit dem rührenden Wunsch zu gefallen, Milly Nylonfetzen und die Reste abgebrochener Strickarbeiten an. Traurig wie ein enttäuschtes Kind hörte sie sich Millys Erklärung an, warum dies nicht das richtige war.

»Aber ich habe ganze Schubladen voll davon; können Sie sie überhaupt nicht verwenden?« bettelte sie, als Milly die dritte zerrissene Schnellstrickjacke, an der noch Knöpfe hingen, zurückwies; schließlich gab sie, bekümmert und verwirrt, Millys inzwischen unbarmherziger Forderung nach etwas wie einem alten Handtuch nach. Weiter unter Druck gesetzt, brachte sie einen Plastikeimer ohne Henkel zum Vorschein, und eine Sprühdose mit einem Poliermittel, die nicht sprühte. Wortlos versprach Milly sich selbst, ihren allerersten Lohnüberschuß dazu zu benutzen, sich Staubtücher und Putzlappen und richtige Poliermittel zu kaufen: sie würde mit der Ausrüstung für ihren Beruf herummarschieren wie ein Klavierstimmer oder andere Spezialisten.

Mrs. Lane bat sie, in Mr. Lanes Arbeitszimmer anzufangen, dem Zimmer, das sie als erstes gesehen hatte, und eine Minute lang stand Milly da und sah sich um, und Panik stieg in ihr auf. Aber sie widersetzte sich ihr. An ihre Erfahrungen denkend, flüsterte sie sich zu: »Tu irgend etwas. Nimm eine einzige Sache in Angriff. Dann wird dein Herz nicht mehr so klopfen wie jetzt, und du wirst sehen, wie es weitergeht.«

Während sie immer noch so dastand und auf den Mut wartete, ihren eigenen vortrefflichen Rat in die Praxis umzusetzen, steckte Phyllis ihren zerzausten Kopf durch die Tür.

»Oh, es ist schon viel besser. Oh, Sie kommen wirklich voran!« log sie verzweifelt, und als Milly sah, wie nahe sie der Panik war, vergaß sie beinah ihre eigene.

»Ich gehe gerade an die Arbeit«, erwiderte sie beschwichtigend, und noch während sie sprach, fühlte sie in sich die Kraft anzufangen. Sie hatte bereits die eine Sache ins Auge gefaßt, die in Angriff genommen werden konnte.

Die schmutzigen Becher und Tassen. Mochten sie ihre Rettung sein. Teeblätter. Kaffeesatz. Manches frisch, manches schon fast verschimmelt. Milly sammelte sie alle ein und trug sie hinaus in die Küche, und bis sie zurückkam, wußte sie, daß ihr Vertrauen in die eine Sache sich wieder einmal gerechtfertigt hatte. Sie sah jetzt genau, wie sie das Zimmer in Angriff nehmen mußte.

Zuerst die herumliegenden Kleidungsstücke. Nichts macht ein Zimmer so unwohnlich wie Kleider. Sie hatte nicht vergessen, daß der abwesende Mr. Lane vermutlich einen Wutanfall bekommen würde, wenn sie irgend etwas anfaßte, aber sie hatte ihre eigenen Vorstellungen, was ein Mann – besonders ein Ehemann – als »irgend etwas« betrachten würde. Gewiß nicht Kleidungsstücke, die gebügelt werden müssen. Oder eine beigefarbene Strickarbeit in einer Papiertüte. Oder eine verschrumpelte halbe Grapefruit in einer Pastetenform. Milly vermutete auch, daß der unbekannte Mr. Lane bereit sein könnte, das Verschwinden der jammervollen kleinen Sammlung zu übersehen, Gegenstände, die alle seiner männlichen Aufmerksamkeit harrten: das kaputte elektrische Bügeleisen, das »Teemädchen«, das keinen Tee mehr machte, die staubbedeckte Do-it-yourself Porzellanklebeausrüstung, ergänzt durch mehrere Pappkartons, die alles während der letzten elf Jahre zerbrochene Geschirr des Laneschen Haushaltes enthielten. Sie machte sich daran, Stück für Stück all die Dinge zu entfernen, ohne die, nach ihrer Erfahrung, ein Mann glücklicher ist. Bald tauchten hier und dort wieder Oberflächen auf, die abgewischt oder mit dem Staubtuch bearbeitet werden konnten. Sie wünschte nur, Mrs. Lane würde nicht ständig den Kopf durch die Tür stecken und ihr mitteilen, wie großartig alles aussehe. Das tat es nicht, noch nicht, und wenn es soweit wäre, würde nichts mehr zu sagen übrig sein.

Um halb vier stand Milly vor einem neuen Problem,

einem, das sie törichterweise nicht vorausgesehen hatte. Sie war müde. Nicht angenehm, befriedigend müde, wie man es nach einem langen Spaziergang sein könnte, sondern müde in einer schmerzenden, hartnäckigen Intensität, die anders als alles war, was sie bisher erfahren hatte. Sie hätte natürlich wissen müssen, daß ihr mittelalter, untrainierter Körper irgendwann rebellieren würde; der Schmerz in ihren Beinen letzte Nacht, nachdem sie nur bei Mrs. Graham gearbeitet hatte, hätte sie warnen sollen. Was für eine Närrin war sie gewesen! Fröhlich, und nichts anderes im Kopf als das zusätzliche Geld, hatte sie Nachmittagsjobs für jeden Tag der Woche angenommen und sich nicht eine Sekunde gefragt, ob sie das physisch schaffen würde.

Typisch! – schalt sie sich selbst. Typisch! So bin ich mein ganzes Leben gewesen, dies ist die Wurzel aller Schwierigkeiten, die ich je gehabt habe. Warum lerne ich nie dazu?

Was dazulernen? Daß sie in Zukunft darauf achten mußte, ihre eigenen Grenzen zu berücksichtigen? Oder daß jeder jedes tun kann, wenn er sich erst in eine Lage gebracht hat, wo er keine andere Wahl hat? Es gibt nie nur eine einzige Antwort.

Und so ergab es sich, daß Milly, da sie noch zwei weitere Stunden arbeiten mußte, tatsächlich weiterarbeitete. Sie wurde mit dem Arbeitszimmer fertig und begann sogar noch mit den Zimmern der Jungen. Sie stellte fest, daß ihre Beine sie hierhin und dorthin trugen, ob sie glaubten, sie konnten es, oder es nicht glaubten. Daß ihr Rücken sich beugen würde, und wieder beugen, lange nachdem sie glaubte, er hätte die Grenze seiner Belastbarkeit erreicht.

Nach etwa einer Stunde begann etwas Merkwürdiges zu

geschehen. Gegen halb fünf kam ihr mit ungläubigem Staunen zum Bewußtsein, daß sie eindeutig weniger müde wurde, nicht noch müder, während sie weiterarbeitete. Psychosomatisch? Ein neuer Energieschub? Eine Art physiologischer Anpassung an Streß? Zum zweitenmal in ihrer neugeborenen Existenz flüsterte Milly ihrem eigenen Körper mit seinen außergewöhnlichen, ungenutzten Kräften ein Dankgebet zu. Wieder war er auf die Probe gestellt worden und hatte nicht versagt. Sie und er hatten als Partner die Müdigkeit mit ihren eigenen Waffen geschlagen, und sie würden sie nie wieder fürchten. Die nächste halbe Stunde arbeitete Milly weiter, schmerzlos wie in einem Traum, und ihre Glieder bewegten sich in einem Rhythmus, der ganz von außerhalb ihrer selbst zu kommen schien. Nur ein schwaches Summen in den Ohren und eine gewisse Langsamkeit im Denken erinnerten sie noch daran, wie nahe sie dran gewesen war, vor Erschöpfung zusammenzubrechen.

»Mögen Sie eine Tasse Tee?« kam Phyllis' Stimme von unten. »Oder würden Sie lieber erst die Zimmer der Jungen fertig machen?«

Milly fand diese Doppelfragen etwas verwirrend, aber da der Tee bereits aufgegossen war und die beiden Tassen und Untertassen schon auf dem Küchentisch standen, vermutete sie, daß Phyllis mit ihrer Entscheidung für den Tee rechnete.

»Tee? O ja, bitte, gern«, sagte sie, und sogleich stürzte Phyllis sich in Entschuldigungen über Entschuldigungen.

Kein Würfelzucker, nur Kristallzucker. O je. Machte Milly das etwas aus? Und, o je, die Keksdose war leer. Überhaupt kein Kuchen, es war in der letzten Zeit alles ein bißchen ... Aber Weißbrot war reichlich da. Und Marmelade. Und Erdnußbutter. Und Orangenkonfitüre. Und geräucherter Lachs ... Während Phyllis so aufs Geratewohl in ihren Vorratsschrank griff und mit der Hingabe eines Menschen, der versucht, einen sinkenden Ballon leichter zu machen, Vorschläge über die Schulter warf, hörte Milly gierig zu. Eigentlich hätte sie alles gern gehabt, mit Ausnahme der Erdnußbutter ... Und die Marmelade war, wie sich herausstellte, schimmelig. Immerhin: Orangenkonfitüre, geräucherter Lachs und vier Scheiben Weißbrot waren nicht übel für einen Nachmittagstee. Milly fühlte ihre Kraft zurückkehren und hätte bereitwillig ihre Arbeit in den Zimmern der Jungen wieder aufgenommen, aber Phyllis ließ es nicht zu.

»Es ist halb sechs, nun, fast«, entschied sie, obwohl es tatsächlich noch nicht zwanzig nach war. »Ich möchte nicht, daß Sie Ihre Zeit überziehen, Mrs. Barnes, Sie haben sehr schwer gearbeitet. Ja. Sie kommen doch am Montag wieder, ja ...?«

Die ganze Zeit, während sie sprach, drängte Phyllis Milly aus der Küche, half ihr in den Mantel, drückte ihr Geld in die Hand. »Danke«, sagte sie, immer und immer wieder, »vielen Dank ...« Es war, als liefe sie, nicht Milly, vor irgend etwas davon ... Aus ihren hektischen Blicken auf die Uhr, während sie Milly auf die Haustür zu drängte, konnte man fast schließen, daß sie jeden Moment die Polizei erwartete ... Und genau in diesem Augenblick, wie auf ein Stichwort, wurde an die Haustür geklopft.

Phyllis wurde blaß. Sie sah sich mit gehetzten Blicken um, als suche sie einen Fluchtweg. Dann nahm sie sich zusammen, trat vor und öffnete die Tür.

Keine Polizisten. Nur eine harmlos aussehende Frau in

Pelzmantel und eleganten Stiefeln. Begrüßungen, in deren Verlauf Milly sich hastig vorgestellt hörte als »Eine Freundin von mir, Milly Barnes, ich fürchte, sie ist gerade im Begriff zu gehen...« Und um noch größere Verwirrung und Verlegenheit auf allen Seiten zu vermeiden, nahm Milly rasch ihre Handtasche an sich und ging.

Im Augenblick, als es geschah, wunderte Milly sich über die kleine Episode, fand sie sogar etwas beunruhigend – hatte Phyllis das Gefühl, daß etwas verdächtig sei an ihrer neuen Putzhilfe, etwas, was man verbergen sollte vor seinen Freunden? Erst als sie die Lanes besser kennenlernte und erfuhr, wie reich sie waren, verstand sie Phyllis' Verlegenheit. Wie so viele reiche Leute heutzutage gab Phyllis Lane äußerst ungern zu, daß sie sich alles leisten konnte, und daß sie eine Putzfrau hatte, schon gar nicht. Sie sah sich selbst gern als eine jener fröhlichen, unendlich fähigen Mutterfiguren, die Brot backen, Decken anstreichen, Treibholz für das Kaminfeuer sammeln und außerdem noch ohne fremde Hilfe und mit unbekümmerter Tüchtigkeit den Haushalt führen.

Nicht, daß ihr auch nur ein Teil davon jemals gelang – sie schaffte es nicht einmal, den Kohlenmann zu bestellen, und im Supermarkt gab es eben nur pappiges Weißbrot in Folie. Aber eines Tages – sehr bald, wenn nur dies, das und jenes nicht immer schiefginge – eines Tages würde ihre Vision Wirklichkeit werden, und in der Zwischenzeit wollte sie natürlich nicht auf frischer Tat ertappt werden, wie sie ihre Putzfrau bezahlte. Dazu noch von einer der ärmsten all ihrer neuen armen Bekannten (Beweis waren der Pelzmantel und die eleganten Stiefel). Wenn sie in diesem Augenblick der Verwirrung und der Verlegenheit Zeit zum Philosophieren gehabt hätte, wäre sie vielleicht angesichts ihres modisch gekleideten Besuches zu der Erkenntnis gelangt, daß man Armut heutzutage genauso schwer nachäffen kann wie früher den Reichtum.

Kapitel 12

Nach Ablauf von zwei Monaten folgte Millys Leben einem Muster, das, so kam es ihr vor, noch nie anders gewesen war. Der Tag begann damit, daß Kevin und Jacko in ihrem Zimmer auftauchten, um ihren morgendlichen Tee zu machen, und immer gehörte es zum Ritual, daß sie sich um die Gasuhr stritten. Die Jungen schienen stolz darauf zu sein, nie einen Schilling für die Gasuhr zu haben – sie kamen sich dann so vor wie wirklich arme Studenten, und das nahm dem Hi-Fi-Set, den Stapeln von LP's und der Schmalfilmkamera, die Jackos Vater ihm zu Weihnachten geschenkt hatte, auf subtile Weise den Ruch von Reichtum. Da es ihnen offenbar sehr viel bedeutete, keinen Schilling zu besitzen, machte Milly mit und hörte sich jeden Morgen zuvorkommend die kleine Auseinandersetzung an; und dann war es leider immer sie, die den Schilling hervorholte. Fünfunddreißig Pence die Woche – schließlich nicht mehr als der Lohn für eine Stunde Arbeit. Selten wurde eine so gemütliche Freundschaft so billig erkauft.

Dann, um halb zehn, machte sie sich unter den aufmerksamen Blicken von Mrs. Mumford (die es immer fertigbrachte, gerade zu dieser Zeit mit einem Staubtuch im Eingang herumzuwedeln) auf den Weg zur Arbeit.

»Also, auf Wiedersehen, Mrs. Mumford«, sagte sie, während sie die Haustür aufriegelte, und »Bis später« entgegnete Mrs. Mumford, wenn sie gute Laune hatte, »Auf Wiedersehen, Mrs. Barnes«, wenn das Gegenteil der Fall war. In jedem Fall fügte sie immer hinzu: »Zur gewohnten Stunde zurück, nehme ich an?«

Wie wundervoll, schon eine ›gewohnte Stunde‹ zum Zurückkommen zu haben!

»Ja!« jubelte Milly, und dann ging es hinaus in den eisigen Wintermorgen.

Sie liebte diesen morgendlichen Weg zu Mrs. Graham; sie liebte die kalte, salzige Luft auf ihrer Haut und das Gefühl in den Gliedern, noch nicht müde zu sein. Dies war eine positive, freudige Empfindung, wie sie sie noch nie zuvor erfahren hatte – aber andererseits hatte sie auch noch nie die bleierne, verzweifelte Müdigkeit erfahren, die sie regelmäßig Mitte des Nachmittags an ihren Arbeitstagen überkam. Seit sie körperliche Arbeit verrichtete, schien sie in einer neuen Dimension physischen Bewußtseins zu leben: jeder Muskel ihres Körpers schien zu eigenem Leben erwacht zu sein, auf die Belastungen und Freuden von Bewegung zu achten, und sie war sich bewußt wie nie zuvor, daß sie selbst das Kommando führte. Sie war es, und nur sie, die einem erschöpften Arm oder Bein den Befehl »Bewege dich!« erteilen konnte, und sie bewegten sich wirklich.

Aber zu dieser Zeit, am hellen Vormittag, war nichts Derartiges nötig. Ihr ausgeruhter Körper ging mit schwungvollen Schritten durch den tiefhängenden Nebel oder vielleicht durch schwache, fahle Sonnenstrahlen wie der Körper einer Tänzerin. So empfand sie es jedenfalls, und wenn er eher dem Körper einer mittelalten, sich zur Arbeit schleppenden Frau mit Kopftuch glitt – was kümmerte Milly das? Je weniger bemerkenswert sie aussah, um so zufriedener war sie. Dann würde sich niemand die Mühe geben, zur Kenntnis zu nehmen, wie sie immer für ein paar Sekunden beim Zeitungshändler an der Ecke stehenblieb, einen Blick auf die Schlagzeilen warf, hier blätterte, sich dort rasch die letzte Seite ansah, als überlege sie, welche von allen sie kaufen sollte... und dann mit einem neuen Federn in ihren Schritten weiterging, einer neuen Sicherheit in der Haltung ihrer Schultern – ohne eine einzige Zeitung gekauft zu haben.

Und während die Tage vergingen und die gefürchtete Schlagzeile nie erschien, wurde das morgendliche Ritual immer mehr zur Routine, bis Milly sich nach der vierten Woche so sicher fühlte, daß sie sich kaum noch die Mühe gab, überhaupt in die Zeitungen zu schauen. Jetzt tänzelte sie mit einem äußerst oberflächlichen Blick am Zeitungshändler vorbei. Ja, sie hatten es immer noch mit dem Bus-Streik in London – als ob das irgend jemand interessierte; wo war London überhaupt? Sie fühlte sich fern von all dem, sie fühlte sich großartig und endlich völlig sicher. Fast ein Monat jetzt, und immer noch kein einziges Wort über sie! Sie hatte es wohl geschafft, wenn sie sich auch nicht vorstellen konnte, wie.

Und zu diesem Zeitpunkt gab es die ersten Zeichen dafür, daß nicht alles ganz so war, wie sie gehofft hatte.

Der Tag hatte genauso begonnen wie jeder andere Tag. Sie machte sich sorglos wie immer auf den Weg zu Mrs. Graham, kein größeres Problem im Kopf als die Frage, ob Mrs. Graham an diesem Vormittag zur Bibliothek gehen würde oder nicht. Mrs. Graham hatte es sich zur Gewohnheit gemacht, ein- oder zweimal die Woche den Vormittag in der Universitätsbibliothek zu verbringen, um die neuesten Fachzeitschriften für Soziologie durchzusehen, und ließ Alison in Millys Obhut. Bei diesen Gelegenheiten bekundete sie soviel mütterliche Besorgtheit, gab Milly so viele Anweisungen, daß jedermann denken könnte, Milly kümmere sich nicht ohnehin die ganze Zeit um Alison. Denn inzwischen war es zur Routine der Vormittage geworden, daß Alison um Viertel nach elf, gerade wenn Milly und Mrs. Graham mit ihrer Kaffeepause begannen, zu weinen anfing. Mrs. Graham runzelte dann die Stirn, stellte ihre Tasse ab und starrte Milly verwirrt an.

»Aber sie wacht nie vor dem Lunch auf!« rief sie dabei ungläubig aus. »Sie schläft immer durch! Hören Sie, Mrs. Äh, hätten Sie etwas dagegen, nur dies eine Mal ...?« Und Milly schluckte widerstrebend den Rest ihres Kaffees hinunter, wie jeden Vormittag, ging hinauf, nahm Alison aus ihrem Bettchen, wechselte die Windeln und ertrug von da an für den Rest des Vormittags ununterbrochen ihre Gesellschaft, während sie versuchte, ihre Arbeit zu machen.

Der einzige Unterschied an den Bibliotheksvormittagen war, daß das Drama früher begann. Um halb elf etwa begann Mrs. Graham, leise durch die Wohnung zu hasten, vorsichtig Papiere in ihre Aktentasche zu schieben und sich im Flüsterton mit Milly zu unterhalten ... genauso, als plane sie eine Flucht aus dem Tower. Was sie wirklich plante (wie Milly bald klar wurde), war natürlich, sich aus der Wohnung zu entfernen, bevor Alison zu weinen begann. Sie hatte es gern, wenn sie in sicherer Entfernung von der Wohnungstür über die Schulter zurückrufen konnte: »Und Alison wird bis zum Lunch schlafen ...«, bevor die ersten Schreie die Luft zerrissen.

Dennoch bevorzugte Milly, alles in allem, die Bibliotheksvormittage. Einmal bedeutete es, daß sie ihre Kaffeepause machen konnte, wann es ihr paßte – wenn nötig, ließ sie Alison fünf Minuten schreien, während sie sich entspannt zurücklehnte und Kaffee trank, den sie genau nach ihren eigenen Vorstellungen gemacht hatte, mit genau der richtigen Menge Zucker. Zum anderen – und das war die Hauptsache – bedeutete es, daß sie keines der arbeiterleichternden Geräte in der Küche benutzen mußte und mit der Arbeit so schnell vorankam, wie es ihr gefiel. An den Vormittagen, an denen Mrs. Graham zu Hause war, bestand immer die Möglichkeit, daß die Korrelationen sie langweilten und sie in die Küche marschiert kam und fragte: »Aber Mrs. Äh, warum benutzen Sie nicht das ...?« und eine weitere sperrige, fettverkrustete Vorrichtung aus ihrem Versteck hervorzog, die einfache Arbeiten kompliziert machte. Und wenn das geschehen war, gab es kein Zurück mehr. Im allgemeinen und die meiste Zeit war Mrs. Graham eine so vage und geistesabwesende Arbeitgeberin, wie man sie sich nur wünschen konnte. Umflort von ihrem akademischen Grad schwebte sie durch ihre Hausfrauenpflichten, so daß nur Millys krasseste Unzulänglichkeiten in ihr Bewußtsein drangen. Doch wenn sie eine der arbeiterleichternden Vorrichtungen in den Händen hielt, benahm sie sich wie ein Gangster mit einem Schießeisen; nichts konnte sie von ihrem Ziel abbringen. Bei solchen Gelegenheiten vergaß sie völlig, wie beschäftigt sie war, und daß niemand sie je in Ruhe ließ, und widmete klaglos einen halben Vormittag der Aufgabe, Milly von Zimmer zu Zimmer zu folgen, um sich zu vergewissern, daß Milly den elektrischen Abstauber benutzte und kein Staubtuch. Und während der Staub gemächlich durch die Räume zog und die Korrelationen vernachlässigt in der Schreibmaschine dahinwelkten, hielt Mrs. Graham Milly lange Vorträge über das Prinzip der Saugwirkung, und daß die Möbel nicht richtig sauber wurden, wenn man nicht den Abstauber benutzte.

So galt es also, wie Milly es sah, mit dem Staubwischen fertig zu sein, bevor Mrs. Graham ihr auf die Finger schaute; die Kartoffeln mit dem hübschen kleinen scharfen Messer zu schälen, bevor Mrs. Graham auftauchte und die Kartoffelschälmaschine ausgrub; die Kartoffelschalen in Zeitungspapier zu wickeln und rasch zur Mülltonne hinauszutragen, bevor Mrs. Graham in die Küche gewandert kam und sie dabei erwischte, daß sie den elektrischen Müllvernichter nicht benutzte. So hatte sie Milly an ihrem zweiten Tag erwischt, die Zeitung voller Schalen an sich gerissen, als Milly sie gerade in die Mülltonne bringen wollte, und das ganze Bündel triumphierend in den Spülstein geworfen.

»So wird das gemacht, Mrs. Äh!« hatte sie ausgerufen. »Nicht nötig, sich mit der Mülltonne abzugeben! Es geht alles den Abfluß hinunter! Sehen Sie?« Und auf das Drehen eines Schalters hin erfüllte ein scheußliches schwirrendes Geräusch die Küche. Die Kartoffelschalen regten sich leise, wie im Schlaf, und kamen dann wieder zur Ruhe.

»Manchmal muß man beide Hähne aufdrehen!« schrie Mrs. Graham Milly ins Ohr, den Krach übertönend, und sie lehnten sich beide über den Spülstein und sahen zu, wie das Wasser hinunter auf die Kartoffelschalen stürzte. Sie waren jetzt hübsch in Bewegung geraten, und Mrs. Graham und Milly beugten sich noch weiter vor. Die Ungewißheit war schrecklich.

»Sehen Sie, sehen Sie!« rief Mrs. Graham aufgeregt. »Haben Sie gesehen? Eine geht runter! Aber Sie müssen sie auf den Abfluß zuschieben, Mrs. Äh, verstehen Sie?... Haben wir nicht einen Stock oder so was?«

Sie benutzte einen alten Mopgriff, danach einen Holzlöffel, und allmählich, mit gutem Zureden und Anspornen von beiden Frauen, wurde der Kartoffelschalenberg kleiner. Schließlich waren nur noch einige wenige, sehr widerspenstige Schalen übrig, und Mrs. Grahams Jubel war grenzenlos.

»Sehen Sie!« schrie sie, so laut sie konnte, um in dem Krach gehört zu werden: »Haben Sie das gesehen, Mrs. Äh?« Während sie sprach, stellte sie die Maschine ab, so daß die letzte Silbe in der plötzlichen Stille dröhnte wie ein Preßluftbohrer. »Sehen Sie? Fast alle sind verschwunden! Nicht nötig, sich in meiner Wohnung mit Mülltonnen herumzuärgern, Mrs. Äh! Es geht alles durch den Müllvernichter!«

Aber keine abgebrannten Streichhölzer. Oder Milchflaschendeckel. Oder Papiertüten. Oder Hühnerknochen. Und so wurde es jeden Tag nach ihrer Ankunft zu Millys erster Aufgabe, diese und andere Dinge aus dem schrecklichen Brei auszusortieren, der im Spülstein immer auf sie wartete. Mit einem bedingungslosen Glauben, um den sie die ersten Christen hätten beneiden können, warf Mrs. Graham alles, ranziges Fett eingeschlossen, in die Nähe der Abfallvernichtungsanlage und wartete dann voller Vertrauen darauf, daß der Zauber wirksam wurde.

Was er natürlich tat, pünktlich jeden Morgen nach Millys Ankunft. Da es in diesem Stadium keine Möglichkeit mehr gab, alles herauszufischen, verbrachte Milly gewöhnlich die ersten zwanzig Minuten ihrer Arbeitszeit damit, mit verschiedenen Geräten in dem Abfall herumzustochern und zu stöbern, Wasserhähne und Maschine voll aufgedreht.

Mrs. Graham liebte die Anlage. Oft verließ sie ihre Schreibmaschine und kam in die Küche und sah zu,

Ratschläge und Anfeuerungsworte kreischend wie ein Fan von Manchester United, und je länger alles dauerte, um so besser gefiel es ihr. Sie schien das Gefühl zu haben, wenn die Anlage zwanzig Minuten in Betrieb war, sei das zwanzigmal so arbeitssparend wie eine Minute Einschaltzeit.

So war Milly aus verschiedenen Gründen ehrlich erleichtert, als sie an diesem besonderen Morgen feststellte, daß es ein Bibliotheksvormittag werden würde. Als Milly eintraf, telefonierte Mrs. Graham gerade und erzählte irgend jemandem davon (Milly hatte jetzt ihren eigenen Wohnungsschlüssel, wie auch zu den Wohnungen ihrer übrigen Arbeitgeber; wie gut, Diebstahl gehörte wenigstens nicht zu ihrem Sündenregister). Als sie die Wohnung betrat, hörte sie Mrs. Grahams Stimme, laut und deutlich, aus dem Wohnzimmer:

»Ich komme vor eins nicht zurück«, sagte sie. »Aber meine Frau wird hiersein. Sie wird dich reinlassen, und dann kannst du alles mitnehmen. Und das gelbe Wollene auch, wenn du willst, ich trage es nie. Nein, wirklich, es stopft nur den Schrank voll. Tatsächlich habe ich schon daran gedacht, den ganzen Haufen meiner Frau zu geben, aber du weißt ja, wie die heute sind. Ich möchte nicht riskieren, sie zu beleidigen.«

Wie drückt man es aus, daß man nicht beleidigt wäre? Draußen vor der Tür rang Milly die Hände. Ein gelbes Wollkleid, und wer weiß was noch, alles über das Telefon vergeudet! Sie dachte unglücklich an das ewige Trocknen ihrer einzigen Kleidungsstücke vor dem münzenschluckenden Monster eines Gasfeuers; sie dachte an Mrs. Mumfords stets wachsame Augen, die sie beobachteten, wenn sie jeden Morgen in der gleichen Aufmachung zur Arbeit ging; jeden Tag jetzt konnte Milly damit rechnen, daß sie in ihrem Zimmer herumstreichen und ihre eigenen Schlüsse aus den leeren Schubladen ziehen würde, und aus dem verschlossenen, federleichten Koffer mit den absurden Aufklebern.

Aber was konnte Milly tun? In das Zimmer platzen und rufen: »Ich wär nicht beleidigt! Ich wär nicht beleidigt!«? Oder einfach: »*Ich* möchte sie haben!«, wie ein verzogenes kleines Kind? Oder wie wäre es mit: »Meine andere Dame hat mir immer ihre alten Kleider gegeben«? Wenn man es sich recht überlegte, gab es keinen Grund, »Meine andere Dame« nicht zu einer ebenso starken Figur aufzubauen wie »Meine andere Frau«. Aber während Milly noch über ihr ungewöhnliches Dilemma nachdachte, entnahm sie dem »Ping« des Telefons, daß ihre Chance vorüber war, und jetzt kam Mrs. Graham in die Halle hinaus und erzählte Milly alles über Mrs. Innes, und daß sie gegen Mittag kommen würde und irgendwie überredet werden müsse, den ganzen Stapel mitzunehmen.

»Sie wird dick, das ist das Problem«, vertraute Mrs. Graham Milly an. »Es ist Essen als Ersatzbefriedigung, sage ich ihr immer wieder, aber sie unternimmt nichts dagegen, und jetzt beginnt sie zu klagen und sagt, alles ist ihr zu eng...«

Inzwischen waren sie im Schlafzimmer angekommen, und Millys Schultern unter ihrer dünnen Bluse bebten geradezu vor Verlangen, als sie den Stapel von Wollsachen auf dem Bett sah. Wollkleider... Strickjacken... und alle fast die richtige Größe.

»Bringen Sie sie dazu, alles zu nehmen, nicht wahr, Mrs. Äh?« drängte ihre Arbeitgeberin. »Lassen Sie sie nicht herumwühlen, dies will sie nehmen... das will sie nicht... all dieser Unsinn! O je, es ist heutzutage so schwer, Sachen loszuwerden, nicht wahr, Mrs. Äh?«

Da dies kein echtes Problem für Milly war, weder jetzt noch in absehbarer Zukunft, antwortete sie nicht. Außerdem war sie schon dabei, einen Plan zu machen... Wenn diese Mrs. Innes nur so fett wie möglich geworden wäre, und wählerisch dazu!

»Wenn Sie sie wirklich nicht loswerden können...« Sie schnitt das Thema vorsichtig an und improvisierte, während sie weitersprach. »Ich meine, wenn Sie sie weggeben wollen, dann würde vielleicht der Flohmarkt unserer Kirche – sie haben an jedem« (hier rechnete sie geschwind) – »an jedem dritten Sonnabend im Monat einen, und man hat mich gefragt...«

Aber Mrs. Graham hatte die Sache entschieden, bevor Milly die Lüge richtig abrunden konnte. »Ich wollte, ich hätte davon gewußt!« rief sie, mit einer winzigen Spur von Vorwurf in der Stimme. »Dann hätte ich das Theater mit der Innes gar nicht erst angefangen. Es endet nur damit, daß sie zum Lunch bleibt oder so etwas; Sie wissen ja, wie diese Leute mit Schwierigkeiten sind. Hören Sie, Mrs. Äh, dieser Baptistenmarkt – glauben Sie, daß die auch an ein paar Büchern interessiert wären...?« Ihre Stimme wurde abrupt undeutlich, als sie die Tür eines Schrankes öffnete und in das verstaubte Innere tauchte.

»Hier sind mehrere Bände der Kinder-Enzyklopädie von 1910, die sie interessieren könnten«, rief sie hoffnungsvoll über die Schulter. »Und eine vollständige zwölfbändige Ausgabe von – ich kann den Namen nicht lesen, die Rücken sind etwas zerfleddert, aber jedenfalls eine vollständige Ausgabe der Meditationen und Reflexionen von irgend jemand. Oh, und meine alte Nähmaschine; ich habe jetzt eine, die funktioniert, vielleicht kann jemand diese gebrauchen ...«

Der Halbkreis des Bodens um Mrs. Grahams kauernde Gestalt füllte sich schnell, aber sie setzte ihre Erkundungen mit unverminderter Begeisterung fort.

»Ob sie wohl Ski laufen?« fragte sie und stürzte sich tiefer ins Innere des Schrankes. »Irgendwo hinten müssen Arnolds alte Ski sein, er hortet Sachen immer so. Ah, da sind sie! Und seine Uniform aus der Armee, die hatte ich ganz vergessen. Und was halten Sie von dem Porträt seiner Mutter, in Öl? Ich konnte es nie an der Wand ertragen, wenn Sie es also möchten ...«

Sie richtete sich auf, schob sich das Haar aus der Stirn und begutachtete das Chaos um sie herum mit befriedigter Miene.

»Das hätten wir, Mrs. Äh! Das können Sie alles mitnehmen. Oh, wenn Sie schon dabei sind, die alte Teppichkehrmaschine ...«

Endlich unterbrach Milly sie.

»Aber – ich kann das nicht alles tragen!« protestierte sie, woraufhin Mrs. Graham aufblickte und sie vage überrascht ansah, sie von oben bis unten musternd, als sei dies das erste Mal, daß sie wirklich dazu kam, zu zählen, wie viele Arme Milly hatte.

»Oh«, sagte sie und dachte einen Augenblick lang nach, mühsam, und stocherte in dem brachliegenden Teil ihres Gehirns rum, der sich für die Angelegenheiten anderer Leute interessierte.

»Ja, nun«, sagte sie endlich widerstrebend. »Nun, vielleicht könnten Sie irgend etwas herbringen, in das man die Sachen legen könnte, könnten Sie das nicht, Mrs. Äh?

Ich wollte diesen Schrank schon seit Ewigkeiten ausräumen. Oh, und sind diese Missionsleute vielleicht an Fossilien interessiert? Arnold hat ...«

Glücklicherweise ertönten an dieser Stelle die ersten probeweisen Proteste aus Alisons Zimmer. Mrs. Graham brach sofort ihren Vortrag ab und verfiel in eine krampfartige Taubheit; mit gesenktem Kopf, als kämpfe sie gegen einen steifen Wind, rannte sie von Zimmer zu Zimmer, stopfte Papiere wie Kraut und Rüben in ihre Aktentasche... warf sich Mantel und Schal über...

»Und Alison wird bis zum Lunch schlafen«, rief sie, in letzter Sekunde, und konnte gerade noch die Wohnungstür schließen, bevor der erste wirklich wütende Brüller durch die Wohnung schallte.

Alison war begeistert von der alten Nähmaschine. Sie verbrachte die ganzen zwei Stunden bis zum Lunch zufrieden damit, sie völlig auseinanderzunehmen, Schraube für Schraube, und Milly konnte in bis dahin ungekannter Ruhe und Stille ihrer Arbeit nachgehen.

Um Viertel vor eins war alles sauber, und der Lunch stand im Backofen bereit. Und zu Millys Genugtuung war die unbekannte Mrs. Innes mit ihren unbekannten Problemen überhaupt nicht aufgetaucht, und so hatte Milly die Wollsachen frohlockend für sich selbst zusammengebündelt. Sie warteten bereits, ordentlich und unauffällig, hinter der Küchentür.

Jetzt, da Mrs. Grahams Rückkehr bevorstand, räumte sie die Nähmaschine zurück in den Schrank, zusammen mit den übrigen Sachen, und brachte Alisons Geschrei mit einer wohlüberlegten Mischung aus Strenge und gutem Zureden zum Verstummen. Dann wusch sie die schwarzen und öligen Hände und das Gesicht des Kindes, zog ihr ein sauberes Kleidchen an und brachte sie (mittels ungeheurer List und Fingerfertigkeit) dazu, sich hinzusetzen und mit einem hübschen sauberen Spielzeug zu spielen, bis Mummy zurückkehrte.

Unerwarteterweise war es Daddy, der zuerst zurückkehrte. Für einen Augenblick schien er von panischem Schrecken gepackt, als ihm klarwurde, daß seine Frau noch nicht zurück war und er sich deshalb mit der Putzfrau unterhalten mußte. Dann nahm er all seine Fähigkeiten als Gentleman und Wissenschaftler zusammen und begann, unbekümmert draufloszureden.

»Guten Morgen!« sagte er und spielte sehnsüchtig mit seiner zusammengefalteten Zeitung. Genügte das, schien er sich zu fragen, oder mußte er noch etwas anderes sagen, bevor er sich mit Anstand hinsetzen und seine Zeitung lesen konnte?

»Schöner Tag«, sagte er versuchsweise und begab sich damit noch weiter auf das auf keiner Karte verzeichnete Territorium der Unterhaltung mit Putzfrauen. »Das heißt, ein wenig kalt. Sieht nach Schnee aus.«

»Ja, das tut es«, stimmte Milly bescheiden zu und fragte sich, ob sie ihn »Sir« nennen müßte. Oder konnte sie ihre Sätze immer so formulieren, daß sie ihn nie überhaupt irgendwas nennen mußte?

»Ja, Hm. In der Tat. Sagen Sie, Mrs....« Professor Graham brach unglücklich ab, und Milly wurde plötzlich klar, daß ihr Problem, wie sie ihn anreden sollte, nichts war im Vergleich zu seinem Problem, wie er sie anreden sollte. Anders als seiner Frau, schien ihm jämmerlich bewußt zu sein, daß sie nicht Mrs. Äh heißen konnte, wirklich nicht.

»Sagen Sie, Mrs. ...« setzte er wieder an, und diesmal kam Milly ihm zur Hilfe.

»Barnes«, soufflierte sie freundlich. »Milly Barnes.«

»Barnes. Ach, natürlich ... Mrs. Barnes, hat meine Frau ... hat Mrs. Graham gesagt, wann sie zurückkommen würde?«

Ein Uhr. Um ein Uhr werden Sie erlöst sein, hätte Milly beinah gesagt, aber statt dessen änderte sie es schnell in: »Mrs. Graham sagte, sie hoffe, bis eins zurück zu sein. Möchten Sie warten, oder soll ich ...?«

»O nein! Nein, vielen Dank! Oh, nein, nein!« Professor Grahams Entsetzen vor der Möglichkeit, sich während des ganzen Lunchs mit Milly unterhalten zu müssen, ragte aus seiner natürlichen Milde hervor wie ein abgebrochener Zweig. »Nein, nein! Das ist schon in Ordnung. Machen Sie sich keine Mühe. Ich will nur ...« und im Schutz dieser höflichen Äußerungen gelang es ihm, in den Sessel am Fenster zu flüchten, sicher verborgen hinter der weit ausgebreiteten ›The Times Business News‹.

Albern, wirklich, daß es ihr einfiel. Es gab gar keine echte Ähnlichkeit. Nur die Beine eines Mannes, darüber ein ausgebreitetes Exemplar der ›Times‹ – diesmal umrahmt von einem weiten Winterhimmel, vom Seewind weißgefegt und ohne Wolken. Wie konnte eine so weite Fläche reiner, unbefleckter Ferne ihr wieder, als sei es genau hier und jetzt, das erstickende Gefühl von Klaustrophobie zurückbringen ... von eindringender Dunkelheit ...?

Die Rückseite der Zeitung bebte, genauso wie sie bei Gilbert gebebt hatte, wenn er sie leise senkte und oben über den Rand spähte, um zu sehen, mit seinen seltsamen silbrigen Augen, was seine Frau tat. Und jetzt bewegte die Zeitung sich hin und her, wie sie sich im grünlichen Lampenlicht bewegt hatte... schwenkte nach links... nach rechts... rutschte nach unten, und wieder einmal waren Augen, fragende Augen auf sie geheftet...

»Wünschen Sie etwas, Mrs. Barnes?«

Professor Grahams angenehme, fragende Stimme brachte Milly ruckartig zum Bewußtsein, wie sonderbar sie sich benahm... hier zu stehen und zu starren wie ein hypnotisiertes Kaninchen – ohne Schlange weit und breit.

»Nein... nein, alles in Ordnung«, stotterte sie und floh in die Küche. Dort lehnte sie sich eine Weile gegen den Spülstein und versuchte, ihr hämmerndes Herz zu beruhigen, ihren keuchenden Atem unter Kontrolle zu bringen. Eines Tages, schalt sie sich, werde ich mich selbst verraten! Wie oft in diesen letzten Wochen bin ich ohne jeden Grund in Panik geraten? Zuerst der Mann in dem Café und die Schlagzeile in seiner Zeitung. IN WOHNUNG GEFUNDEN. Und dann jener erste Morgen bei Mrs. Mumford, als Jacko – wie sich später herausstellte – in der Dunkelheit in ihrem Zimmer herumstolperte. Und danach der Anruf bei Mrs. Graham... oh, es waren zu viele Anlässe, um sie alle zu zählen, und jedesmal war es reines Glück gewesen, daß niemand zufällig mitbekam, wie schockiert und entsetzt sie reagiert hatte. Eines Tages, wenn sie sich nicht besser unter Kontrolle hatte, würde sie sich verraten, endgültig und unwiderruflich. Wann würde ihr Körper lernen, ihren Organismus nicht bei jeder kleinen Überraschung mit Adrenalin zu überfluten? Wann würde ihr Gehirn begreifen, daß diese lächerlichen kleinen Vorfälle, diese unbeabsichtigten Mahnungen Zufälle waren, keineswegs gegen sie gerichtet?

Gegen sie gerichtet! Welche Ironie, daß ausgerechnet sie sich jetzt dabei ertappte, wie sie die helle, mit sich selbst beschäftigte Welt ständig vom Standpunkt ihrer eigenen Ängste aus interpretierte. Wäre es nicht eine merkwürdige, verdrehte Gerechtigkeit, wenn am Ende eben ein solcher Anfall von vernunftwidriger, unsinniger Panik dazu führte, daß ihr Schicksal sie ereilte? Wie hätte Gilbert gelacht, sein sonderbares, stummes Lachen, das klang, als habe er ein kleines Uhrwerk in sich, das nun abliefe.

Es war, als wäre er noch da und wartete auf sie, in der schwarzen, bodenlosen Vergangenheit, wartete in der ruhigen Gewißheit, daß sie am Ende ihren Halt in der hellen, unsicheren Gegenwart verlieren und zurückrutschen würde, zurück in die Dunkelheit, in Gilberts eigene, besondere Dunkelheit, die zuerst nur wie die Dunkelheit einer düsteren Londoner Kellerwohnung ausgesehen hatte und sich erst später als die schwarze, nicht umkehrbare Dunkelheit seines eigenen zerfallenen Geistes enthüllte.

Noch viele Wochen nach ihrer Eheschließung hatte Milly sich geweigert, die besondere Art der Dunkelheit vor sich einzugestehen; sie hatte versucht, sie mit neuen Stoffen und helleren Birnen zu bekämpfen. Als sie sich endlich dazu durchgerungen hatte, wegen ihres Ehemanns einen Arzt aufzusuchen, war es zu spät.

Vielleicht war es immer zu spät gewesen. Nachdem sie den ganzen dunklen Novembervormittag in dem überfüllten Wartezimmer gesessen hatte, zwischen zusammengekauerten, hustenden Leuten, sprach Milly am Ende ganze zwei Minuten mit dem erschöpften jungen Arzt, dessen Augen vor Schlafmangel rot umrändert waren. Er sagte nicht viel; er war zu müde und zu deprimiert, und was er sagte, half ihr nicht viel weiter. Denn bis sie sich entschlossen hatte, ihn zu konsultieren, wußte sie schon so viel über Paranoia wie jeder Arzt. Sie wußte mehr oder weniger alles, was es darüber zu wissen gab, außer einem: wie man damit fertig wurde. Und das konnte kein Arzt ihr sagen.

Kapitel 13

So schlimm war es am Anfang nicht gewesen. Natürlich nicht, denn dann hätte Milly ihn nie geheiratet. Und doch, auch damals, auch zu Zeiten der züchtigen Teestubenbesuche, bei denen er sich von seiner besten Seite zeigte, hatte es Zeichen gegeben, winzige, warnende Augenblicke, die eine scharfsinnigere Frau wachsam gemacht hätten. Nein, nicht unbedingt eine scharfsinnigere Frau, einfach eine, die mehr Interesse an Gilbert als Person gehabt hätte; eine Frau, die Gilbert seinetwegen heiraten und nicht bloß als Spitze hätte benutzen wollen, um ihren früheren Ehemann zu irgendeiner Reaktion anzustacheln.

Ja, Warnungen hatte es allerdings gegeben, und Milly, die bloß an Julian dachte, hatte sie nicht beachtet. Da war einmal die Geschichte von Gilberts Leben: um sein Erbe gebracht, seinem einzigen Bruder entfremdet, von seiner Frau schikaniert, um die ihm rechtmäßig zustehende Pension gebracht – was für ein Mann ist das, dem all diese Dinge geschehen, ungemildert durch einen Funken von Großzügigkeit von irgendeiner Seite? Und dann war die Sache mit seinen Freunden – das heißt, mit dem Fehlen von Freunden. Tatsächlich war es dies gewesen – diese seltsame, würdevolle Einsamkeit – die am Anfang Millys Aufmerksamkeit auf ihn gelenkt hatte. Lange bevor sie wußte, wer er war, oder überhaupt irgend etwas über ihn, war ihr aufgefallen, wie er zum Industriearchäologie-Kurs immer allein ankam: hochgewachsen und stumm und weder nach rechts noch nach links schauend ging er zum äußersten Platz der hinteren Reihe, und während der ganzen Vorlesung konzentrierte er seine Aufmerksamkeit mit fast peinlicher Eindringlichkeit auf den Lehrer, heftete seine hellgrauen Augen – so hell, daß sie fast silbern aussahen, hatte Milly schon festgestellt, bevor sie auch nur seinen Namen kannte – heftete sie konzentriert auf den Lehrer, ohne zu blinzeln, und wandte sie nur gelegentlich ab, um ein Diagramm von der Tafel abzuzeichnen oder die korrekte Schreibweise eines kaum bekannten Fachausdrucks zu notieren. Da Milly sich bei dem Kurs zu Tode langweilte (sie hatte sich einschreiben lassen, weil die Briefkastentanten in den Zeitschriften immer rieten, ›unter Menschen zu gehen‹), hatte sie reichlich Zeit, zwischen Männchen-Malen und Tagträumen diesen geheimnisvollen weißhaarigen Mann zu beobachten und müßig über ihn nachzudenken. Er schien so wach, so aufmerksam, so zielbewußt, und doch sagte er nie ein Wort, weder während der Fragezeit im Kurs noch danach, wenn die übrigen Teilnehmer zu zweit und dritt zusammenstanden, sich unterhielten, noch nicht fertige Hausaufgaben verglichen, aufeinander warteten, um gemeinsam in eine Teestube zu gehen oder mit demselben Bus zu fahren. Anstatt sich diesem auf irgendeine Weise anzuschließen, raffte der unergründliche Mr. Soames (den Namen hatte Milly inzwischen der Teilnehmerliste entnommen) stumm seine Notizen zusammen und verließ den Unterrichtsraum, ohne mit irgend jemandem ein Wort zu wechseln.

Milly wurde neugierig, und da sie den Kursus allein mit der Absicht belegt hatte, ungebundene Männer kennenzulernen, beschloß sie (da sich nichts Besseres anbot), seine Bekanntschaft zu machen. Dreimal nacheinander riskierte sie es, ihn zu Kursbeginn mit einem Lächeln zu begrüßen, wenn er den Unterrichtsraum betrat. Das erste Mal schien er erschrocken, fast beleidigt. Das zweite Mal erwiderte er ihren Gruß mit einem höflich-verlegenen Murmeln, und das dritte Mal blieb er tatsächlich stehen, um »guten Tag« zu sagen, bevor er sich ans andere Ende des Raumes zurückzog.

So weit, so gut. Etwas langsam, aber schließlich: wenn man den ganzen Rest seines Lebens zu vergeben hat, warum sollte man sich da beeilen?

Erst bei der nächsten Exkursion der Klasse bekam sie wirklich eine Gelegenheit, mit ihm zu sprechen. Etwa zweimal im Trimester, an eisigen Samstagnachmittagen im Winter, machte sich die ganze Gruppe in einem Bus auf den Weg, um ein schwärzliches Stück Ziegelmauer am Rand eines Kanals oder etwas ähnliches zu besichtigen, und Milly stand, zu Tode gelangweilt und zitternd vor Kälte, mit den Händen in den Manteltaschen dabei, und nur der Gedanke, daß sie nicht zu Hause war, hielt sie aufrecht. Sie unternahm etwas, und kein scharfäugiger gemeinsamer Freund konnte Julian jetzt berichten, daß seine arme Ex-Ehefrau ihre Wochenenden damit verbrachte, allein in der Wohnung herumzuhängen. Als sie wieder einmal so dastand, an einem Februarnachmittag, trat der schweigsame Mr. Soames auf sie zu, und nach einigem Zögern fragte er sie mit einer Stimme, die starr war vor Unsicherheit, aber dennoch sanft und kultiviert, ob sie nicht Lust hätte, eine Tasse Tee zu trinken. Und sie war in einer Mischung aus Triumph über den Erfolg ihrer Kampagne und Unlust, das Spiel noch weiterzuführen, mit ihm in ein Café am Ufer gegangen. Sie hatten einander an dem Tisch mit der fleckigen Plastikdecke gegenübergesessen und den starken, lauwarmen Tee getrunken, und er hatte – zögernd, wie durch ein eingerostetes Tor – ein wenig von seinen Schwierigkeiten herausgelassen.

Schwierigkeiten, auch die langweiligsten, erwecken bei erstem Zuhören immer ein mildes Interesse, und Milly war mild interessiert gewesen. Er war nicht zu übel, er war besser als nichts, und so hatte sie von da an die laue Beziehung ihren Lauf nehmen lassen, ohne sich besondere Mühe zu geben, sie zu pflegen oder zu einem Ende zu bringen. Bis sie plötzlich – es mußte etwa Mitte Juni gewesen sein – feststellte, daß die Sache sich unter dem Deckmantel ihrer Unaufmerksamkeit verstohlen entwikkelt hatte. Mit einem kleinen Schock wurde ihr klar: wenn sie wollte, konnte sie Gilbert jetzt den letzten Schubs geben, der ihn dazu bringen würde, sie zu bitten, Mrs. Soames zu werden!

Mrs. Soames... Lieber Julian, ich bin jetzt Mrs. Soames... Von da an hatte sich alles so unwiderruflich entwickelt wie der Sturz in einen Abgrund.

Eingeschlossen der Aufprall auf den Boden. Der totale, betäubende Schock... gefolgt von dem langsamen Erwachen... das schmerzhafte Beugen der Glieder, um festzustellen, was gebrochen, und was nur gequetscht und verstaucht ist, und schließlich die verwirrte Bestandsaufnahme der fremden, völlig neuen Landschaft... die Felsen, die Steinblöcke, mit einem Pfad hier und da, irgendwohin, nirgendwohin, je nachdem.

Etwa zwei oder drei Wochen nach der Hochzeit kam Milly nach dem Schock allmählich wieder zu sich und begann, sich ihre Situation klarzumachen, die ungeheuerliche Dummheit, die darin bestand, ihn überhaupt zu heiraten, zu erkennen. Als das sich sehr bald als wirkungslos erwiesen hatte, hielt sie Ausschau nach Fluchtwegen.

Es gab keine. Jedenfalls keine, die nicht mit sich brächten, daß Julian und Cora mit schadenfrohem Bedauern von dem Scheitern ihrer neuen Ehe erführen.

»Armes Ding, sie kann einem leid tun«, würde Cora sagen und die Worte auf der Zunge zergehen lassen wie einen edlen Wein, und Julian würde mit einem Schulterzucken sagen: »Das Syndrom der ungeliebten Ehefrau.« Er ordnete Dinge gern nach Kategorien.

Nein. Eine Flucht kam nicht in Frage. Was blieb, war Ertragen. Was sie sich selbst zuzuschreiben hatte, mußte sie ertragen. Leben und etwas daraus machen.

Etwas daraus machen? Milly erinnerte sich, wie sie sich in dem unterirdischen Kerker umgesehen hatte, den Gilbert das Eßzimmer nannte; sie musterte die riesigen Mahagoni-Möbel, wie sie aus dem grauen Licht emporragten, das sie fortan als Tageslicht betrachten mußte, und für einen Augenblick hatte sie sich die Augen zugehalten. Etwas daraus machen? Sie mußte verrückt sein!

Doch selbst damals fehlte es Milly nicht an einem gewissen verbissenen Mut – selbst damals, in jenen Tagen, als sie noch gar nicht Milly gewesen war und ihr Körper noch nicht die Erfahrung einer Belastung bis an die äußersten Grenzen gemacht und die Probe bestanden hatte. Ja, selbst in jenen Tagen hatte sie über etwas verfügt, was fast so nützlich wie Mut war: einen trotzigen, unüberwindlichen Stolz. Die Art von Stolz, die Mut ersetzen kann, wie ein Schlegel, wenn man keinen Hammer hat.

Und so hatte Milly ihre Augen geöffnet und wieder auf die fallenden Schatten geschaut, die hier unten alles waren, was man vom Mittagslicht hatte.

»Ich werd's dir zeigen!« sagte sie laut in den düsteren großen Raum hinein, und ihre Stimme klang piepsig und dünn in der bedrückenden Stille. »Ich werd's dir zeigen! Du wirst mich nicht besiegen! Warte nur . . .!«

Und sofort kam ihr ein so kühner, ein so verwegener Plan in den Sinn, daß sie den Atem anhielt.

Kissen! Für diese schwarze Höhle eines Zimmers würde sie bunte Kissen machen, scharlachrot, feuerfarben und smaragdgrün! Sie würde sie über das schwarze Roßhaarsofa verteilen und über die schäbigen Sessel. Und Blumen, Dahlien und Astern und all die roten und goldenen und purpurnen Farben des Spätsommers, alle zusammen mitten auf dem düsteren großen Tisch! Sie würde dem großen Leichenzimmer die Stirn bieten, sie würde Farbe in seine Schatten schleudern, Pracht in die Dunkelheit bringen: mit ihren eigenen Händen würde sie Helligkeit verbreiten, die Dunkelheit auf die Knie zwingen!

Einen Augenblick lang schwankte ihr Mut. Sicher gab es irgendeinen normalen, praktischen Grund, warum sie nichts Derartiges tun konnte?

Aber es gab keinen Grund. Gilbert war heute fort, auf einem seiner geheimnisvollen Gänge, bei denen er sich mit einem Mann »Wegen irgend etwas« traf (die Tage lagen noch in weiter Ferne, an denen Gilbert nirgendwo mehr hinging, sondern zu Hause blieb, hinter geschlossenen Läden, und sie beobachtete), und er hatte ihr reichlich Geld zum Einkaufen dagelassen. Er war nicht geizig – das jedenfalls konnte man ihm nicht vorwerfen –, und während sie das Bündel Pfundnoten in ihre Handtasche stopfte und sich bereit machte, um Stoff für die Kissen und Blumen zu kaufen, stellte Milly fest, daß sie sich der frommen Übung hingab, der sie sich in der letzten Zeit immer häufiger gewidmet hatte – dem Auflisten von Gilberts guten Seiten, in der schwachen Hoffnung, wenn sie die Liste nur lang genug machte, könnte es irgendwie dazu führen, daß sie ihn mochte.

Großzügig mit Geld. Anspruchslos. Stets höflich, auch wenn sie ihn geärgert hatte. Liebevoll – ja, das mußte sie ihm zubilligen – es war schließlich nicht seine Schuld, wenn sie bei der leisesten Berührung seiner Hand erstarrte. Er half ihr auch im Haushalt; manchmal bereitete er das ganze Abendessen selbst zu, zog sich für Stunden in die Spülküche zurück und tauchte schließlich mit fremdländischen, säuerlich riechenden Curry-Gerichten in zugedeckten Schüsseln auf, oder mit bitter schmeckenden, stark gewürzten Gemüseeintopfgerichten. Und dann beobachtete er während des Essens die ganze Zeit ihr Gesicht, auf jede winzige Verziehung ihrer Züge achtend, auf irgendeine kleine, unbeabsichtigte Bewegung ihres Mundes, die ihre überenthusiastischen Worte des Lobes Lügen straften.

Er half auch beim Abwasch – wenn sie diese Art von Hilfe nur zu würdigen gewußt hätte. Es war ihre Schuld, nicht seine, daß Gereiztheit wie Sodbrennen in ihr aufstieg, wenn er sich mit leisen Schritten hinter ihr bewegte, in die Spülküche hinein und wieder hinaus, Sachen forträumend und dabei vor sich hin murmelnd, manchmal jedenfalls. Zuerst noch nicht oft; in diesem frühen Stadium schien das Murmeln nur eine Verschrobenheit, wenn auch eine irritierende.

Was noch? Während Milly die Kellertreppe hinaufging, den Einkaufskorb in der Hand, hinein in den unglaublichen Sonnenschein, versuchte sie, die Liste zu erweitern.

Rücksichtsvoll? Nun, jedenfalls nicht rücksichtslos. Er unterlag manchmal unangenehmen Stimmungen, gelegentlichen Anfällen von aufbrausender Gereiztheit wegen nichts, unvorhersehbaren Perioden schlechter Laune, aber im allgemeinen war er sehr nett zu Milly, auf seine steife, gehemmte Art. Auch aufmerksam; er öffnete Türen für sie, trug Tabletts, erkundigte sich nach ihrem Wohlergehen. Und was Sex betraf: seine Ansprüche waren gleich Null – ob aus eigener Wahl oder weil er ihren Abscheu gespürt hatte, wußte Milly nicht, und sie hatte nicht das geringste Bedürfnis, es herauszufinden. Glücklicherweise gehörte er zu einer Generation, in der man über diese Dinge nicht spricht, und Milly war der Verdrängung – oder was es auch sein mochte – dankbar, die es möglich machte, daß jeder von ihnen Nacht für Nacht in sein eigenes Zimmer ging, ohne daß sie je auch nur ein einziges Wort darüber hätten fallen lassen.

Während sie durch das goldene Septemberlicht auf die Hauptstraße zueilte, zählte sie diese guten Eigenschaften zum zwanzigstenmal zusammen und bemühte sich, das Ergebnis zur Abwechslung einmal anders ausfallen zu lassen. Sie zwang sich dazu, sich Gilberts Freude und Überraschung vorzustellen, wenn er die neuen Kissen sah... und dann – wer weiß – mochte der Anblick seiner Freude auch ihr Freude machen? Für eine kurze Zeitspanne würden sie sich gemeinsam freuen... und vielleicht würde das den Anfang einer vagen Freundlichkeit zueinander bedeuten? Oder etwas Derartiges?

Die neuen Kissen schimmerten in der Dunkelheit wie Edelsteine in tiefer Erde: leuchtendrot, scharlachrot, golden und pfauenblau. Und die Blumen auf dem großen Mahagonitisch schienen sich in einem tiefen Teich aus Farbe zu spiegeln. Sie hatte den Tisch poliert, wie er seit Jahren nicht mehr poliert worden war, und die Bündel alter Zeitungen alle an einem Ende aufgestapelt, während sie arbeitete, und jetzt glänzte das alte Holz dunkel unter der roten und purpurnen Farbenpracht, nahm die Farben auf und warf sie zurück mit einem Kupferschimmer, als ständen sie in Flammen.

Gilbert stand in der Tür, ohne ein Wort zu sagen, starrte herein wie in Trance. Er stand dort so lange und so völlig starr, daß Milly es mit der Angst zu tun bekam. In der Stille hörte sie ihr eigenes Herz klopfen. Hatte die Überraschung ihm die Sprache verschlagen? Hatte ihn der plötzliche Verlust der vertrauten Häßlichkeit auf irgendeine Weise geschockt? Oder freute er sich, freute sich so, daß ihm die Worte fehlten? Er schien mit besonderer Eindringlichkeit den Tisch zu betrachten, seine ungewohnte Pracht.

Endlich sprach er.

»Warum hast du meine Zeitungen durcheinandergebracht?« bellte er, mit einer Stimme, wie Milly sie noch nie von ihm gehört hatte. »Wonach hast du gesucht?«

Einen Augenblick lang war Milly so bestürzt, daß sie nicht sprechen konnte. Dann sagte sie: »Ich habe nichts gesucht, Gilbert! Wirklich nicht!« (Aber warum verteidigte sie sich, wie ein Schulmädchen, das man des Betrugs beschuldigt hat?) »Ich habe nur ... das heißt ...« (Wieder diese idiotische Andeutung von Schuld.) »Ich habe nur den Tisch aufgeräumt ... damit es hübsch aussieht, Gilbert, für die Blumen! Ich habe ihn poliert, siehst du das nicht? Findest du nicht, daß es hübsch aussieht, Gilbert? So poliert? Mit den Blumen ...?«

Nicht für eine einzige Sekunde richteten sich seine Blicke auf die Blumen, um zu sehen, ob sie hübsch aussahen. Die hellen, glänzenden, silbrigen Augen blieben auf Milly geheftet. Sie leuchteten so hell, daß man meinen könnte, sie phosphoreszierten von innen.

»Du hast also nichts gefunden? Du hast keines der Bündel aufgebunden?« Seine Stimme war immer noch hoch und fremd. »Denke daran, meine Liebe, es ist besser, wenn du mir die Wahrheit sagst!«

»Aber ... aber, Gilbert, es gibt nichts zu sagen! Natürlich habe ich die Bündel nicht aufgebunden – warum sollte ich? Es sind nur alte Zeitungen ...!«

Ihre Stimme stockte und erstarb. Unter der seltsamen Eindringlichkeit seines Blickes wurde sie nervös und senkte den Kopf. »Es ... es tut mir leid, Gilbert!« sagte sie schließlich lächerlich demütig.

Ob es diese Demut war, oder ob irgend etwas ihn überzeugt hatte, daß sie die Wahrheit sagte – Gilbert entspannte sich allmählich.

»Also gut, meine Liebe«, sagte er steif. »Ich muß deine Beteuerungen akzeptieren. Aber denke in Zukunft bitte daran, daß ich nicht dulde, daß irgend jemand sich an meinen Zeitungen zu schaffen macht. *Niemand*. Verstehst du?«

Während der nächsten Stunde beschäftigte er sich damit, die Bündel zu sortieren und sie wieder an ihren alten Platz auf dem Tisch zurückzuschaffen.

Er wollte sich nicht von Milly helfen lassen, und so saß sie müßig und unbehaglich dabei, während er sich seufzend und ungeschickt durch seine selbstauferlegte Aufgabe hindurcharbeitete, jedes eselohrige Bündel gründlich musternd und manchmal die Schnur prüfend, um festzustellen, ob sie im Lauf der Jahre brüchig geworden war. Er ordnete ein, ordnete wieder um, tiefe Seufzer ausstoßend, bis er endlich zufrieden schien. Er richtete sich auf und wandte sich Milly zu.

»So«, sagte er. »Alles ist jetzt wieder am richtigen Platz, und damit ist die Angelegenheit erledigt. Wir werden kein Wort mehr darüber verlieren.«

Er hielt inne, und während Milly ihn ansah, erschien ein merkwürdig listiger Ausdruck in seinem Gesicht, der die Züge schmaler und schärfer werden ließ, bis sie an ein Wiesel erinnert wurde.

»Ich habe sie auf eine ganz besondere Weise angeordnet«, sagte er und beobachtete sie scharf, »so daß ich es sofort merke, wenn du sie noch einmal anrührst.«

»Aber... aber natürlich würde ich nicht im Traum daran denken...« setzte Milly empört an, aber Gilbert brachte es irgendwie fertig, sie mit einer leichten Geste seiner Hand zum Schweigen zu bringen.

»Ich sagte, wir werden kein Wort mehr darüber verlieren«, wiederholte er mit merkwürdig gereizter Stimme, und die Auseinandersetzung war beendet.

Die Zeit bis zum Schlafengehen schien endlos. Gilbert erwähnte das Durcheinanderbringen seiner Zeitungen nicht mehr, und zu den Blumen und den neuen Kissen sagte er überhaupt nichts. Das Kissen, das auf seinem Armsessel lag – es war scharlachrot –, nahm er vorsichtig und ohne Kommentar hoch und legte es auf den Boden, als sei es eine Katze, die sich auf dem bequemsten Platz breitgemacht hatte. Dann ließ er sich wie gewöhnlich hinter der Zeitung nieder.

Milly, ihm gegenüber, kochte innerlich vor Zorn und Verwirrung. Aber da sie weder zu sprechen und noch weniger zu streiten wagte, gab es keine Nahrung für ihre

Gefühle, und so schrumpften sie allmählich, während der Abend vorübertickte, zu einem kleinen Knoten aus Groll und Unverständnis zusammen.

Nun ja, Gilbert befand sich in einer seiner sonderbaren Stimmungen. Abends wurde er oft verdrießlich und unvernünftig. Abends war seine schlimmste Zeit.

Das dachte sie jedenfalls damals. Sie wußte natürlich noch nicht, wie, etwas später, die Nächte aussehen würden.

Kapitel 14

Mühsam raffte Milly sich auf. Es war jetzt Viertel nach eins, und Mrs. Graham war immer noch nicht zurück. Milly würde zu spät zu ihrer nächsten Putzstelle kommen. Bis Mrs. Graham die Wohnung betreten hätte, und bis sie damit fertig wäre, Professor Graham Vorwürfe zu machen wegen was es auch sein mochte, was er hinter seiner Zeitung falsch machte...

»Arnold!«

Mrs. Grahams Stimme und das Zuschlagen der Wohnungstür ertönten fast gleichzeitig.

»Arnold! Warum in aller Welt habt ihr nicht mit dem Lunch angefangen? Auf was wartest du denn?«

Ein Wirbel von Frische und frostiger Luft blies für einen Augenblick in Millys Reich in der Küche und wehte dann weiter. Mrs. Graham mochte auf mancherlei Weise sorglos sein, doch nicht so sorglos, daß sie es riskierte, die Putzfrau zu verärgern, wenn ihr ein bestens geeigneter Ehemann zur Verfügung stand.

»Es ist eine solche Zeitverschwendung!« fiel sie wieder über ihn her. »Du brauchst nicht auf mich zu warten, das habe ich dir schon Hunderte von Malen gesagt! Du könntest jetzt praktisch fertig sein mit dem Lunch und dir etwas Zeit zum Entspannen gönnen, bevor du wieder zurückhasten mußt!«

»Ich entspanne mich ja«, erklärte der Professor gelassen. »Jedenfalls habe ich es getan, bevor du hereinkamst, Liebste. Und ich muß nie zurückhasten, wie du sehr gut weißt, mein Schatz. Ich nehme mir immer reichlich Zeit.«

Er hatte seine Zeitung gesenkt, während er sprach, und blinzelte über den Rand hinweg seine Frau in einer Art unschuldigen Erstaunens an. Oder wollte er sie absichtlich verärgern?

Es war schwer zu sagen, denn inzwischen war Mrs. Graham dabei, eine Klagerede vom Stapel zu lassen, die ihr so leicht von den Lippen floß, daß nichts, was auch immer er sagen konnte, ihren Redefluß auch nur für eine Sekunde aus den (offensichtlich) wohlbekannten Kanälen werfen konnte:

»Wenn wir ein Auto hätten«, sagte sie, und dem Ton ihrer Stimme entnahm Milly, daß sie das seit Jahren sagte, »wenn du nur ein Auto kaufen würdest, Arnold, hätten wir all diesen Ärger nicht! Es würde deinen Anfahrtweg um mindestens eine Stunde pro Tag verkürzen...«

»Aber ich habe die Stunde Anfahrtweg gern«, erklärte der Professor aufreizenderweise. »Er gibt mir Zeit, mich zu sammeln. Es ist friedlich.«

»Friedlich!« Das Wort schien Mrs. Grahams Verärgerung im Kern getroffen zu haben. Sie warf Mantel und Schal auf einen Kleiderhaken und marschierte ins Zimmer. »Friedlich! Und wie friedlich, glaubst du, finde ich es, mich bei jedem Wetter durch die Gegend zu schinden? Weißt du, daß ich heute vormittag vierzig Minuten auf den Bus warten mußte? Vierzig Minuten, an der eisigen Ecke bei dem Bibliothekspark?«

»Dann mußt du den zwölf Uhr fünfundzwanzig gerade verpaßt haben«, stellte ihr Ehemann fest, während er interessiert auf seine Uhr blickte. »Wenn man den zwölf Uhr fünfundzwanzig verpaßt, kommt vor eins nichts mehr. Das ist mir auch schon aufgefallen, wenn ich von der Bibliothek komme.«

Wer immer als erster vorgeschlagen haben mag, Schwerter in Pflugscharen zu verwandeln, muß eine ziemlich genaue Vorstellung gehabt haben, wie vernichtend die Waffen der Sanftheit und des Lichts in geschickten Händen sein können.

»Oh... du!« rief Mrs. Graham, rasch die Kontrolle über die Situation verlierend. »Ich habe noch nie jemanden gekannt, der so...! Ah, danke, Mrs. Äh, wir sind gerade soweit...«

Der vollkommene Wechsel ihrer Stimme und Haltung, vom Fischweib zur Dame des Hauses, brachte Milly vor Bewunderung fast dazu, den Braten fallen zu lassen. Was für eine Schauspielerin! Und was die Glanzleistung noch vergrößerte, war, daß Mrs. Graham sicher wußte – und wußte, daß Milly wußte, daß sie wußte – daß Milly über die vier Fuß Raum, die Küche von Eßzimmer trennten, jedes Wort der Auseinandersetzung gehört hatte.

Reiner Atavismus natürlich: eine der Rasse innewohnende Erinnerung an die Zeiten, als Dienstboten nicht ganz wirklich waren und es darum keine Rolle spielte, was sie hörten. Und angemessener – wenn Mrs. Graham es nur gewußt hätte –, als irgend jemand hätte ahnen können, weil Milly natürlich nicht ganz wirklich war. Weder ihr Name noch ihre Lebensweise, noch irgend etwas an ihr. Sie war ein konstruiertes Gebilde, ein Produkt ihrer eigenen Phantasie, ein Splitter aus der endgültigen, vernichtenden Explosion ihres früheren Ichs, der, in den Raum geschossen, jetzt irgendwie Wurzeln geschlagen hatte, in Mrs. Grahams Küche...

»... Und haben Sie Alisons Salat kleingeschnitten und untergemischt, wie ich es Ihnen zeigte, Mrs. Äh?«

Mrs. Grahams recht lehrerinnenhafter Ton und die

übertriebene Fürsorge, mit der sie den Teller ihrer Tochter betrachtete, ärgerten Milly einen Augenblick lang. Schnitt sie Alisons Salat jetzt nicht schon ziemlich lange klein? Für einen kurzen Moment spielte sie, berauscht von dem Bewußtsein von Macht, das einen Hauptbestandteil im Dasein einer Putzfrau bildet, mit dem Gedanken, beleidigt zu sein, zuzusehen, wie sie sich vor ihr wanden und krümmten und ihr auf übertriebene Weise schmeichelten und schöntaten in der verzweifelten Bemühung, sie zu besänftigen.

Aber *noblesse oblige*. Wie andere herrschende Klassen vor ihnen müssen die Putzfrauen von heute lernen, ihre Macht mit Anstand auszuüben und ihren berauschenden Verführungen zu widerstehen.

Zudem war Milly inzwischen klargeworden, daß der Wirbel um den Salat in Wirklichkeit gar nicht dem Salat galt und auch nicht gegen sie gerichtet war. Mrs. Graham versuchte nur nach dem Streit, das Bild, das sie sich von sich selbst machte, wiederherzustellen. Übertrumpft von ihrem Ehemann, wollte sie zeigen, daß sie zumindest die Salatblätter unter Kontrolle hatte.

Nach all diesem entwickelte der Lunch sich zwangsläufig zu einer recht gedämpften Angelegenheit. Mrs. Graham übernahm das Aufschneiden des Bratens, wie sie es immer tat, wenn sie ihrem Ehemann zeigen wollte, wie spät es war und daß keine Zeit mehr war, diese Aufgabe seinen ungeschickten Händen zu übergeben. Und während das Messer diese Botschaft in einem Morsealphabet von aufblitzenden Hieben über den Tisch blinkte und Scheiben von der Lammkeule fielen wie Gras vor den Messern eines Rasenmähers, wäre jede Unterhaltung unhöflich erschienen, eine ungehobelte Unterbrechung dieses gut funktionierenden Kommunikationsstroms. Selbst Alison schmierte leiser als gewöhnlich mit ihrem Essen herum und unterließ es, bei jeder auf dem Boden gelandeten Handvoll mit der Befriedigung eines Handwerkers »Da!« zu sagen. Und was Professor Graham betrifft: nichts wies darauf hin, daß er überhaupt irgend etwas bemerkte. Er hatte einen Schnellhefter mit Notizen über seine Nachmittagsvorlesung vor sich gestellt, akzeptierte mit offensichtlicher Zufriedenheit, was ihm auf den Teller gelegt wurde, und aß mit gutem Appetit. Das einzige Zeichen, aus dem hervorging, daß er sich der Anwesenheit anderer bewußt war, bestand in der Art, wie er jedesmal, wenn Milly auf ihrem Weg in die Küche oder aus der Küche an seinem Platz vorbeikam, abwesend seinen Teller und sein Glas festhielt – ein Vermächtnis aus den Jahren, in denen er in der Mensa gegessen hatte, wo übereifrige Aufräumfrauen den noch gefüllten Teller unter Messer und Gabel der Unvorsichtigen wegrissen. Milly fragte sich, ob er jemals merken würde, daß sie keineswegs so übereifrig war. Oder waren die Spätfolgen einer Hochschulausbildung unwiderruflich?

Als Milly an diesem Nachmittag zu Mrs. Day kam, war es fast drei Uhr, aber es spielte eigentlich keine Rolle, weil Mrs. Day nie zu Hause war. Tatsächlich hatte Milly sie noch nie gesehen, und abgesehen von jenem ersten Telefonanruf und später einem Hinweis, wo der Schlüssel sich befinde, hatte sie auch noch nie mit ihr gesprochen. So kannte sie Mrs. Day überhaupt nicht – oder anders: die einzige Mrs. Day, die sie kannte, war diejenige, die sie sich allmählich zurechtgebastelt hatte, Hinweis für Hinweis, aus den vielen Spuren in der Wohnung.

Eine Schreibmaschine, aus der immer dasselbe staubige Blatt von der Walze emporragte:

Dies mag, auf den ersten Blick, als sehr extreme Haltung erscheinen oder zumindest einen Beigeschmack des Unaufrichtigen haben, aber man darf nicht vergessen, daß Übereinstimmung, nicht Gleichwertigkeit, unser Ziel sein sollte.

Ja, in der Tat! Eine gute, sichere Sache, Übereinstimmung! Milly dachte manchmal darüber nach, wenn sie, auf dem Tiefpunkt ihrer Nachmittagsmüdigkeit, während des Staubwischens an diesen Punkt kam, und sie fragte sich dann auch, ob es nicht Spaß machen würde, mit dem Text weiterzumachen – etwa die halbe Seite hinunter – um festzustellen, ob ihre Arbeitgeberin es merkte. Vielleicht wäre die arme Frau sogar dankbar; es war offensichtlich etwas, das darauf wartete, fertig geschrieben zu werden.

Aber was? Ein anspruchsvoller Roman, der letzte Ablieferungstermin beim Verlag verpaßt, während die kritischen Seiten auf diese Weise in der Schreibmaschine festsaßen? Oder ein Artikel für irgendeine Fachzeitschrift über ein fast beliebiges Thema, und die Redaktion rief ständig an, immer gereizter, weil der Tag, an dem er in Druck gehen sollte, näherrückte. Oder konnte es sogar ein Liebesbrief sein – es gab Paare, das wußte Milly, die sich in ihrer Leidenschaft endlose Mitteilungen dieser Art schrieben, um ihre Beziehung zu Tode zu analysieren. Sie stellte sich den armen Mann vor, allein in seiner Dachkammer/Pension/lieblosen Villa sitzend, wie er jeden Morgen auf die Post lauerte, seine Seele von brennender Sehnsucht erfüllt nach vielsilbigen Wörtern, die nie kamen.

Wenn Milly am allermüdesten war, spielte sie müßig mit dem Gedanken, die Passage so weiterzuführen, daß sie allen drei Fällen gerecht wurde. Während sie sich mit dem Staubtuch durch die Wohnung schleppte und versuchte, ihre Füße so wenig wie möglich zu belasten, schienen angemessene Sätze mit ungewöhnlicher Behendigkeit durch ihren erschöpften Geist zu fließen.

Aber was dieses betrifft, gibt es natürlich zwei Möglichkeiten, die Angelegenheit zu betrachten, keine von beiden völlig atypisch und keine (zumindest vom Standpunkt des Zuschauers) entweder mehr oder aber weniger überzeugend als jede vorstellbare andere Annäherung. Denn man darf nicht vergessen, daß die vorher erwähnten Faktoren durchaus nur marginal relevant sein mögen für den umstrittenen Punkt. Hierbei läßt man natürlich die näherliegenden Überlegungen unberücksichtigt; es geht tatsächlich um die Art der Konzeption und das Niveau der angestrebten Kohärenz ...

So konnte man ja bis in alle Ewigkeit weitermachen! Milly war verblüfft, daß die gescheite Mrs. Day damit Probleme haben sollte. Sie mußte entweder sehr beschäftigt sein oder sehr wirrköpfig. Wirrköpfig wahrscheinlich; eine wirklich beschäftigte Frau bringt so etwas zu Ende oder fängt gar nicht erst an.

Oder vielleicht stammte das unvollendete Meisterwerk gar nicht von ihr? Vielleicht hatte sie einen intellektuellen Liebhaber, der seine Schreibmaschine einmal zu oft zu ihren Verabredungen mitgebracht und sich plötzlich auf der Straße wiedergefunden hatte, um einen nicht beendeten Absatz ärmer?

Ja, das war wohl die wahrscheinlichste Erklärung. Es paßte auch besser zu der Mrs. Day, wie sie sich in der übrigen Wohnung darstellte.

Ihr Schlafzimmer zum Beispiel, voller Ponchos mit

Fransen und psychedelischer Hosenanzüge. Vier Sorten Lidschatten und ein blondes Haarteil straften die gelehrten Ambitionen der Schreibmaschine Lügen, während dünne Schuhe, in alle Richtungen gekickt, als hätte ihre Trägerin sie sofort nach Ankunft in der Wohnung triumphierend von sich gestoßen, den Anschein erweckten, als brächten ihre Füße sie häufig um – ein sicheres Zeichen für ein reges gesellschaftliches Leben. Keine Frau bringt es weit auf dem Parkett, wenn sie nicht bereit ist, schmerzende Füße in Kauf zu nehmen.

Was hielt Mr. Day von all dem? Bis jetzt hatte Milly noch keine überzeugenden Beweise für die Existenz eines Mr. Day gefunden, es sei denn, sie betrachtete die Zigarettenasche in der ganzen Wohnung und die ständige Anwesenheit eines Herrenmantels an einem Kleiderhaken in der Diele als solche. Aber diese konnten natürlich genauso gut vom Übereinstimmungsmann zurückgelassen worden sein, als er von der Schreibmaschine aufsprang und vor Mrs. Days scharlachroten, zentimeterlangen Fingernägeln die Flucht ergriff.

Wenn ein Mr. Day existierte, mußte er ein sehr ordentlicher Mann sein, entschied Milly, während sie das durch und durch weibliche Durcheinander vom Boden des Schlafzimmers wegräumte. Auch das Bett, wiewohl ein Doppelbett, sah ausgesprochen aus wie das einer Frau: mit seinen rosa Nylonlaken und den dazu passenden, mit Rüschen besetzten Kissenbezügen – vom als Nachthemdbehälter dienenden rosa Panda mit seinen gezierten Walt-Disney-Wimpern und dem diskret unter dem Bauch versteckten Reißverschluß ganz zu schweigen. Zweifellos ließ ein gelegentlicher Liebhaber ein solches Wesen durchgehen – gelegentliche Liebhaber lassen fast alles durchgehen, weil sie wissen, daß sie am nächsten Tag wieder sicher im eigenen Bett liegen werden, mit ihren Verdauungspillen in der Nähe. Zweifellos könnte ein solcher Mann sich leicht dazu überwinden, wohlwollend über den schrecklichen Panda zu lächeln und zuzustimmen, daß er reizend sei. Aber ein Ehemann? So etwas jahrein jahraus um sich zu haben... es müßte ein sonderbarer Mensch sein, der sich das gefallen ließe.

Nun, vielleicht war Mrs. Days Ehemann ein sonderbarer Mensch? Vielleicht war er es, der den großen Spiegel gegenüber dem Fußende des Bettes angebracht hatte, so daß man, gegen die Kissen gestützt, sich selbst sehen konnte (Milly hatte es ausprobiert, darum wußte sie es). Die Days konnten sich selbst zusehen, wie sie morgens im Bett ihren Tee tranken, wenn sie wollten. Sie konnten bei einem Streit nicht nur das verzerrte, häßliche Gesicht ihres Partners sehen, sondern auch ihr eigenes. Reizend.

Manchmal, wenn sie ihre einsamen Nachmittage mit solchen Betrachtungen bereicherte, tat es Milly eigentlich leid, daß die arme Mrs. Day nicht das gleiche mit ihr, Milly, tun konnte. Aber in diese Richtung gab es keine Hinweise, keine Anhaltspunkte, an denen man sich orientieren konnte. Nur eine saubere Wohnung anstatt einer schmutzigen und freitags das Kuvert mit den zwei Pfund vierzig. Selbst die phantasiereichste Arbeitgeberin konnte sich danach kein besonders deutliches Bild von ihrer Putzfrau machen.

Und das war auch gut so. Hin und wieder überlief es Milly heiß und kalt bei der Vorstellung, was geschehen würde, wenn ihre unbekannte Arbeitgeberin plötzlich hereinkäme und sähe, was sie tat.

Nicht daß sie etwas Unrechtes täte oder ihre Arbeitszeit

nicht einhielte. Sie arbeitete immer die zwei Stunden, für die sie bezahlt wurde. Es war die Art, wie sie sich an ihre Arbeit machte – die Art, wie jeder sich an etwas heranmacht, wenn er völlig allein und unbeobachtet ist – die die gerunzelten Brauen hervorrufen würde.

Denn als erstes, wenn Milly müde ankam, direkt von Mrs. Graham, suchte sie sich unter Mrs. Days neuen Leihbüchern das einladendste heraus und machte es sich damit auf dem Sofa gemütlich. Mrs. Day ging offensichtlich zu einer sehr guten Bücherei; immer schienen die letzten Bestseller auf ihrer Fensterbank zu glänzen, sobald sie herausgekommen waren. Sex, Krebs, das Ende allen Lebens auf der Erde – die erfolgreichsten Themen auf dem Buchmarkt lagen Woche für Woche für Milly bereit. Und wenn sie ihre Wahl getroffen hatte, streckte Milly sich auf dem Sofa aus und las gierig, zwanzig Minuten oder länger, die Seiten mit einer Art Heißhunger verschlingend. Der Zugang zu Büchern war in der letzten Zeit schwierig für sie.

Und so lag sie da, oft bis nach drei, in byzantinischem Luxus: Zentralheizung, absolute Stille und Ruhe und – wenn sie Lust hatte, hinauszuschauen – ein wunderschöner Blick durch das große Fenster, direkt über die Ziegeldächer der Altstadt auf den winterlichen Himmel und das graue, bewegte Meer. Es war ein schöner Abschnitt des Tages, und Milly freute sich den ganzen Vormittag darauf. Und später, wenn sie in der Wohnung herumhantierte, machte sie häufig eine Pause... um eine Ansichtskarte, die mit der Post gekommen war, zu lesen... um Mrs. Days Goldsandaletten anzuprobieren... um das gerahmte Foto eines gutaussehenden jungen Mannes zu betrachten, der Mr. Day sein mochte oder auch nicht...

oder um auf der Kante des ungemachten Bettes zu sitzen und einen Artikel im ›New Statesman‹ zu lesen ... Dies nennt man heutzutage mit Anerkennung Selbstdisziplin – etwas ganz anderes als die Disziplin früherer Zeiten. Der einzige Nachteil für Milly war, daß zwei Stunden Arbeit in Mrs. Days Wohnung so mindestens vier Stunden in Anspruch nahmen, und das war sehr anstrengend und ließ sie so spät nach Hause kommen, daß sie keine Zeit mehr hatte, ihre Füße hochzulegen, bevor sie mit Jacko und Kevin Fish and Chips essen ging.

Als sie an diesem besonderen Donnerstag eintraf, fiel Milly als erstes auf, daß *Erziehung zum Tode* noch da war. Sie sah es schon vom anderen Ende des Zimmers, glatt und erfolgreich aussehend mit der glänzend roten Schrift und der groben tiefschwarzen Silhouette eines Jungen mit riesigen weißen Augäpfeln und runden weißen Knöpfen auf dem Hemd, dessen Haare zu Berge standen, vermutlich aus Entsetzen über die Erziehung, die ihm zuteil wurde.

Milly nahm die Anwesenheit des Buches erleichtert zur Kenntnis (Mrs. Day hatte die aufreizende Angewohnheit, ihre Bücher gerade dann zur Bücherei zurückzubringen, wenn Milly sich richtig eingelesen hatte), aber bevor sie sich ans Lesen machte, sah sie sich rasch in der Wohnung um, um die Aufgaben des Nachmittags abzuschätzen. Es änderte sich jedesmal. Manchmal war das Schlafzimmer ein Trümmerfeld und das Wohnzimmer praktisch unbenutzt, manchmal war es umgekehrt. Manchmal war die Küche so übersät mit schmutzigem Geschirr, daß man sich kaum rühren konnte, ein anderes Mal war der Abwasch gemacht, aber das ganze Badezimmer stand voller Bierflaschen. Man konnte es nie voraussehen. Und was es noch komplizierter machte: Mrs. Day machte manchmal in der letzten Minute hastige Anstrengungen, alles ein bißchen ordentlicher aussehen zu lassen, indem sie schmutzige Gläser hinter die Vorhänge schob, zerknitterte Papiertaschentücher unter das Bett kickte oder eine saubere Zeitung wie zufällig über die Stelle legte, wo die Katze sich übergeben hatte.

Nichts davon half natürlich im geringsten, aber Milly nahm an, daß ihre Arbeitgeberin es gut meinte. Diesmal war es jedenfalls nicht so schlimm. Ein Kochtopf war angebrannt und nicht eingeweicht worden, und wer es auch sein mochte, der seine Kippen immer in das elektrische Kaminfeuer warf, als sei es eine offene Feuerstelle: er war wieder dagewesen. Aber davon abgesehen war alles mehr oder weniger so wie immer. Doch gegen den Mehlbehälter gelehnt stand eine von Mrs. Days gekritzelten Mitteilungen für Milly:

Wenn Mr. Plzpwrdge anruft, sagen Sie ihm bitte, er möchte die Dgllrwn krrn und nicht vrwll bvr ich ihm Bescheid sage. *Danke, A. L. Day*

Milly seufzte. Mrs. Day legte ihr immer solche Mitteilungen hin, und Milly fragte sich oft, was aus ihnen wurde.

Bitte waschen Sie das *Strt* gründlich, war die erste gewesen, und am nächsten Dienstag hieß es: *Bitte rtvol gra paloll nicht die Qumamvruin gnz zu rgn ohne den Stöpsel zu ziehen.*

Milly hatte getan, was sie konnte. Sie hatte alles gründlich gewaschen, was auch nur im entferntesten wie ein *Strt* aussah, und was die *Qumamvruin* betraf, so hatte sie jedes Risiko vermieden und einen Bogen um alles gemacht, was überhaupt einen Stöpsel hatte, um sie nicht zu *palollen*.

Bisher schien die Methode sich bewährt zu haben. Jedenfalls hatte sie bisher noch keine Mitteilungen gefunden, die darauf hinwiesen, daß das *Strt* immer noch völlig verschmutzt sei. So warf sie den neuesten Zettel einigermaßen gelassen in den Papierkorb (falls dieser Mr. Plzpwrdge wirklich anrufen sollte, würde er vermutlich selbst wissen, worum es ging) und ließ sich vergnügt auf dem Sofa nieder, um zu lesen.

Kapitel 15

Zum Teufel mit Mr. Plzpwrdge! Das Telefon schrillte durch die Wohnung, bevor Milly auch nur eine Seite ihres Buches gelesen hatte. Warum konnte der elende Mensch nicht später anrufen, wenn sie nur arbeiten würde? Sie erhob sich lustlos von der Couch, durchquerte widerstrebend das Zimmer und nahm den Hörer auf.

»Es tut mir leid, Mrs. Day ist nicht zu Hause«, sagte sie. »Kann ich ihr etwas ausrichten?« Sie ließ ihre Stimme nicht besonders ermutigend klingen. Bis jetzt hatte er noch nicht einmal gesagt, daß er Mr. Plzpwrdge sei; wenn sie Glück hatte, konnte sie es ganz vermeiden, seinen Namen zu erfahren, und dann konnte das Ganze unmöglich ihre Schuld sein. »Sie wird etwa um halb sieben zurück sein«, fügte sie vorsichtig hinzu und erwartete, daß die angenehme, mittelalte Stimme sagen würde, gut, er würde später noch einmal anrufen.

Aber es lief ganz anders.

»Wer spricht dort?« fragte die Stimme – und es kam Milly so vor, als sei der Ton etwas schärfer geworden. »Wer ist dort bitte?«

»Ich ... Oh, ich bin hier nur zu Besuch, ich bin nur ... nun ... nur eine Bekannte ...« stotterte Milly, die irgendein Instinkt – oder war es inzwischen schon Gewohnheit? – davon abhielt, die schlichte, harmlose Wahrheit über ihre Rolle in dieser Wohnung zu sagen.

»Oh. Oh, ich verstehe. Hören Sie, es tut mir leid, wenn ich Sie belästige, aber vielleicht können Sie uns helfen. Kennen Sie zufällig eine Mrs. Barnes, die für Mrs. Day arbeitet? Eine Mrs. Milly Barnes? Man hat uns gesagt, daß sie zwei- oder dreimal die Woche nachmittags kommt und...«

»Das tut sie nicht! Sie kommt nicht! Das muß ein Mißverständnis sein! Mrs. Day kennt niemanden, der Barnes heißt...!«

Erst als sie den Hörer wieder auf die Gabel gelegt hatte, wurde Milly klar, wie außerordentlich töricht sie sich verhalten hatte. Dieser Mann, wer es auch sein mochte, hatte vielleicht wegen einer völlig harmlosen Sache angerufen – um einen weiteren Job anzubieten etwa, oder um eine Meinungsumfrage über Waschmittel durchzuführen. Was mußte er jetzt denken? Krampfhaft versuchte sie, sich an den genauen Wortlaut ihrer verstörten, verworrenen Behauptungen zu erinnern und herauszufinden, was ein Fremder daraus schließen würde. Daß sie gelogen hatte, natürlich – oder daß sie schwachsinnig war. Wie konnte sie – oder irgend jemand – mit Sicherheit sagen, daß Mrs. Day eine Milly Barnes nicht kannte? Man kann von seinen Freunden wissen, daß sie eine Mrs. Barnes kennen, aber wie soll man wissen, daß sie keine kennen?

Oh, wie blöd war sie gewesen! Blöd! Und das nach dem, was sie vor nur wenigen Stunden beschlossen hatte! Milly saß mit auf die Hände gestütztem Kopf da, starrte auf einen Kekskrümel auf dem Teppich hinunter und versuchte zu begreifen, was sie zu einem so wahnwitzigen Verhalten veranlaßt hatte.

Angst natürlich. Manche Leute würden es wahrscheinlich lieber Schuldgefühle nennen. Das ständig gegenwärtige Wissen, daß sie wegen Mordes gesucht wurde.

Mord. Zum erstenmal hatte Milly es zugelassen, daß das Wort ihr unzensiert in den Sinn kam. Mord. Sie wartete darauf, daß Schuldgefühle, lange verdrängt, aus ihrem Unterbewußtsein hervorbrachen und sie in einer unerträglichen Flut überspülten.

Es geschah gar nichts. Sie wiederholte das Wort, laut diesmal, in der leeren Wohnung. Mord. Ich habe einen Mord begangen.

Noch immer nichts. Nichts jedenfalls, das als Schuldgefühl identifiziert werden konnte. Angst, ja, und eine wilde Entschlossenheit, sich nicht erwischen zu lassen. Dies waren inzwischen vertraute Gefühle, beinah alte Freunde, aber man konnte sie wirklich nicht als Schuldgefühle beschreiben.

Das war doch absurd! Milly bot all ihre Ehrlichkeit auf, alle Kräfte der Selbstprüfung, um nach dem schwarzen Kern des Schuldgefühls zu suchen, das doch vorhanden sein mußte.

Es war sinnlos. Die gründlichste und ernsteste Gewissensprüfung, der sie sich je unterzogen hatte, enthüllte absolut nichts – außer einem vagen, allgemeinen Groll über die ganze Geschichte. »Es ist nicht fair«, beklagte sich etwas in ihr kindisch. »Warum soll ich eine Mörderin sein, wenn andere Leute es nicht sind? Es ist nicht fair!«

Sie versuchte es noch einmal. »Ich habe getötet. Ich habe das schwerste Verbrechen begangen. Ich habe einen Menschen umgebracht.«

Noch immer nichts. Ständig werden Menschen umgebracht, manchmal durch Krankheit, manchmal durch Autos, manchmal durch Überernährung. Zu einem dieser ganz alltäglichen Ereignisse beigetragen zu haben schien – nun, nicht belanglos, aber es fehlte doch ein wesentliches Element des Bösen. Irgendwie gab es nichts, was die Schuldgefühle nährte – es war wie ein Gericht aus lauter

Faserstoffen, das einen füllen, aber nicht dicker werden lassen soll.

Was stimmte nicht? Warum hatte sie keine angemessenen Empfindungen? War es, weil Gilberts Leben sich am Ende so weit entfernt hatte von der Wirklichkeit, daß es überhaupt kein Leben mehr war? Und folgte hieraus, daß sein Tod kein wirklicher Tod sein konnte?

War dies die Unsterblichkeit, die seit Anbeginn der Zeit die Herzen der Menschen mit Angst erfüllt hat – die Unsterblichkeit, die Tithonus verliehen worden war als die äußerste Rache der Götter?

Hatte Gilbert sich diese äußerste Rache zugezogen, als er in der dichter werdenden Dunkelheit hinter den geschlossenen Läden in der Lady Street saß? Als das Ende sich näherte, vertraute er nur noch der Dunkelheit; manchmal schrie er Milly an, wenn sie nur in der Spülküche das Licht einschaltete, so daß er es unter der Türspalte hindurchschimmern sehen konnte. Nachdem er sich dem Leben so verweigerte – wie konnte der Tod ihn holen, als die Zeit kam? Auf was konnte in so einem Fall der Tod seine Knochenhand legen? Wenn in der Dunkelheit Knochenhand auf Knochenhand traf – wer würde es sein, der vor Entsetzen floh?

Sie hätte es nie zulassen dürfen, daß ihr Ehemann in einen solchen Zustand geriet: das hatte der überarbeitete junge Arzt tadelnd zu ihr gesagt, ein oder zwei Monate bevor Gilbert starb. Sie hätte ihn mit in die Sprechstunde bringen sollen, und nein, natürlich könne er nichts verschreiben, ohne den Patienten wirklich gesehen zu haben, wie könnte er, es wäre ethisch nicht zu vertreten ... Und dann, als der alte Mann nie erschien und die jämmerliche, nervöse

Ehefrau aufhörte, ihn in der Sprechstunde zu belästigen, mußte er die ganze Geschichte wohl dankbar abgeschrieben haben. Was hätte er auch tun können? Eine Ehe mehr, die zerbrach in dem vertrauten Chaos von Beschuldigungen und der gegenseitigen Behauptung, der andere sei Paranoiker. Was erwarteten die Leute eigentlich von den Ärzten?

Und vielleicht, wenn Milly die Art ihres Problems etwas früher erkannt hätte, als Gilbert noch bereit war, im Sonnenschein spazieren zu gehen – vielleicht hätte sie ihn, unter irgendeinem Vorwand, dazu überreden können, sie in die Sprechstunde zu begleiten. Oder sogar dem Arzt zu gestatten, ihm einen Besuch in der Wohnung zu machen, die noch keine Festung, verbarrikadiert gegen alle Besucher, geworden war. Und vielleicht hätte in dem Stadium ärztliche Behandlung noch etwas erreichen können. Aber als Gilberts Zustand noch nicht so schlimm war, betrachtete Milly ihre unglückliche Ehe einfach als das – eine unglückliche Ehe, mit der zu leben und die erträglicher zu machen sie lernen mußte, so gut sie konnte. Und unglücklicherweise geschah es, daß gerade die Dinge, die sie ersann, um die Stimmung ihres Mannes zu heben, ebensogut sorgfältig abgestufte Provokationen hätten sein können, von denen jede einzelne sein seelisches Gleichgewicht ein wenig mehr durcheinanderbrachte als die vorhergehende – so wenig begriff sie anfangs die Art der Schatten um sie herum, die immer dichter wurden.

Zuerst war da die Frage nach Freunden. Nach ihren nicht sehr scharfen Beobachtungen schien es völlig eindeutig, daß Gilberts Leben zu langweilig und zu einsam war. Den ganzen Tag lang in dieser trübseligen Wohnung herumzuhantieren ... nie jemanden zu sehen außer einander – kein Wunder, daß es sie beide die Wände hochgehen ließ!

Fröhliche, abwechslungsreiche Gesellschaft also, das war als erstes nötig. Ein lebhaftes Kommen und Gehen von Besuchern, um den armen Kerl aufzuheitern, ihn aus sich herausgehen zu lassen. So blind war Milly selbst in jenen Tagen nicht, daß sie annahm, eine schwatzende Horde ihrer eigenen ehemaligen Bekannten könnte man auf einen Mann wie Gilbert loslassen. Sie versuchte also, taktvoll herauszufinden, wer *seine* Freunde waren, um sie dann mit Einladungen zu bestürmen.

Er hatte keine. Nicht einen einzigen. Als dies Milly endlich klar wurde, wußte sie nicht, was sie tun sollte. Natürlich hatte sie nicht angenommen, daß Gilbert einen schillernden Bekanntenkreis hätte, aber gehofft, daß es wenigstens ein oder zwei alte Colonels gab, die über Polo in den zwanziger Jahren schwatzen und Gilbert vielleicht gelegentlich eine Partie Schach vorschlagen würden, die dann unter dem grünen Lampenlicht Stunden und Stunden dauerte. Sie hatte erwartet, daß Gilberts Freunde sie langweilen würden, aber nicht in dem Maß, wie Gilbert allein sie langweilte. Sie war deshalb durchaus bereit, gute Miene zu machen und sie herzlich willkommen zu heißen.

Aber jetzt sah es so aus, als würde überhaupt keine Miene, weder eine gute noch eine böse, von ihr verlangt werden. Und als sie ihn bedrängte und sagte, es müsse doch irgend jemanden geben, den er gern einmal einladen würde, warf er ihr einen sonderbaren, nachdenklichen Blick zu und antwortete nicht. Als es Abend wurde, hatte er einen seiner Anfälle von schlechter Laune. Er sprach während des ganzen Essens nicht mit ihr und zog sich unmittelbar danach mit der Zeitung in seinen Armstuhl zurück. Er schlug sie auf und hielt sie ausgebreitet vors Gesicht, aber Milly wußte, daß er diesmal nicht las. Er war auch nicht eingenickt oder ließ seine Gedanken wandern; eher schien er munterer und wacher als gewöhnlich, als warte er auf etwas.

Am nächsten Morgen war er wieder wie immer, und vielleicht wäre alles anders gekommen, wenn Milly den Hinweis verstanden und sofort ihre Pläne zur Belebung seines geselligen Lebens fallengelassen hätte. Aber unglücklicherweise wurde ihr Eifer, seine Lebensweise zu verändern, durch diesen Rückschlag nur angestachelt, und sie setzte ihre ganze Erfindungsgabe ein, um diese Niederlage zu überwinden. Ihre Freunde kamen offensichtlich nicht in Frage, seine existierten nicht; es blieb ihr also nur übrig, die Sache selbst in die Hand zu nehmen und, ohne mit Gilbert darüber zu sprechen, ein sympathisches älteres Ehepaar einzuladen, das im letzten Trimester ebenfalls am Kurs für Industriearchäologie teilgenommen hatte. Ob sie auch in diesem Trimester dabei waren, wußte Milly nicht, weil sie und Gilbert nicht mehr gingen. Warum sie nicht mehr gingen, war nicht ganz klar, und irgendein Gefühl warnte sie, ihn danach zu fragen: er würde wieder in eine seiner trüben Stimmungen verfallen. Bis jetzt war sie noch weit entfernt davon, zu verstehen, was diese »Stimmungen« verursachte, aber sie begann, sich ein wenig vor ihnen zu fürchten und eine Art Instinkt für die Dinge zu entwickeln, die sie auslösen konnten.

So sagte sie Gilbert nicht, was in ihr vorging; statt dessen schrieb sie den Davidsons heimlich einen Brief, und als Mrs. Davidsons Antwort kam, daß sie und ihr Mann sehr gern am Sonnabend zum Tee kommen würden, hatte Milly dafür gesorgt, daß sie selbst den Brief vom

Postboten entgegennahm, ohne daß Gilbert es sah. Es wäre besser, dachte sie, es ihm erst in letzter Minute mitzuteilen, dann hätte er keine Zeit mehr, sich eine Menge dummer Einwände auszudenken.

Sicher haben weibliche Fehlkalkulationen selten so verheerende Folgen gehabt. Die Teegesellschaft am Samstagnachmittag erwies sich als eine der schrecklichsten Erfahrungen in Millys ganzem Leben. Sogar jetzt noch, Monate später, wurde ihr Gesicht heiß, wenn sie daran dachte. Die Szene stand ihr noch so lebendig vor Augen, als sei es gerade eben geschehen... der kochendheiße Tee, der in einem braunen Strom über das saubere weiße Tischtuch und weiter auf den Boden floß... die beiden Besucher, steif vor Entsetzen wie Wachsfiguren... und sie selbst, die zuerst wie gelähmt war und sich dann zu einer Flut von Entschuldigungen aufraffte... und dann das Aufwischen, als sei es ein normales Mißgeschick, und die unglückseligen Davidsons taten voller Entsetzen so, als sei nicht viel passiert...

Es war ein unglücklicher Zufall, daß Gilbert nicht zu Hause war, als die Besucher eintrafen. Wenn er dagewesen wäre, als sie hereinkamen, lächelnd und händeschüttelnd, hätte er vielleicht anders reagiert. So war ihm selbst die von Milly geplante kurze Vorwarnung nicht vergönnt, und er lief völlig unvorbereitet in die Teegesellschaft seiner Frau.

Einen Augenblick lang stand er nur da und starrte in den Raum, genauso wie vor ein oder zwei Wochen, als Milly seine Wohnung mit Blumen und Kissen heiterer gemacht hatte. Sein Verhalten war eigentlich nicht besonders auffällig. Nur Milly bemerkte den seltsamen Glanz, der in seine Augen trat, ein Leuchten, als sei von innen eine Lampe angeschaltet worden. Den Davidsons, die schon kleine zirpende Ansätze zur Begrüßung von sich gaben, fiel nichts auf.

Als er rasch auf den Tisch zustapfte, war also nur Milly so gelähmt vor Angst, daß sie sich nicht rühren konnte. Die Davidsons nahmen an, völlig verständlich, daß ihr Gastgeber näherkam, um ihnen die Hand zu geben; tatsächlich hatte Mr. Davidson sich schon halb erhoben und sagte etwas wie »Ah, Soames, nett, Sie wiederzusehen...«, als Gilbert die große Teekanne aus Steingut ergriff und sie mitten auf den Tisch knallte. Dann machte er wortlos kehrt und verließ mit den gleichen leisen, raschen Schritten das Zimmer.

Von der folgenden Aufregung, der Bestürzung und der Peinlichkeit der Situation erinnerte Milly kaum Einzelheiten; das nächste, was ihr klar vor Augen stand, war Gilbert, wie er zurückkehrte – waren es zehn Minuten, eine halbe Stunde später? – und irgendeine Entschuldigung murmelte, verworren erklärte, daß er »in der letzten Zeit eine Menge Sorgen gehabt habe«. Sie erinnerte sich, wie jeder sich in hektischem Eifer auf diese Worte gestürzt hatte und so tat, als sei das eine durchaus angemessene Erklärung.

Kurze Zeit später waren die Davidsons aufgebrochen, in einem Durcheinander von höflichem Geplapper und eingefrorenem Lächeln. Sie erinnerte sich, wie sie gewünscht hatte, sie würden endlich gehen und sie müßte sie nie wiedersehen, und wie sie sich gleichzeitig fürchtete, mit wachsendem, lähmendem Entsetzen, mit ihrem Ehemann allein zurückzubleiben.

Aber als sie endlich allein waren, hatte Gilbert sich

seltsamerweise nicht voller Zorn gegen sie gewendet, wie sie erwartet hatte. Im Gegenteil, für den Rest des Abends behandelte er sie mit noch größerer Rücksicht als gewöhnlich, sprang auf, um Türen für sie zu öffnen, Tabletts zu tragen, und alles mit einer Art mitleidiger Zuneigung, die Milly überhaupt nicht verstand und die sie beunruhigte. Erst kurz bevor sie zu Bett gingen, erwähnte er das Geschehene, und das in so merkwürdigen Formulierungen, daß Milly den Rest der Nacht wachlag und sich darüber den Kopf zerbrach.

»Ich möchte nicht, daß du denkst, meine Liebe, deine Freunde wären unter meinem Dach nicht willkommen«, fing er an, offenbar nicht bemerkend, wie Milly die Augen aufriß bei diesem Understatement. »Aber ich möchte dich doch bitten, ein klein bißchen vorsichtiger zu sein. Diese beiden heute – ich weiß, daß es dir nicht klar war, meine Liebe, und ich mache dir keine Vorwürfe –, aber diese beiden sind mir schon lange auf der Spur.«

»Auf der Spur? Was um alles in der Welt meinst du, Gilbert?« Die Worte waren gesprochen, bevor Milly Zeit hatte, sie abzuwägen, und ein gereiztes Zucken ging über Gilberts Gesicht.

»Jetzt mach mir nichts vor, meine Liebe«, warnte er sie mit ernster Miene. »Das ist etwas, was ich nicht mag, besonders bei meiner eigenen Frau. Du weißt – du mußt wissen –, daß viele Leute gern an meine Memoiren herankämen. Viele, sehr viele Leute!« Die letzten Worte sprach er mit einer seltsamen Mischung aus Bedauern und einer Art schrecklichem Triumph. Milly konnte ihn nur anstarren.

»Deine ... deine Memoiren?« brachte sie endlich hervor.

»Ja, ja...« Er zeigte ungeduldig auf die vergilbenden Zeitungen, die noch immer in Stapeln auf dem Tisch lagen, unberührt seit dem Tag, an dem er Milly verboten hatte, sie von der Stelle zu bewegen. »Es steht alles da drinnen – das ganze Material meines Lebenswerkes. Sobald es vollständig ist, werde ich mit dem Schreiben beginnen. Bis dahin möchte ich, daß niemand, ich wiederhole niemand, nicht einmal du, meine Liebe, ein einziges Wort in diesen Zeitungen liest. Ist dir klar«, (und hier trat wieder das merkwürdige Leuchten in seine hellen Augen, und seine Arme beschrieben einen großen Bogen). »Ist dir klar, daß in jeder einzelnen dieser Zeitungen Artikel über mich stehen? War dir das klar? Nein? Nun, jetzt verstehst du also, warum sie keine davon in die Finger kriegen dürfen. Sie dürfen keine einzige Zeile lesen. Sie könnten sie gegen mich verwenden, verstehst du...«

Milly verkniff sich die Frage: »Wer könnte?« Sie begann, wie in einem Spiegel, undeutlich zu erkennen, was da auf sie zukam, aber sie lehnte es vorläufig ab, es vor sich auszusprechen. Was für ein Unsinn!, war alles, was zu denken sie sich gestattete. Er redet Unsinn! Wie konnten in all den Tausenden von Zeitungen Artikel über ihn stehen!

Und bei diesem Gedanken begann tief in ihrem Innersten der Wurm zu zappeln, der Blaubartwurm, und sie wußte, sie würde keine Ruhe haben, bevor sie nicht wußte, was in diesen alten Zeitungen stand, den so sorgfältig gesammelten, gebündelten und aufeinandergestapelten Zeitungen...

An einem Montag, über eine Woche später, bekam sie ihre Chance. Gilbert ging fort, was er immer noch gelegentlich tat, »um einen Mann zu sprechen«, und sobald die Schatten, die seinen Weg die Kellertreppe hinauf begleiteten, nicht mehr in Wellen von Dunkelheit und grauem Licht gegen das Eßzimmerfenster schlugen, machte sie sich über das nächste und am leichtesten zugängliche der Bündel her und fing an, vorsichtig an der Schnur zu ziehen. Es mußte alles fehlerlos vor sich gehen. Sie hatte sich bereits die genaue Lage dieses Bündels zwischen den anderen gemerkt, und jetzt mußte sie den Knoten so lösen, daß sie ihn wieder genauso binden konnte...

›The Times‹, vom 15. Juni 1935. Milly brütete in einer Art angespannter, formloser Erwartung über den verblichenen Seiten, ohne die leiseste Ahnung, was sie eigentlich erwartete. Sie überflog Meldungen vom Krieg, von zukünftigen Kriegen, über die Mode, über Reden von Politikern und vom Cricket, aber nirgends etwas über Gilbert Soames in irgendeiner Form oder Gestalt. Hier und da war ein Absatz mit einem dünnen Bleistiftstrich an der Seite hervorgehoben, aber nie ging es um Dinge, die (soweit Milly es beurteilen konnte) möglicherweise zu irgendeinem Zeitpunkt in seiner Laufbahn mit ihrem Ehemann in Verbindung stehen konnten. Die angestrichenen Absätze waren nicht einmal für sich interessant – ein paar Zeilen aus einer Rede vor dem Parlament hier oder eine Ankündigung über den Verkauf von Futter für Haustiere dort. Milly schüttelte verwirrt den Kopf und nahm sich den 16. Juni vor. Es war wieder das gleiche, ebenso am 17. Juni... am 18. Juni...

Als sie den 12. Juli halb durchgelesen hatte, wurde ihr bewußt, daß die Druckschrift schwerer zu lesen war als zu Beginn. Das graue Licht war unmerklich grauer geworden. Und erst jetzt schaute sie nach oben, um zu sehen, warum.

Gilbert, das Gesicht platt und leer hinter dem Glas, beobachtete sie durch das Kellerfenster.

Kapitel 16

Seltsamerweise kam es nicht zu dem Wutausbruch, den Milly erwartete. Gilbert machte sich einfach daran, die Zeitungen wieder zu bündeln und widmete sich der Aufgabe mit der gleichen peinlichen Sorgfalt, die er auch das letztemal gezeigt hatte, von Zeit zu Zeit seine goldgefaßte Brille aufsetzend, um eine Stelle genauer zu überprüfen oder nach der Seitenzahl zu schauen. Er schien keine Notiz zu nehmen von Millys konfusen Lügen ... wie die Schnur gerissen sei ... das Bündel sei vom Tisch hinuntergefallen ... sie habe nur versucht, sie wieder in die richtige Reihenfolge zu bringen ... Während die wenig einleuchtenden Entschuldigungen ihr von den Lippen flossen, brachte er sie weder zum Schweigen, noch äußerte er sich in irgendeiner Form zu ihren Worten, sondern machte einfach weiter, Texte prüfend und vor sich hin murmelnd, als sei er allein. Und als er fertig war und das Bündel zu seiner Zufriedenheit neu verschnürt wieder unter den anderen lag, setzte er sich wie gewöhnlich in seinen großen Sessel, die grüne Lampe neben seinem Ellbogen und das Gesicht hinter der ›Financial Times‹ versteckt.

Milly saß ihm gegenüber in den grünen Schatten, wagte weder zu lesen noch eine Näharbeit in die Hand zu nehmen und wartete auf den Wutausbruch, aber er kam immer noch nicht. Es sah so aus, als sei sie aus irgendeinem unerforschlichen Grund noch einmal davongekommen. Während die Tage verstrichen, wurde ihr erst nach und nach klar, daß dies ganz und gar nicht der Fall war.

Als erstes fiel ihr auf, daß ihr morgendlicher Gang zum

Einkaufen in den Geschäften in der High Road nicht mehr so frei und unbeschwert wie bisher verlief. Bisher hatte Gilbert ihr Woche für Woche ein großzügiges Haushaltsgeld gegeben und es ihr überlassen es auszugeben, wann und wie es ihr gefiel. Aber jetzt war alles anders geworden. Jetzt wollte er genau wissen, in welche Geschäfte sie zu gehen beabsichtigte, was sie kaufen wollte, wann sie zurückkommen würde – und nach vierzehn Tagen entdeckte sie, mit einem kalten Gefühl in der Magengrube, daß er alles aufgeschrieben hatte – wann genau sie jeden Tag das Haus verließ, und wann genau sie zurückgekommen war...

Aber inzwischen hatte es schon andere Veränderungen gegeben, die nicht zu übersehen waren. Tag für Tag versperrte er die Fensterläden und die Türen ein wenig früher, kaum wahrnehmbar zuerst, dann immer auffälliger, als versuche er, ein geheimnisvolles Rennen gegen die goldenen Oktobertage zu gewinnen und vor ihnen die Dunkelheit zu erreichen. Es dauerte nicht lange, da mußten sie schon gegen zwei Uhr nachmittags die Lampen anmachen, und der Abend hielt Einzug.

Die Abende waren immer der schlimmste Teil des Tages gewesen, und die unnötige Ausdehnung war schrecklich. Milly wußte nicht, wie sie die Stunden bis zur Schlafenszeit ertragen sollte – Gilbert stumm hinter seiner Zeitung, sie selbst in angespannter und bitterer Untätigkeit auf dem Stuhl gegenüber. Manchmal ließ sie die Augen über die abgeschabten Lederrücken der Bücher auf den Borden neben ihr wandern und machte Pläne, wie sie diesen oder jenen Band geräuschlos herausziehen und ein wenig darin lesen könnte, ohne daß Gilbert es bemerkte. Aber es gelang ihr nur selten. Bei dem leisesten Geräusch einer

Bewegung – oder manchmal sogar schon vorher, wenn das Ganze ihr erst als Plan durch den Kopf ging – senkte er seine Zeitung oder erwachte aus seinem Nickerchen und sah zu ihr herüber.

»Langweilst du dich, meine Liebe?« fragte er höflich. »Dann laß uns miteinander sprechen«, woraufhin er seine Zeitung auf den Tisch legte und wartete, bis sie etwas sagte. Sie versuchte es: manchmal gab sie sich wirklich Mühe, zermarterte sich den Kopf nach einem Thema, das ihn unterhalten könnte, aber es wurde immer schwerer. Ihr Leben wurde von Tag zu Tag stärker eingeengt; sie wurden immer mehr abgeschnitten von allem, was Stoff für eine Unterhaltung hätte liefern können. Milly konnte fast hören, wie die Wände ihnen knirschend näherrückten.

»Ich mach uns eine Tasse Tee«, sagte sie manchmal, als Vorwand, um in die Küche zu entfliehen. Aber in der letzten Zeit war er dazu übergegangen, ihr in die Küche zu folgen, vorgeblich, um ihr mit dem Tablett zu helfen, tatsächlich aber, wie Milly wußte, um sie zu kontrollieren. Denn schon mehrmals, wenn sie allein in die Küche gegangen war, hatte er sie befragt, als sie ins Eßzimmer zurückkam. Was sie gemacht habe? Warum habe es so lange gedauert? Wie könne es – und hier warf er einen Blick auf seine altmodische goldene Taschenuhr – zwölfeinhalb Minuten dauern, eine Kanne Tee aufzugießen? Sie mache den Kessel absichtlich zu voll, beschuldigte er sie, um ein paar Minuten zusätzlich ohne ihn zu verbringen.

Dies entsprach so exakt der Wahrheit – und doch hörte es sich so irrsinnig an, wenn es in Worte gefaßt wurde –, daß Milly heftig widersprach, mit echter Empörung in der Stimme, und schließlich schien er besänftigt. Aber nur wenige Tage später fand sie unter seinem Kopfkissen, zusammen mit der Aufzeichnung ihrer Einkaufsgänge, eine andere, neuere Liste: eine Aufzeichnung aller Minuten, die sie täglich allein in der Küche verbracht hatte, bis auf die halbe Minute ausgerechnet. Einige der Eintragungen waren rätselhafterweise rot unterstrichen und in Gilberts ordentlicher, verkrampfter Handschrift mit einem kleinen Kreuz versehen.

An dem Vormittag, an dem sie diese Entdeckung machte, entschied Milly, daß sie genug hatte. Es reichte ihr, Schluß. Sie packte nur ihre Nachtsachen und eine zweite Wolljacke ein, versprach, spätestens um zwölf zurück zu sein und machte sich zur gewohnten Zeit auf den Weg zum Einkaufen. Sie ging rasch wie immer, doch sobald sie nicht mehr in Gilberts Sichtweite war, fing sie an zu laufen; sie floh, so schnell Bus und U-Bahn sie trugen, zu Felicity.

Felicity war eine alte Bekannte aus glücklicheren Tagen, natürlich auch eine alte Bekannte von Julian, aber das ließ sich nicht ändern. Während sie durch den wässerigen Sonnenschein des Novembertages auf Felicitys Wohnung zuhastete, spielte Milly sehnsüchtig mit dem Gedanken, sich alles von der Seele zu reden, alle aufgestauten Dummheiten, alles Elend der vergangenen Monate vor einer mitfühlenden, aber mit gespitzten Ohren lauschenden Felicity auszubreiten.

Doch das ging nicht. Felicity würde ohne Zweifel die Güte selbst und voller Anteilnahme sein und frei von Kritik (nach drei geschiedenen Ehen konnte sie wohl auch kaum anders reagieren), aber das Dumme bei gütigen, toleranten Menschen ist, daß sie unfähig sind, etwas für sich zu behalten. Ihre Güte läßt sie wünschen, die Freuden des Klatsches mit aller Welt zu teilen, während ihre Kritiklosigkeit ihnen gar nicht zum Bewußtsein kommen läßt, daß die pikante Neuigkeit, die sie verbreiten, besonders peinlich für das Opfer ist. Wenige Tage – wenige Stunden wahrscheinlich –, nachdem Felicity erfahren hatte, daß Milly ihrem neuen Ehemann weggelaufen war, würden ein Dutzend Versionen der Geschichte sich auf den Weg über den Atlantik machen, jede von ihnen schlüpfriger als die andere. Wie Julian und Cora es genießen würden, schadenfroh ihre Wahl zu treffen auf der umfangreichen und vielseitigen Speisekarte, die ihnen so kostenlos vorgelegt wurde!

Felicity war verständlicherweise überrascht, als Julians Ex-Ehefrau nach so vielen Monaten ohne jedes Lebenszeichen plötzlich vor ihr stand, aber sie schien sich zu freuen und gern bereit, Milly für ein paar Tage unterzubringen, und wenn sie aufgrund ihrer großen und vielfältigen Erfahrungen in Sachen Ehe Millys Geschichte, nämlich daß Gilbert für einige Tage »geschäftlich« unterwegs sei und sie nicht gern allein in der Wohnung schlafe, mit einer gewissen Skepsis entgegennahm – nun, es hatte Zeiten gegeben, da sie selbst gezwungen gewesen war, dummes Geschwätz dieser Art aufzutischen, und sie wäre die letzte, die eine andere Frau zwingen würde, Farbe zu bekennen. Sie wußte noch nicht, was dieser Typ Gilbert vorgehabt hatte, aber aus eigener Erfahrung wußte sie nur zu gut, daß es immer Schuld des Mannes war, wenn Frauen Lügen erzählten; er trieb sie dazu, der Saukerl, und das wenigste, was Frauen tun konnten, war, einander den Rücken zu stärken. Außerdem bekam man auf diese Weise die ganze Geschichte von ihrer dramatischsten Seite zu hören. So bat sie ihre Besucherin sehr herzlich, eine Weile bei ihr zu bleiben. Es würde sogar sehr gut passen, jemanden in der Wohnung zu haben, weil sie, Felicity, so oft außer Haus war, und ihr augenblicklicher Freund (wirklich süß, du mußt ihn unbedingt kennenlernen) habe ihr vor kurzem eine Siamkatze geschenkt. Zufällig sei sie ganz vernarrt in Siamkatzen, vorausgesetzt, sie brauche nicht für sie zu sorgen; wenn Milly also nichts dagegen hätte...?

Nachdem die Angelegenheit so im gegenseitigen Einvernehmen geregelt war, richteten die beiden Frauen sich auf einen gemütlichen Nachmittag ein, mit Schwatzen, Telefonieren und Fernsehen. Es war etwa acht Uhr geworden, und sie diskutierten gerade die Frage, ob sie zum Essen ausgehen sollten und wen von Felicitys Verehrern sie gegebenenfalls dazu einladen könnten, damit er die Zeche bezahlte, da klopfte jemand an die Tür, und als Felicity öffnete, kam Gilbert hereinmarschiert.

Milly war nicht einmal überrascht. Es war, als hätte sie die ganze Zeit gewußt, daß das geschehen würde. Sie gab sich nicht einmal die Mühe, sich zu fragen, wie ihr Ehemann sie aufgespürt hatte – ob er ihr gefolgt oder einfach zur Telefonzelle am anderen Ende der Lady Street gegangen war und alle Nummern in ihrem Adressenbuch gewählt hatte, bis er auf jemanden traf, der wußte, wo sie war. Dazu hätte er nicht lange gebraucht. Felicity hatte den ganzen Nachmittag mit Freunden telefoniert, und inzwischen wußte wahrscheinlich halb London von der Eskapade von Julians Ex-Ehefrau.

Aber es schien gar nicht erforderlich, nach einer natürlichen Erklärung zu suchen. Wie er dort in der Tür stand, hochaufgerichtet und starr, mit Haar, das schimmerte wie die Schwingen eines weißen Vogels, ging eine merkwürdige Kraft von Gilbert aus, und man konnte sich mühelos vorstellen, daß etwas ihn geführt habe, was nicht ganz von dieser Welt war – sogar, daß die Mächte der Finsternis ihn auf magische Weise durch die Novembernacht getragen hatten.

Was war dann geschehen? Milly konnte sich später nur daran erinnern, daß sie von dem Augenblick an, als sie ihren Ehemann dort stehen sah, so ruhig und hochgewachsen, seine Augen glitzernd wie die einer Katze, gewußt hatte, daß sie mit ihm zurückgehen würde. Nicht eine Sekunde lang schien es eine andere Wahl gegeben zu haben. Sie mußte sich wohl von Felicity verabschiedet haben, hatte sich wohl entschuldigt mit irgendeiner das Gesicht wahrenden Ausrede, um Gilberts plötzliches Auftauchen zu erklären, wenn er doch eigentlich »geschäftlich« unterwegs sein sollte. Das nächste jedenfalls, woran sie sich deutlich erinnern konnte, war, wie sie in einer Ecke eines Taxis saß, im Dunkeln, und Gilbert sehr gerade und still neben ihr saß und kein einziges Wort sagte. Sie erinnerte sich daran, wie die hellen Lichter des Westends hinter ihnen abspulten und an der anderen Seite der Themse ersetzt wurden durch die trüben Natriumdampflampen, die immer seltener auftauchten, während das Taxi sich erbarmungslos ihrem Heim näherte.

Sie wußte nicht, wie ihre Strafe aussehen würde, aber sie wußte inzwischen genug, um zu ahnen, daß sie, wie sie auch aussehen mochte, nicht sofort vollstreckt werden würde. Eher würde sie Stück für Stück kommen während der nächsten Tage und Wochen, fast ohne daß sie es merkte. Sie würde nicht wissen, wann die Strafe begann noch wann oder wie sie zu ihrem unvorstellbaren Ende kommen mochte.

Auch als sie schon zu Hause waren, sagte Gilbert noch nichts, und Milly versuchte nicht, sich zu verteidigen oder zu entschuldigen. Dieses Stadium war überschritten. Erst nachdem er durch die ganze Wohnung gegangen war und Fenster und Türen gesichert hatte, entschloß Gilbert sich endlich, eine Bemerkung zu machen. Er war wie zufällig zu den Bücherborden gegangen und hatte die Reihen alter, in Leder gebundener Bücher überflogen und das Buch herausgezogen, das er suchte. Er blätterte nachdenklich darin herum und hielt dann inne. Während er las, begann er zu lachen, sein seltsames, stummes Lachen, das seinen ganzen hageren Körper lautlos rüttelte, als ticke tief in ihm eine Zeitbombe.

»Weißt du, was die alten Skythen mit ihren weggelaufenen Sklaven taten?« fragte er Milly von der anderen Seite des Zimmers und ohne die Augen vom Buch zu heben. »Sie blendeten sie!« Er lachte wieder leise, während seine Augen den Text weiter verfolgten. »So waren sie genausogute Sklaven, verstehst du, da ihre Aufgaben sehr einfach waren. Es spielte überhaupt keine Rolle.«

Das Schlagen von Mrs. Days vergoldeter, reich verzierter Uhr riß Milly aus ihrem Wachtraum. Drei Uhr schon, und noch nichts getan! – von der sinnlos vergeudeten Lesezeit gar nicht zu sprechen. Milly sprang auf von dem Platz am Telefon, wo sie, durch Erinnerungen gelähmt, seit dem beunruhigenden Anruf für »Mrs. Barnes« gesessen hatte, und beschloß, nicht mehr daran zu denken. Sie nahm ihre Staubtücher und Bürsten an sich und begab sich in Mrs. Days Schlafzimmer, gewöhnlich das Zentrum aller Aktionen, um sich dem inzwischen vertrauten Durcheinander von Zigarettenstummeln, Unterwäsche, Kaffeetassen,

Abendkleidern und einer mitten drin unwirsch vor sich hin schlafenden Perserkatze zu widmen.

Aber die Erinnerungen ließen sich nicht so leicht verdrängen. Während sie durchsichtige, glitzernde Kleidungsstücke in den übervollen Schrank stopfte und versuchte, Bügel für alles zu finden, spürte Milly, wie die Vergangenheit sie nicht losließ, beharrlich wie ein bitterer Geschmack im Mund. Das Vergangene ließ sie nicht in Ruhe, mit all seinen ›Wenn‹ und ›Aber‹ und ›Angenommen‹.

Angenommen, sie hätte sich an jenem Abend geweigert, mit Gilbert zurückzugehen? Angenommen, sie hätte kühn gesagt: »Nein, Gilbert, es tut mir leid, aber ich komme nicht mit. Felicity hat mich eingeladen, bei ihr zu bleiben, und ich bleibe hier!« Was wäre dann geschehen? Wie hätte sich ihr Leben danach entwickelt?

Noch während sie sich die Frage stellte, wußte sie, daß es sinnlos war. Was geschehen war, war geschehen. Es hatte geschehen müssen. Das Gefühl der Unvermeidlichkeit beherrschte sie jetzt ebenso stark wie damals, als sie, widerstandslos wie eine Marionette, Gilbert das ganze Treppenhaus hinunter und in das wartende Taxi gefolgt war. Sie hätte nichts anderes tun können. So war es ihr damals erschienen, und so erschien es ihr jetzt immer noch, wenn sie zurückblickte. Es war vom Schicksal bestimmt: sie schien keine andere Wahl gehabt zu haben. Sie war eine Schachfigur in der Gewalt von Mächten außerhalb ihrer Kontrolle gewesen.

Das gleiche empfinden natürlich alle, wenn sie zu Schaden gekommen sind, weil sie schwerwiegende und umfassende Verantwortung leichten Herzens übernommen haben. Wenn das ganze Gewicht der beiläufig übernommenen Verpflichtung schließlich auf ihren Schultern ruht und es keinen Ausweg mehr gibt, dann geschieht es, daß sie dieses Gefühl der Hilflosigkeit erfahren, das Gefühl, eine Schachfigur in den Händen des Schicksals zu sein, ein Spielzeug der Götter, und sie erinnern sich nur selten daran, daß sie es als erste waren, die die Götter als Spielzeug behandelten.

Es ist erstaunlich, wieviel man mit den Händen verrichten kann, ohne mit den Gedanken auch nur andeutungsweise dabeizusein. Als der Nachmittag vergangen war, hatte Milly all ihre üblichen Aufgaben in Mrs. Days Wohnung verrichtet und sich auf den Heimweg gemacht und nur sehr selten bewußt zur Kenntnis genommen, was sie eigentlich tat: einmal, als die Katze ihr einen halben Hummer zur Besichtigung ins Badezimmer brachte und sie entscheiden mußte, was sie damit anfangen sollte, und das nächste Mal, als die Drehtür des Wohnungsblocks sie aus der behaglichen zentralgeheizten Luft hinaus in die stürmische Winternacht stieß, in der ein nasser Wind in Böen vom Meer hereinblies und sie vorübergehend zum Bewußtsein erweckte, als er ihr auf dem Gesicht, an den Ohren und an den handschuhlosen Händen brannte.

Kapitel 17

Nach jenem Abend verfiel Gilbert zusehends, schnell und auf schreckliche Weise. Es kam Milly so vor, als sei etwas fast Zielbewußtes in der Art, wie er sich auf den Abgrund zustürzte, als könne nichts und niemand ihn davon abhalten. Zu Zeiten schien er die dunkle Nacht der Seele mit einer Intensität und Leidenschaft zu suchen, wie sie andere Männer der Suche nach Gold gewidmet haben.

Inzwischen wußte sie natürlich, daß er krank war, und als ihr verspäteter Besuch beim Arzt sich als nutzlos erwiesen hatte, versuchte sie ihre wachsende Panik zu beschwichtigen, indem sie sich sagte, es sei eben eine Krankheit wie jede andere auch.

Aber es war nicht wie jede andere Krankheit, das war das Problem. Und dann war da immer das Gefühl – unvermeidlich bei jedem Betrachter, der in der Falle sitzt –, daß der Kranke irgendwie beschlossen habe, ausgerechnet diese Form der Krankheit zu bekommen anstatt einer anderen; daß, wenn er von Anfang an ein netter, gütiger Mensch gewesen wäre, er auch auf eine nette, gütige Weise wahnsinnig geworden wäre...

Vielleicht lag hierin ein Körnchen Wahrheit; Milly hatte keine Möglichkeit, das zu beurteilen, da sie ihren Ehemann noch kein volles Jahr kannte und außerdem ohnehin bis jetzt äußerst wenig Zeit mit dem Versuch, ihn besser zu verstehen, verbracht hatte. Jetzt, als es zu spät war, versuchte sie, irgendwie Kontakt zu seinem sich verwirrenden Geist aufzunehmen, und wenn es nur wegen ihrer eigenen Sicherheit war. Aber jetzt waren solche Bemühungen vergeblich.

Am Tag nach ihrem mißglückten Fluchtversuch nagelte Gilbert die Außentür ihrer Wohnung zu, und am gleichen Abend befestigte er an der Eßzimmertür innen und außen Riegel. Jetzt mußte Milly, wenn sie einkaufen wollte, die dunkle Kellertreppe bis zum Erdgeschoß hinaufgehen und sich mit den Riegeln und Ketten und Doppelschlössern an der alten, abblätternden Haustür abmühen. Während sie mit der Tür kämpfte, hörte Mrs. Roach, die im Erdgeschoß wohnte, häufig das Ächzen und Knirschen des rostigen Metalls und kam in ihren Hausschuhen aus ihrer muffigen Einzimmerwohnung herausgeschlurft, um Milly zu beobachten, fast wie Gilbert selbst. Milly wußte, daß Mrs. Roach etwas gegen sie hatte – an den meisten Tagen sagte sie kaum »guten Morgen« –, und das machte Milly nervös und ungeschickt; manchmal brauchte sie fünf Minuten, um die quietschende alte Tür zu öffnen und das ersehnte Tageslicht hereinzulassen.

Aber bald wurde sogar diesen kurzen Ausflügen ein Ende gesetzt. Gilbert hatte es sich zur Gewohnheit gemacht, sie die Kellertreppe hinauf zu begleiten und in der Tür stehenzubleiben, um ihren Weg die Straße hinunter zu beobachten. Wenn sie zurückkam, stand er oft immer noch dort, die Uhr in der Hand, und wenn sie länger als etwa eine halbe Stunde unterwegs gewesen war, zitterte er manchmal sogar vor schrecklicher, stummer Wut.

Eine halbe Stunde. Dann billigte er ihr nicht mehr als zwanzig Minuten zu, dann nur noch zehn. Schließlich kam der Tag, da er ihr verbot, überhaupt einkaufen zu gehen. Er habe mit Mrs. Roach vereinbart, daß sie es übernehme, teilte er Milly kalt mit, da man ihr, seiner

Frau, nicht trauen könne. Von da an beschränkte sich ihre Nahrung im wesentlichen auf Dinge, die man im schäbigen kleinen Laden an der Ecke kaufen konnte – geschnittenes Brot und Sachen aus Dosen hauptsächlich – da Mrs. Roach ihren aufgedunsenen Körper nur widerwillig weiter als bis dort schleppte, selbst bei großzügiger Bezahlung. Bald gab es auch Milch nur noch aus Dosen, denn Gilbert ließ den Milchmann nicht mehr ins Haus, weil, wie er behauptete, Milly zwischen den leeren Flaschen Botschaften für ihn versteckte.

Und dann kam der Zeitpunkt, da Gilbert die Fensterläden überhaupt nicht mehr öffnete, aus Furcht, »sie« würden hereinschauen. Die Ära der endlosen Nacht war angebrochen, und jetzt, da sie da war, wurde Milly klar, daß sie schon sehr lange darauf gewartet hatte. Irgendwie hatte sie die ganze Zeit gewußt, daß alles so enden würde.

Enden? Auch jetzt war es erst Dezember, und seltsamerweise hatte Gilbert sein Ziel, auf das er all die Wochen so stumm und entschlossen hingearbeitet hatte, die zeitlose, ununterbrochene Nacht, kaum erreicht, da begann er, sich leidenschaftlich und ausschließlich mit dem Gedanken an das Verrinnen der Zeit zu beschäftigen. Hundertmal am Tag fragte er Milly, wie spät es sei, zog seine Uhr hervor, um ihre Antwort zu überprüfen, verglich seine Uhr mit der Uhr in der Küche: Prüfen und Nachprüfen.

Manchmal schrie er Milly an, sie betrüge ihn, sage ihm absichtlich die falsche Zeit. Wenn sie den Lunch etwa um ein Uhr hereinbrachte, wälzte er sich plötzlich in seinem großen Sessel nach hinten, um zu zanken und zu toben, und hielt ihr seine schwere goldene Uhr vors Gesicht, und die Zeiger zeigten auf drei oder vier oder sogar auf fünf... Wie sorgfältig sie ihn auch beobachtete – es gelang Milly nie, ihn dabei zu erwischen, wie er an seiner Uhr herumstellte, und so bekam sie in der unheimlichen, dunkler werdenden Welt, die sie immer enger umschloß, allmählich den Eindruck, die Uhr selbst sei auf heimtückische Weise lebendig geworden und habe sich mit ihrem Besitzer verbündet, um Milly ins Unrecht zu setzen.

Und jetzt begann Gilberts Zeitgefühl in der Dunkelheit auszuschlagen wie ein großes Pendel, das allmählich in Fahrt kam. Manchmal rief er nach seinem Abendessen in der Annahme, es sei Abend geworden, während in Wirklichkeit der helle, frostige Tag draußen vor den Läden gerade begann. Zu anderen Zeiten – und das war das Schrecklichste von allem – hielt er die Nacht für den Tag und kam mitten in der Nacht in das Zimmer seiner Frau geschlichen, um festzustellen, warum sie noch schlief. Sie erwachte dann aus merkwürdigen, unruhigen Träumen und hörte ihn durch ihr Zimmer schlurfen, leise damit beschäftigt, Schubladen zu öffnen, in Schachteln zu schauen und mit seinen alten Fingern zwischen ihren Kleidern und ihrem sonstigen Besitz herumzuwühlen.

Als das zum erstenmal geschah, hatte sie ihn in spontanem Entsetzen angerufen:

»Gilbert! Was ist? Was tust du da?« – aber das hatte sie nie wiedergetan. So sonderbar war der Ausdruck in seinen glänzenden Augen gewesen, als er rasch zum Bett kam und sich über sie beugte, und so sonderbar war das, was er sagte, gewesen:

»Oh, meine Liebe, ich habe mich nur gefragt, ob du krank bist«, setzte er leise an. »Es kommt mir so merkwürdig vor, daß du hier liegst, nach zwölf Uhr mittags. Es ist fast Lunchzeit! Willst du mir nichts kochen?«

Dieses erste Mal hatte Milly Einwände gemacht, ihm ziemlich unwillig ihre Uhr vors Gesicht gehalten und schließlich, unbekümmert entschlossen, ihm zu zeigen, daß sie recht habe, den Fensterladen aufgerissen und ihm das von der verlassenen Straße über ihnen grau und stumm hereinsickernde Mondlicht gezeigt.

Zuerst hatte sie gedacht, ein Kater hätte plötzlich auf der stillen Außentreppe sein lautes Miauen begonnen. Dann wurde ihr klar, daß es Gilbert war, der da kreischte. Er riß ihr den Fensterladen aus der Hand, knallte ihn zu, schob den Riegel vor und ließ den schweren Metallbolzen einrasten.

»*So* kommen sie also rein!« stieß er hervor, und seine Stimme war rauh und schrill vor Zorn. »*So* werde ich also hintergangen! In meiner eigenen Wohnung...! Von meiner eigenen Frau...!«

Nach weniger als fünf Minuten war Milly nur zu bereit, demütig zuzugeben, daß es Lunchzeit sei. Daß sie sich verschlafen habe. Daß es ihr leid tue. Alles... alles, was er nur wollte. Und so kam es, daß sie in den frühen Morgenstunden jener Dezembernacht eines seiner geliebten Currygerichte kochte, mit Reis und allem, was dazugehört, und es mit einem bebenden Lächeln auftrug, sorgfältig darauf bedacht, es als »Lunch« zu bezeichnen, mit leiser, zitternder Stimme.

Danach tat sie immer so, als schliefe sie, wenn das nächtliche Umherwandern begann. Manchmal beobachtete sie durch fast geschlossene Lider, wie er zwischen ihren Sachen wühlte und forschte und wie sein weißes Haar im schwachen Licht aus dem Nebenzimmer glänzte. Zu anderen Zeiten hielt sie die Augen fest geschlossen, lauschte und versuchte mit aller Kraft zu erzwingen, daß das leise Rascheln aufhörte, damit sie wußte, daß er gegangen war.

Und manchmal war er das, und das bedeutete dann das Ende der Schrecken der Nacht. Aber meistens endete es damit, daß er sie weckte und behauptete, es sei Lunchzeit. Nach jener Nacht widersprach Milly ihm nie wieder. Sie stand auf und machte sich sofort daran, ihm sein Currygericht zu kochen, oder auf was er sonst Appetit hatte.

Es lag eine merkwürdige Trägheit, dachte sie manchmal, in der Art, wie sie es zuließ, daß seine Wahnvorstellungen sie mitrissen, und manchmal begriff sie es nicht. Furcht vor ihm schien als Erklärung nicht ausreichend, denn selbst ihre Furcht bekam allmählich etwas seltsam Passives, als sei sie kein wirkliches, selbständiges menschliches Wesen mehr, mit einem wirklichen Leben, das verloren oder gerettet werden konnte. Welchen Weg Gilbert auch gehen mochte – sie wußte jetzt, daß er dabei war, sie mitzuziehen; schon spürte sie das Ziehen und Zerren. Bald, wenn die schwarzen Sturmwolken höher stiegen in seinem zerfallenden Bewußtsein, würde auch sie ihren Halt verlieren und mit in den Sog geraten, belanglos wie ein trudelndes Blatt, auf die Dunkelheit zu, wo sein Geist brodelte …

Gegen Ende Dezember begann Gilbert, sich einzubilden, daß Milly versuchte, ihn zu vergiften. Zuerst begriff Milly die Bedeutung der neuen Symptome nicht. Eine leichte Verschärfung seiner Überwachung ihrer Tätigkeit in der Küche fiel ihr auf; sie war jetzt überhaupt nicht mehr allein dort, nicht einmal für eine Minute. Aber dies war nur ein gradueller Unterschied, kein grundsätzlicher, und außerdem gewöhnte sie sich allmählich ohnehin daran. Während sie zwischen Herd und Spülstein hin- und herlief, betrachtete sie es inzwischen als selbstverständlich, daß sie aus den Augenwinkeln die hochgewachsene, wartende Gestalt in der Tür stehen sah, genauso wie sie das Rollhandtuch weiß und bewegungslos an seinem üblichen Platz hängen sehen konnte. In mancherlei Weise war es weniger beunruhigend als vorher, weil er nicht mehr herumstampfte, um ihr zu helfen. Statt dessen beobachtete er nur – oder er lauschte, so kam es ihr manchmal jedenfalls vor. Das verwirrte sie zuerst, und dann blieb sie eines Tages stehen und lauschte ebenfalls. Das schwache, endlose Tapp-tapp von Schritten hoch über ihnen auf dem Gehweg kam ihr zum Bewußtsein, wie es ihm die ganze Zeit bewußt gewesen war. Tapp-tapp-*tapp* ging es, oder tappiti-tapp-tapp... und plötzlich wußte sie, elend vor Entsetzen, daß sie nie wieder auf diese Weise stehenbleiben und lauschen durfte. Denn sie hatte die Geräusche, eine telepathische Sekunde lang, mit Gilberts Ohren gehört, und – das muß man sich vorstellen! – es waren Code-Botschaften! Darum also ließ er sie nie aus den Augen; er wartete auf den Moment, wo sie die Botschaft verstehen und in Code antworten würde! Wie erschreckend leicht würde das sein – drei Tassen in rascher Reihenfolge auf das Abtropfgestell gelegt... *tapp*-tapp-tapp... oder mit dem Holzlöffel zu rhythmisch gegen den Topf geschlagen... Trr-trr-trr, während sie umrührte. Nach dieser Erfahrung achtete sie sorgfältig darauf, die Geräusche, die sie nicht vermeiden konnte, zu verwischen und durcheinanderzubringen, und summte bei ihrer Arbeit lautstark vor sich hin.

Vielleicht war es nach all dem nicht verwunderlich, wenn sie kaum zur Kenntnis nahm, daß Gilbert immer pingeliger mit seinem Essen wurde. Es schien eine solche Bagatelle zu sein im Vergleich zu all den anderen Problemen. Wenn es auch eine sonderbare Art von Pingeligkeit war, die wenig mit der Qualität von Millys Küche zu tun zu haben schien – sie wußte schon seit langem, wie sie Gilbert erfreuen konnte (auf diesem Gebiet zumindest), indem sie scharf und reichlich gewürzte Gerichte kochte, auf der Zunge brennend vor Piment, Pfeffer und grünem Chili. Die Grundzutaten schienen ihn nicht besonders zu interessieren, und so war ihm keine Verschlechterung des Essens aufgefallen, seit Milly sich mit den Dosen und den abgepackten Lebensmitteln begnügen mußte, die alles waren, was Mrs. Roach heranzuschaffen sich bereit erklärte. Nein, sein Essen schmeckte ihm immer noch, und er aß mit Appetit, aber er hatte sich lästigerweise (so sah Milly es zuerst) angewöhnt, ihre Teller auszutauschen, wenn sie gerade im Begriff waren, mit dem Essen zu beginnen. In dem Moment, da sie schon die Teller gefüllt hatte und nach Messer und Gabel griff, beugte er sich über den Tisch, zog ihr den Teller unter den Händen weg und vertauschte ihn geschickt mit seinem eigenen. Gewöhnlich murmelte er eine Art Erklärung – »Nimm du den größeren, Liebes, ich bin heute nicht sehr hungrig«, oder: »Wenn es dir nichts ausmacht, ich hätte lieber den mit weniger Reis.« Manchmal hatte sie gerade schon angefangen zu essen, wenn die langen, knorrigen Finger über den Tisch glitten und sich um ihren Teller schlossen. Sie protestierte nie, auch wenn sie es oft nicht fertigbrachte, die so ausgetauschte Speise zu essen. Der Gedanke, daß seine Gabel, direkt von den alten Lippen kommend, das Essen berührt hatte, drehte ihr den Magen um. Und dann saß sie da, schob das Essen auf dem Teller hin und her und versuchte, so auszusehen, als ob sie äße. Und wenn sie hin und wieder aufschaute und sah, daß er sie beobachtete, die Gesichtszüge listig verzogen, verstand sie die Bedeutung dessen, was sie sah, nicht.

Seit ein paar Tagen hatte Milly einen eigentümlichen unangenehmen Geruch im Eßzimmer wahrgenommen, und eines Abends, früh im neuen Jahr, benutzte sie die Gelegenheit, dem nachzugehen. Gilbert hatte das Zimmer ausnahmsweise einmal für einige Minuten verlassen, weil Mrs. Roach gerade mit den Einkäufen für die Woche heruntergekommen war, und er in der Küche alles überprüfte und wegräumte. Diese Aufgabe vertraute er Milly nicht mehr an, und Milly rechnete damit, daß ein paar Minuten vergehen würden, bevor er zurückkehrte. Sie kannte seine langsamen Bewegungen und die pedantische Gründlichkeit, mit der er jede Packung prüfen würde; sie hörte das leise Murmeln seiner Stimme selbst aus dieser Entfernung, als er jeden Posten mit der Liste verglich und noch einmal verglich. Rasch zog sie die schwere Eßzimmertür fast zu und lief in die Ecke des Zimmers, aus der nach ihrer Meinung der Geruch kam. Die Ecke hinter Gilberts großem Ledersessel... irgendwo zwischen den alten ledergebundenen Büchern... hinter ihnen vielleicht, an der Rückwand der Borde...

Was sie zu finden erwartet hatte, wußte sie nicht. Als sie die erste Streichholzschachtel hervorzog, gefüllt mit altem gekochtem Reis, dachte sie einfach, es müsse irgendein Mißverständnis gegeben haben. Es bedeutete überhaupt nichts. Aber als sie die nächste Schachtel fand, mit den vertrockneten Überresten von Rührei... und dann die voll Hackfleisch, das grün geworden war... und die, aus der verfaulender Gemüseeintopf sickerte... da wußte sie, daß sie die Grenze zum Land des Wahnsinns überquert hatte und daß es vielleicht keine Rückkehr gab... und jetzt war der Herr dieses Landes selbst da, war in seinen rechtmäßigen Besitz zurückgekehrt... beugte sich über sie und verdunkelte das letzte Licht. Finsternis strahlte von ihm aus wie von einer schwarzen Sonne, und sie warf sich vor ihr nieder in schwatzendem, sklavischem Entsetzen. Die Zeit der Dunkelheit war gekommen, die schwarze Morgendämmerung war angebrochen und es würde nie wieder Tag werden. Das Schreien und Heulen aus dem bodenlosen Abgrund dröhnte ihr schon laut in den Ohren, es kam aus Gilberts Mund... und jetzt fühlte sie, wie ihr gesunder Verstand sie allmählich verließ. Gilbert stürzte sich auf sie... seine knochigen Finger tanzten wie Schnürsenkel... er kreischte wie ein Wahnsinniger – weil er natürlich ein Wahnsinniger war. Und bei diesem Gedanken schnellte ihr Verstand zurück, wie Gummiband von guter Qualität, und ihr Geist war wieder klar.

Er hatte sie nicht getötet, nicht einmal verletzt. Sie spürte nirgends Schmerzen. Er mußte sie irgendwann hinter dem Sessel hervorgezerrt haben, weil sie jetzt vor ihm stand, die Schultern von seinen Händen umklammert, während er ihr vor Furcht direkt ins Gesicht heulte und schrie.

Furcht. Zum erstenmal hatte sie gesehen, daß es Furcht war, was ihn marterte und zerriß, Furcht in einem Ausmaß, wie es weit über das Begriffsvermögen des geistig Gesunden hinausgeht. Und selbst jetzt nahm sie die Tatsache kaum zur Kenntnis. Ihr eigenes Entsetzen war so groß, daß sie nicht einmal seine Worte verstand und schon gar nicht die Art des Gefühlsaufruhrs, der hinter den Worten lag.

Schließlich schien es schon Stunden gedauert zu haben, ihr Dort-Stehen und sein Schreien direkt in ihr Gesicht. Sie stellte fest, daß sie das Wesentliche verstand: das sie ihm schon seit langem Gift ins Essen tue, aber er habe ihre Pläne durchkreuzt – ha ha, und wie er sie durchkreuzt habe! – indem er jedesmal ihre Teller vertauschte! Glaubte sie denn, ihm sei nicht aufgefallen, wie sie es jedesmal abgelehnt habe, weiterzuessen, wenn die Teller ausgetauscht worden waren?

Milly hörte fast interessiert zu. Und manchmal schien Gilbert selbst völlig zu vergessen, daß seine Zuhörerin auch die Erzschurkin seiner Wahnvorstellungen war und sprach, als sei sie ein verständnisvoller Außenseiter, dem er anvertraute, welches Unrecht ihm geschehen war. Er erklärte, wie er diese Proben von den unberührten Tellern seiner Frau gesammelt habe, um sie analysieren zu lassen, und daß die Analyse beweise, daß sie seine Schlaftabletten gestohlen und zerstampft unter sein Essen gemischt habe. Er habe festgestellt, vertraute er Milly an, daß sein versteckter Vorrat von Schlaftabletten abgenommen habe und daß seine Frau sie gestohlen hatte, aber er könne nicht herausfinden, wo sie sie versteckt habe. Er habe ihre Schubladen und Schränke immer wieder durchsucht... sie sei sehr gerissen... darum hätten sie sie für die Aufgabe ausgesucht – weil sie so gerissen sei...

Knapp eine Stunde später saß Gilbert in seinem üblichen Sessel, die Zeitung vor dem Gesicht, als wäre nichts geschehen. Alles war wie sonst, mit einer kleinen Ausnahme: er duldete es nicht mehr, daß das Licht angeschaltet wurde. Im Dunkeln konnte Milly das Knistern der Zeitung hören und das vertraute Rascheln, wenn er die Seiten umdrehte und sie so oder so faltete, wie um sich das Lesen einfacher zu machen.

Er erwähnte das Vergiften nie wieder. Es gab jetzt auch nicht mehr viele Tage, an denen er etwas hätte erwähnen können. Es war bereits der fünfte Januar.

Er schien seinen Verdacht vergessen zu haben. Er aß, was Milly ihm vorsetzte, döste vor sich hin, und nichts schien ihn zu stören außer dem Licht. Er verabscheute jetzt jede Art von Beleuchtung. Selbst seine grüne Lampe schaltete er nur hin und wieder ein, zum Essen, oder um auf die Uhr zu schauen. Und als ihm klar wurde, daß Milly ohne Beleuchtung seine Mahlzeiten einfach nicht zubereiten konnte, suchte er unter seinen Habseligkeiten eine Taschenlampe für sie hervor. Von da an bereitete Milly die Mahlzeiten beim Licht einer Taschenlampe zu, umhertastend und suchend und allem Anschein nach ebenso verrückt wie er, demütig dankbar für dieses Zugeständnis eines Geisteskranken, das ihr eine totale Finsternis ersparte. Sie wußte, und aus irgendeinem Grund machte es ihr nichts aus, daß ihr Verhalten über einfaches geduldiges Ertragen hinausging, daß sie zur Marionette eines Wahnsinnigen geworden war, durch Schrecken in eine Unterwürfigkeit getrieben, die an Schwachsinn grenzte.

Auf diese Weise entstand ein gespenstischer, schattenhafter Frieden, und indem sie allen wahnwitzigen Einfällen von Gilbert nachgab, indem sie ihm wie ein gehorsamer Hund auf den Fersen folgte, den gewundenen Pfad hinunter, der in die schwarzen Höhlen des Wahnsinns führte, gelang es ihr, diesen fragwürdigen Frieden vier ganze Tage lang aufrechtzuerhalten.

Und dann, am fünften Tag, begann alles wieder von neuem. Zum erstenmal nach mehreren aufeinanderfolgenden Nächten weckte Gilbert seine Frau wieder in den frühen Morgenstunden und verlangte seinen Lunch. Während er das Licht der Taschenlampe auf ihre verwirrten Augen richtete und sie an der Schulter packte, schien er seltsam eifrig und lebhaft, wie ein Kind, das darauf brennt, eine wundervolle Überraschung zu erzählen, es aber nicht darf. Milly hatte seine Augen nur einmal zuvor so glänzen sehen wie jetzt, und ihr merkwürdiger, silbriger Glanz ließ sie schaudern, wie eine Berührung durch die Hand des Todes.

Erschöpft vor Entsetzen und Verzweiflung, folgte Milly seiner Aufforderung, taumelte aus dem Bett, warf sich ein paar Kleider über und stolperte in die Küche. Während sie am Herd stand, starr vor Hoffnungslosigkeit, und Currypulver und Kurkuma in ein Mischmasch aus Dosenfleisch und Trockengemüse rührte, kam es ihr ganz plötzlich und mit einer seltsamen, ruhigen Gewißheit in den Sinn, daß sie dies nie wieder tun würde.

Die Empfindung verging so schnell, wie sie gekommen war, aber sie hinterließ in ihr ein eigenartiges Gefühl der Stärke, als habe sie alles, was geschehen würde, in der Hand, was es auch sein mochte. Und als sie dann sah, daß Gilbert wieder mit seinen alten Mätzchen anfing – die Teller austauschte, wenn er dachte, sie sähe es nicht – mußte sie fast lachen. Sie hatte das Gefühl, es würde Spaß machen – ja, *Spaß!* – ihn aus seinen absurden Verdächtigungen herauszuschütteln. Indem sie gelassen den Teller leer aß, den er ihr zugeschoben hatte, würde sie ihm klarmachen, ein für allemal, daß er sich irrte und es nicht vergiftet gewesen sein konnte.

Es war schrecklich. Ihr wurde übel davon zu diesen frühen Morgenstunden, aber sie war entschlossen, es zu Ende zu führen. Doch kaum hatte sie ein paar Mundvoll zu sich genommen, als Gilberts knorrige Hand, grün im Licht der Lampe, schnell wie eine Schlange über das weiße Tischtuch schoß.

»Du hast sie noch einmal getauscht!« zischte er zwischen den Zähnen. »Du hast die Teller wieder ausgetauscht, als ich nicht hingesehen hab!« Und bevor sie protestieren konnte, waren die Teller wieder ausgetauscht, und vor ihr stand jetzt der Teller, von dem Gilbert schon gegessen hatte.

So war es also. Er hatte seinen Fehler eingesehen, in der Tat, aber der Fehler, den er sah, war ein Fehler, der zu *seinem* Bild der Situation paßte, nicht zu ihrem. In seinem Denksystem war eine Ehefrau, die ihn hinterging, indem sie es irgendwie fertigbrachte, vor seinen Augen Teller zum zweitenmal auszutauschen, viel glaubwürdiger als eine, die überhaupt nicht versuchte, ihn zu vergiften.

Triumphierend, heimlich frohlockend, daß er sie überlistet hatte, griff Gilbert zu, schmatzend und gierig mit der Gabel hantierend. Milly protestierte nicht. Sie versuchte auch nicht, ihn darauf hinzuweisen, daß sie die Teller nicht ausgetauscht haben konnte, selbst wenn sie es gewollt hätte, weil er die ganze Zeit zugesehen hatte. Sie unternahm auch keinen weiteren Versuch zu essen, was er so frohlockend vor sie gestellt hatte. Es würde keinen Sinn haben. Er war jetzt völlig in seinen Wahnvorstellungen aufgegangen, unerreichbar für Attacken der Realität, wie sie auch aussehen mochten.

So saß sie einfach ruhig da, die Hände im Schoß, und wartete auf das, was kommen mußte.

»Fühlst du dich nicht gut, meine Liebe?« Gilberts Stimme, sanft und besorgt, drang über den schwach beleuchteten Tisch. »Schmeckt dir dieses köstliche Currygericht, das du selbst zubereitet hast, nicht?«

Sie konnte den verstohlenen Sarkasmus in seinen Augen nicht sehen, denn sie waren auf seinen Teller gerichtet, von dem er noch immer hungrig aß. Aber sie sah seinen wölfischen Gesichtsausdruck, die kauenden Kiefer. Sie beobachtete die vertrauten verzerrten Gesichtszüge, während Mißtrauen in ihm gärte.

Vertraut? Nun, natürlich war es das, nach all diesen Monaten. Was aber nicht so vertraut war, war die Art, wie sein Gesicht sich nicht nur zusammenzog, sondern anschließend anschwoll wie ein Ballon ... und sich wieder zusammenzog ... Anschwellen, Einziehen ... Anschwellen, Einziehen ... genauso, als atme er mit dem Schädel, nicht mit den Lungen! Einen Augenblick lang – so hatte sie sich inzwischen daran gewöhnt, neuen und erschreckenden Symptomen hilflos gegenüberzustehen – nahm sie das hin und durchforstete ihre halb vergessene Schwesternpraxis nach der Bedeutung eines atmenden Schädels. Es bedeutete natürlich, daß auch das Gehirn atmete. Atmendes Gehirn, oder Cerebropulmonosis, war eines der ersten Symptome von ... und jetzt kam ihr undeutlich zum Bewußtsein, daß ihre Gedanken unsinnig wurden. Sie befand sich halb im Traum, schlief fast schon, dort wo sie saß. Und jetzt – was sagt man dazu? – atmete auch *ihr* Schädel: ein, aus, ein, aus, genau wie seiner, und schwoll an, als wolle er platzen. Und da wurde ihr klar, ohne jeden Zweifel, daß sie Drogen eingenommen haben mußte.

Das Currygericht. Gilbert hatte sich in seinem Wahn eingebildet, daß es vergiftet war, und es war vergiftet! Er hatte sich in seinen verworrenen Phantasien eingebildet, daß zerstampfte Schlaftabletten unter das von ihr zubereitete Essen gemischt worden waren, und das stimmte! Und es mußte eine hohe Dosis sein, denn sie hatte nur ein paar Mundvoll zu sich genommen, bevor er die Teller wieder umgetauscht hatte. Alles war genauso geschehen, wie er es sich in seinen Wahnvorstellungen ausgemalt hatte – aber wer hatte es getan?

Seltsamerweise war sie, schon fast vom Schlaf überwältigt, und mit einem Kopf, der pulsierte wie ein Dynamo, fähig, alles besser zu verstehen, als sie es je wieder tun sollte. Es war natürlich Gilbert, der es getan hatte. In diesem Zustand wirrer Benommenheit konnte sie Gilberts Gedankengängen mühelos folgen. Wie kannst du am sichersten nachweisen, daß deine Ehefrau versucht, dich zu vergiften? Indem du tatsächlich Gift in dem dir vorgesetzten Essen findest! Und wie findest du tatsächlich Gift in dem Essen, das vor dir steht? Indem du es hineintust. Die einfache, unanfechtbare Logik dieser Überlegung erschien ihr ebenso überzeugend, wie sie es vorher Gilbert erschienen sein mußte.

Allerdings etwas *zu* schlau; das war *sein* Problem! Es würde lustig sein, wenn er herausfand, wie er sich selbst hintergangen hatte, als er die Teller ein zweites Mal austauschte, sobald er sah, daß sie begann, ihre Portion zu essen! Das vergiftete Essen war bei ihm selbst gelandet! Sie kicherte schwach und fragte sich, wie bald er es herausfinden und was er sagen würde.

Aber halt. Er würde gar nichts sagen, weil er bis dahin tot sein würde. Das nahm dem Witz eigentlich die Pointe.

Aber trotzdem würde es ziemlich komisch werden. Sie beobachtete ihn fasziniert, während ihm etwas Reis über das Kinn und dann auf die Krawatte tropfte, wie es manchmal geschah, wenn er sich übereifrig auf sein Essen stürzte. Diesmal widerte es sie nicht einmal an. Es war beinah interessant, es zum allerletztenmal zu beobachten.

Er hatte seine Gabel hingelegt. Er starrte auf die Teller, erst auf ihren, dann auf seinen eigenen, als versuche er, herauszufinden, was geschehen war. Milly nahm seine Verwirrung gleichgültig zur Kenntnis, als sei er schon tot. Es ging sie schon nichts mehr an. Sie nahm zur Kenntnis, wie sein Gesicht spitz und grau wurde, als ein neuer und ungeheuerlicher Verdacht in ihm zu arbeiten begann wie Verdauungssaft, Einzelheiten aus der Welt draußen auseinandernahm und sie umformte zu jener besonderen Art von Nahrung, die seine Wahnvorstellungen brauchten. Sie beobachtete, wie seine Augen sich verengten und wußte, daß sie wie bei einem physischen Vorgang zusah, wie ein neuer Verdacht sich in ihm formte. Sie sah ihn zusammenfügen, einpassen, Lücken füllen, bis die Arbeit getan war, und dann, erst dann, begann er zu sprechen:

»Du lügst!« sagte er zu ihr, sehr leise, und beugte sich über den Tisch zu ihr, vertraulich wie ein Liebhaber in dem trüben Licht. »Du hast mich die ganze Zeit angelogen! Du hast so getan, als tätest du Gift in mein Essen, um mir angst zu machen! Du hast gedacht, es würde mir so große Angst machen, daß ich deinen reizenden Arzt kommen lassen würde! Du wußtest, daß er hinter mir her war! Du wußtest, daß er mit denen unter einer Decke steckte, er versucht schon seit Jahren, sich bei mir einzuschleichen, nur war ich zu schlau für ihn! Und jetzt hast du, meine eigene Frau, gedacht, du könntest mich mit faulen Tricks dazu bringen, ihn hereinzulassen, indem du mich glauben ließest, ich sei vergiftet worden! Oder etwa nicht? Jetzt lüg mich nicht an, meine Liebe, es hat überhaupt keinen Zweck, ich kann deine Gedanken lesen. Ich konnte es immer! Glaubst du, ich hätte nicht gesehen, wie du dich zu ihm in die Sprechstunde geschlichen hast, obwohl du mir geschworen hattest, du gingest nur einkaufen? Glaubst du, ich hätte dich nicht beobachtet, gewartet, die Zeit gemessen und genau herausgefunden, wie lange du dort verbracht hast, um Pläne gegen mich zu schmieden? Ich habe Buch geführt, ich habe alles aufgeschrieben... und die Telefongespräche auch. Glaubst du, ich hätte nicht gewußt, was du vorhattest, als du dich zur Telefonzelle geschlichen hast, ihm verraten hast, wo ich mich aufhielt... versprochen, ihn hereinzulassen, wenn er käme, um mich zu holen... du, meine Frau, mich verraten...«

Gilbert erhob sich langsam wie eine Schlange, die sich aufrichtet, aus seinem Sessel. Seine Augen verließen keinen Moment das Gesicht seiner Frau, während er auf sie zuging, sich mit einer Hand an der Tischkante festhielt und mit der anderen in den Tiefen seiner Hosentasche nach seinen Schlüsseln suchte.

Setzte endlich die Wirkung der Tabletten ein? Er mußte zehn-, zwanzigmal soviel wie sie zu sich genommen haben. Als er weitersprach, war seine Stimme fest, doch merkwürdig monoton:

»Du hast gedacht, du könntest mich überlisten, nicht wahr? Du hast gedacht, ich sei dumm genug zu glauben, daß du mir wirklich Gift ins Essen getan hast! Für was für einen Dummkopf hältst du mich eigentlich? Glaubst du, ich hätte dein übles, verräterisches Spiel nicht durchschaut, von der allerersten Minute an? *Ich* wußte, was du vorhattest, natürlich wußte ich das!« Und dann setzte das seltsame und schreckliche Lachen ein: es schüttelte ihn, lautlos, von tief innen, bis er sich an der Lehne ihres Stuhls festhalten mußte. Als er so dastand, halb über sie gebeugt, schienen seine nächsten Worte wie Wind in ihren Ohren zu pfeifen.

»Dies war der letzte Streich, den du mir gespielt hast, meine Liebe. Was ich jetzt mit dir tun werde, wird dafür sorgen, wirklich dafür sorgen, daß du keine faulen Streiche mehr spielst, niemals mehr. Aber zuerst müssen wir die Tür verriegeln. Wir müssen sie so verriegeln, daß niemand mehr rein- oder rauskommt. Das wird nicht mehr nötig sein. Hiernach wird es nicht mehr nötig sein...«

Es war überraschend leicht, ihm die Schlüssel aus der Hand zu reißen. Ebenso war es mit dem Stoß, den sie ihm versetzte und der ihn nach hinten taumeln ließ, quer durch das Zimmer, und bevor sie wußte, wo oder wie er gefallen war, war sie draußen. Außerhalb der Tür... sie verschloß sie, verschloß sie noch einmal, schob die großen Riegel vor, die Gilbert erst vor einigen Wochen dort angebracht hatte. Von innen hörte sie ein stolperndes, dumpfes Geräusch, aber als sie wieder an der Tür vorbeilief, mit Mantel und Handtasche, hatte es aufgehört. Sie glaubte, jetzt ein anderes Geräusch zu hören, schwächer und viel unheimlicher: ein kratzendes Geräusch, ein leichtes Schaben von Metall, als hantiere er irgendwie an dem Schloß herum...

Dann fand Milly sich auf der Straße wieder, und sie lief und lief, durch die eisige Januardunkelheit, und obwohl sie wußte, daß es nicht sein konnte – hatte sie nicht die Tür verschlossen, die großen Riegel vorgeschoben und die einzigen Schlüssel weit fort in die Nacht geschleudert? – obgleich sie all dieses wußte, sagte ihr jeder Nerv in ihrem Körper, jede Zelle ihres jagenden Bluts, daß Gilbert ihr schon auf den Fersen war. Warum war er nicht tot? Oder lag nicht wenigstens in einem durch die Tabletten verursachten Koma? Woher kam die seltsame Stärke seines Wahnsinns, die die Wirkung einer solchen Dosis abschütteln konnte? Laß ihn sterben! Laß ihn *schnell* sterben, betete sie, während sie weiterlief. Laß ihn sterben, bevor er die Tür öffnen kann... bevor er es schafft, die Riegel wegzuschieben... mit dem Schloß fertigzuwerden...! Das Geräusch ihrer eigenen Schritte, das durch die leeren Straßen hallte, schien sich vervielfacht zu haben, bis es ihr vorkam, als seien überall Schritte, die liefen wie sie lief, durch die Dunkelheit des Winters, die noch nicht Morgen war. Ein Wettlauf, ein Wettlauf bis zum Ziel, zwischen ihr, Gilbert und dem Tod. Diese drei, verteilt über die dunklen Straßen, mit ihr (bis jetzt) in Führung, danach Gilbert, der mit seinen langen, steifen Schritten schonungslos aufholte, die Laternenpfähle rasch hinter sich lassend, und als letzter der Tod, der am Ende einherstampfte und sich die eisige Luft der Januardämmerung durch die Augenhöhlen pfeifen ließ.

Erst nachdem sie schon eine ganze Weile mit der U-Bahn herumgefahren war, beruhigte Millys Herz sich allmählich, und nach und nach kam ihr zum Bewußtsein, daß sie in Sicherheit war. Gilbert mußte jetzt tot sein oder so tief im Koma, daß nichts ihn je wieder wecken würde. Und es dauerte noch länger, bis die Konsequenzen daraus nach und nach in ihr Bewußtsein drangen. Wenn sie ihn fanden, wenn die Polizei kam, um zu ermitteln, würden sie die Tür von außen verschlossen und verriegelt finden; sie würden die Todesursache feststellen und erfahren, daß die Ehefrau des Toten plötzlich und auf unerklärliche Weise verschwunden war. Wie konnte sie sie angesichts solcher Indizien jemals davon überzeugen, daß sie Gilbert nicht ermordet hatte?

Sie hatte es natürlich getan. Das war das Problem.

Indem sie tatenlos zugesehen hatte, wie er das vergiftete Essen zu sich nahm. Indem sie ihn eingeschlossen hatte, so daß er niemanden um Hilfe bitten konnte. Indem sie selbst nichts unternommen hatte, um einen Arzt oder die Polizei zu informieren. Durch solche Aktivität und Tatenlosigkeit hatte sie Gilbert so sicher getötet, als hätte sie es mit bloßen Händen getan.

Kapitel 18

Milly fuhr sich mit der Hand übers Haar. Es war feucht vom Seewind, und ihr Gesicht brannte von der hochwehenden Gischt. Daher, und weil ihre Hände eiskalt waren, wußte sie, daß sie von Mrs. Day aus am Meer entlang nach Hause gegangen sein mußte, aber sie erinnerte sich nicht mehr daran. Sie war so völlig damit beschäftigt gewesen, die schrecklichen Wochen noch einmal zu durchleben, die ihrem früheren Leben ein Ende gesetzt hatten. Als sie sich jetzt umsah, stellte sie fest, daß sie fast zu Hause war. Es mußte schon ziemlich spät sein, denn die kleinen erleuchteten Geschäfte an der Ecke der Leinster Terrace schlossen gerade, und bei dem Anblick dieser vertrauten Umgebung schwanden die dunklen Erinnerungen wie eine Krankheit, wenn die Genesung einsetzt.

Sie war hier! Sie war sicher in der Gegenwart! Dies waren die Lichter von Seacliffe, und dieser salzige Wind, der an ihrem Schal riß und durch ihr Haar blies, war der Wind von heute! Die Vergangenheit lag hinter ihr; sie war ihr für immer entkommen. Und in dieser Nacht träumte sie nur von Seacliffe. Seltsamerweise waren es keine schönen Träume; Bedrückung und Unruhe durchliefen sie alle wie ein roter Faden. Sie träumte, daß sie Kevin Mrs. Grahams Schreibmaschine geliehen hatte und sie aus irgendeinem Grund nicht rechtzeitig zurückbringen konnte. Sie lief mit der Schreibmaschine auf eine Bushaltestelle zu, und der Fahrer wartete nicht auf sie, obwohl sie hinter ihm her schrie und mit der Schreibmaschine fuchtelte und versuchte, ihm von Mrs. Grahams Magister in

Soziologie zu berichten, und wie ärgerlich sie, Mrs. Graham, sein würde. Als nächstes träumte sie, daß sie ein Bündel Kleider verloren habe, und Mrs. Mumford sie nicht aus dem Haus gehen lassen wollte, bis sie sie gefunden hatte. «Aber ich habe sie nicht einmal angefaßt!» protestierte sie mit der sinnlosen Eindringlichkeit von Träumen – und erwachte von dem Geräusch wolkenbruchartigen Regens, der gegen das Fenster schlug, und dem grauen Halblicht des Wintermorgens, das ihr sagte, es müsse schon fast neun sein.

Es war schlimm genug, bei solchem Wetter zu Mrs. Graham zu gelangen, aber der Weg von dort zu Mrs. Lane war noch schlimmer. Milly hatte weder einen Regenmantel noch einen Schirm, der Weg führte ausschließlich bergauf, und als sie ankam, klebte ihr Schal wie ein Stück nasse Wäsche an ihrem triefenden Haar. Während sie durch die Pfützen neben dem Haus platschte und die Seitentür aufstieß, betete sie zum Himmel, daß irgendeine Art von Zentralheizung eingeschaltet war. Sie hatte genug von all den hellen offenen Kaminen, die in jedem Zimmer brennen würden, wenn Phyllis erst »alles organisiert« hätte.

Eine Hausfrau, die nach achtzehn Jahren immer noch versucht, alles zu organisieren, wird einen zwischen Montag und Mittwoch kaum mit vielen bemerkenswerten Verbesserungen überraschen, daher war Milly nicht im mindesten erstaunt, daß die Heizvorrichtungen sich nicht verändert hatten: kleine, bronchitische Ölöfen, die in abgelegenen Winkeln der hohen, zugigen Räume zischten und husteten. Die Küche jedoch bot eine angenehme Überraschung: alle Brenner des Gasherdes waren voll aufgedreht, auch der Backofen, und die warme Luft wickelte sich um Millys fröstelnden Körper wie eine angewärmte Decke, als sie den Raum betrat.

Herrlich! Und während sie direkt vor der geöffneten Backofentür stand und die Hitze gegen ihren durchweichten Rock blies, vergab Milly in Gedanken Mrs. Lane – das heißt, Phyllis – all die nicht entzündeten lodernden Holzfeuer und die nicht gelieferten Kohleladungen.

Aber wo war Phyllis – Milly versuchte, sich dazu zu erziehen, an ihre Arbeitgeberin als »Phyllis« zu denken, wie gewünscht, aber es war schwer, besonders weil Phyllis noch immer darauf bestand, sie, Milly, mit »Mrs. Barnes« anzusprechen. Diese Art von verdrehtem Snobismus, dachte Milly, hatte man wohl von Leuten zu erwarten, die reich genug waren, ein großes zugiges Haus wie dieses zu besitzen: mit Spinnengeweben an all den hohen Stuckdekken und einem verwilderten Morgen Land, der einmal ein Garten gewesen war. Solche Gleichgültigkeit gegenüber der Meinung der Nachbarn deutete auf viel Geld hin... Und als Milly an diesem Punkt ihrer Überlegungen angekommen war, hörte sie die unmißverständlichen Geräusche eines Streits. Plötzlich lauter werdende Stimmen drangen von der anderen Seite der Diele zu ihr – sie mußten aus Mr. Lanes Arbeitszimmer kommen. Mit vor Nässe noch immer quatschenden Schuhen durchquerte Milly vorsichtig die Küche, öffnete die Tür zur Diele und lauschte gespannt.

Leider trifft das Sprichwort vom Lauscher an der Wand nur zu häufig zu: er hört nur selten Gutes über sich selbst.

»Ich sagte, der *Filter!*« schrie Mr. Lane (nur er konnte es sein). »Was zum Teufel ist mit dem Filter geschehen? Kannst du dem verdammten Weib nicht klarmachen, daß sie die Finger von meinen Sachen lassen soll?«

Milly erstarrte und durchforschte ihr Gewissen. Was für ein Filter? Wie sah er aus? Bestand er aus Blech? Oder Papier? Oder Plastik? Konnte es sein, daß sie ihn in den Abfalleimer geworfen hatte? Oder zu Michaels Eisenbahnanlage gelegt? Oder in die Messerschublade getan, zu all den Apfelausstechern, Sparschälern und Spritztüten? Keine von diesen Ideen war so recht geeignet, die erregten Gemüter jenseits der Tür zu beruhigen, darum verhielt sie sich sehr ruhig und war froh, zu sein wo sie war. Wenn ein Mann sich so aufführt, ist es gut, nicht die Ehefrau dazu zu sein.

Jetzt hörte sie ein leises Wortgeplätscher von Phyllis, offensichtlich versöhnlich gemeint, und dann bellte Mr. Lanes Stimme wieder los:

»Na gut, dann schmeiß sie doch raus! Warum bringst du es nie fertig, eine ordentliche, tüchtige Putzfrau zu finden, die sich auskennt mit ihrer Arbeit? Andere Frauen haben doch auch nicht all diese Probleme mit ihren Dienstboten!«

Es hätte Julian sein können, der dort sprach! Andere Frauen können dies... andere Frauen können das... andere Frauen scheinen damit fertigzuwerden... Milly, draußen in der Diele lauernd, schauderte aus purer Dankbarkeit, daß in diesem Fall sie nur der mit Fehlern behaftete Dienstbote war, nicht die bedauernswerte Ehefrau. Jemand anders mußte hier alles glätten, den tobenden Ehemann beruhigen und die Angelegenheit in Ordnung bringen, ohne die Putzfrau oder die Köchin oder wen auch immer zu beleidigen. Hören Sie, Mary/Doris/Maureen, könnten Sie vielleicht... wenn es Ihnen nicht furchtbar viel ausmacht... wissen Sie, mein Mann ist sehr eigen mit seinen... wenn Sie es also so machen könnten, anstatt … Sie besänftigen, am Boden kriechen, sich vor ihnen erniedrigen, und während der ganzen Zeit wissen, daß Julian im Hintergrund zuhört, sie verachtet, in Wut versetzt durch ihre unangebrachte Schüchternheit (»Warum *sagst* du ihnen nicht, was sie tun sollen? Bist du die Herrin in deinem eigenen Haus oder nicht?«).

»Bist du die Herrin in deinem eigenen Haus oder nicht …?« brüllte Mr. Lane, und Mitleid mit der armen Phyllis zerriß Milly fast das Herz, weil sie genau wußte, was Phyllis durchmachte. Am liebsten würde sie ins Arbeitszimmer laufen und rufen: »Es ist völlig in Ordnung, völlig in Ordnung! Ich werde nicht beleidigt sein, wenn er mich anbrüllt, ich werde nicht kündigen! Wahrscheinlich ist es meine Schuld mit dem Filter, sagen Sie mir nur, wie das verflixte Ding aussieht, dann fällt mir vielleicht ein, was ich damit gemacht habe … und außerdem wird sich vermutlich ohnehin erweisen, daß er es selbst verkramt hat, und das wird dann auch Ihre Schuld sein …!«

»… Wie zum Teufel soll ich mich dran erinnern, was ich in welche Schublade gelegt habe!« tobte Mr. Lane verteidigend, und der Art, wie die Schublade zugeknallt wurde, entnahm Milly, daß der Filter darin gelegen hatte, genau dort, wo Mr. Lane ihn selbst hingelegt hatte. »Es ist ja nicht möglich, irgendwas in diesem verdammten Haus zu finden! Ein richtiger Schweinestall! Was treibt das verdammte Weib in all den Stunden, für die du sie bezahlst?«

»Pst, Eric! Sie wird dich hören!« Phyllis versuchte, mit gedämpfter Stimme zu sprechen, aber ihre Stimme quietschte vor Bestürzung. »Ich glaube, ich habe sie kommen hören …!«

»Du glaubst, du ›hast sie kommen gehört‹! Wirklich großartig! Nennt sie dies halb drei? Du läßt es zu, daß sie um zehn vor drei eingetrudelt kommt, und ...«

»Viertel vor, Liebster«, unterbrach Phyllis ihn nervös, und Milly hätte sie anschreien können. Es würde ihn nur noch wütender machen, und fünf Minuten mehr oder weniger hatten nichts mit dem Grundsätzlichen der Angelegenheit zu tun.

»... sag ihr, daß du dir das nicht bieten läßt! Sag ihr, wenn das noch einmal passiert, kann sie sich, verdammt noch mal, nach einem anderen Job umsehen!« Wenn Milly nur erkannt hätte, daß dies das Ende des Wortwechsels war, hätte sie sich noch rechtzeitig entfernen können. Aber sie hatte ihr Timing völlig falsch eingeschätzt. Sie war davon ausgegangen, daß jetzt noch die alte Leier kommen müßte, er schäme sich, seine Freunde mit nach Hause zu bringen, und daß nie Knöpfe an seinen Hemden seien... Und als er jetzt wie ein Kampfstier aus dem Arbeitszimmer stürmte, konnte er gerade noch eben einen Zusammenstoß mit ihr vermeiden.

Er war ziemlich klein. Sein Gesicht war rot und geschwollen, die kleinen, blutunterlaufenen Augen waren kaum auf gleicher Höhe mit ihren eigenen, und als erstes fuhr ihr durch den Sinn: Er sieht doch nicht wie Julian aus! Kein bißchen wie Julian!

»Ah! Hm! G-guten Tag, Mrs. Barnes«, stotterte er, und nach einem gehetzten Blick in das Arbeitszimmer hinter ihm machte er kehrt und floh die Treppe hinauf, so schnell – oder vielleicht sogar schneller – seine Würde als Herr des Hauses es zuließ.

Milly zuckte mit den Schultern. So waren alle Ehemänner – verängstigt vom ersten bis zum letzten. Zu Beginn ihrer Laufbahn als Hausangestellte hatte sie sich manchmal vagen, von Jane Eyre inspirierten Tagträumen hingegeben, in denen der unglücklich verheiratete Ehemann einer ihrer Arbeitgeberinnen sich dabei ertappte, wie er ihr bei der Arbeit zuschaute... sich beruhigt fühlte durch ihre ruhige Effizienz... und sich immer stärker der unausgesprochenen Sympathie in ihren bescheiden gesenkten Augen bewußt wurde. Aber inzwischen wußte sie, daß man seine Augen bis in alle Ewigkeit bescheiden gesenkt halten konnte und genug unausgesprochene Sympathie ausstrahlen, um eine ganze Eheberatungsstelle auszurüsten, und keiner dieser Ehemänner würde etwas merken. Wie konnten sie auch, wenn sie sich beim ersten Anzeichen der Tätigkeit einer Putzfrau in irgendeiner Ecke des Hauses auf die Flucht begaben, wie Bergwild von Mauervorsprung zu Mauervorsprung ausweichend, bis die Gefahr vorüber war. Milly unterhielt sich den ersten Teil des Nachmittags damit, Mr. Lanes Marschroute zu studieren, wie er sich von Zimmer zu Zimmer fortstahl, wenn Millys gefürchtete Schritte sich näherten oder das drohende Summen des Staubsaugers ertönte.

Milly fragte sich, wie Phyllis die Sache mit ihrem Zuspätkommen angehen würde. »Sag ihr, sie kann sich verdammt noch mal nach einem anderen Job umsehen«, hatte Mr. Lane vorgeschlagen, aus der sicheren Entfernung, die einzuhalten er sich große Mühe gab. Aber Milly wußte sehr gut: was immer Phyllis auch sagen würde – *das* würde es nicht sein. Der Vorwurf der Unpünktlichkeit war nicht unberechtigt, das gab Milly gern zu. Es war manchmal unmöglich, von Mrs. Graham rechtzeitig fortzukommen. Es wurde so oft spät mit dem Lunch, entweder, weil Professor Graham sich verspätete und alle warten mußten, oder weil er sich nicht verspätete und so den Gedankengang seiner Frau gerade in dem Augenblick unterbrach, als sie im Begriff war, ihren letzten Satz zu tippen. Milly konnte nicht gehen, bevor sie die Lunchsachen abgeräumt hatte, und verständlicherweise konnte sie die nicht abräumen, bevor sie Lunch gegessen hatten. Und dann waren da noch Alisons Vitamine, die oft tief in den Teppich getreten waren, und es bedurfte zehn Minuten energischen Schrubbens, um sie zu entfernen. Und die Vitamine wiederum konnten nicht beseitigt werden, bevor Alison mit dem Hinunterwerfen fertig war. So kam Milly selten vor zwanzig oder Viertel vor drei in die Cedars, und bisher hatte es deswegen nicht den geringsten Ärger gegeben. Jetzt mußte natürlich etwas geschehen.

»Oh! Mrs. Barnes!« Phyllis lachte ein strahlendes kleines Lachen und schob sich weiter um die Küchentür. Sie hielt sich, wie Milly wußte, mit schwitzenden Händen am Türknopf fest. Die arme Frau sah aus, als sei sie auf dem Weg zu ihrer eigenen Hinrichtung.

»Was für ein nasser Tag!« brachte sie heraus, mit einem verkrampften, starren Lächeln, und sah Milly nicht an. »O je! Ein richtiger Misttag! Das Wetter, meine ich. Ist es nicht scheußlich? Oh, Mrs. Barnes, wie tüchtig! Die alle haben Sie schon fertig? Oh, Sie haben sie wirklich wieder hübsch gemacht!«

Es stimmte wirklich, und wenn Phyllis das nicht über alles sagen würde, wäre Milly rot vor Stolz geworden. All das schwarz angelaufene Edwardian Silber war eine echte Entdeckung gewesen. Nachmittags hielt Milly auf ihren Putzstellen immer Ausschau nach Beschäftigungen, die es ihr erlauben würden, sich eine halbe Stunde oder so zu setzen, und als sie auf dem obersten Bord in dem eisigen großen Zimmer, das Bibliothek genannt wurde, dieses Silber entdeckt hatte, hatte sie sich darauf gestürzt und es triumphierend in die gemütliche warme Küche getragen. Und jetzt, eine halbe Stunde später, saß sie fröhlich am Küchentisch und rieb wieder Schönheit in eine schwarz angelaufene Teekanne oder Saucière nach der anderen, während aus dem Backofen angenehme Wärme gegen ihren Rücken wehte und ihre schmerzenden Beine unter dem Tisch verstohlen auf dem Querbalken eines Stuhls ruhten.

»Oh, es wird wirklich hübsch aussehen, wenn es wieder geputzt ist!« plapperte Phyllis nervös weiter. »Oh, Eric wird es auch gefallen! Er sagt immer...«

Das glaube ich, dachte Milly und fragte sich gleichzeitig, ob das der Aufhänger sein sollte. Wenn ja – wie sollte es weitergehen? Wie würde die unglückselige Phyllis von Erics angeblichem Entzücken am geputzten Silber überleiten zu Millys Fehlverhalten in Sachen Pünktlichkeit?

»Eric *mag* es, wenn die Sachen so gepflegt...« fuhr Phyllis fort, immer schneller sprechend, während sie sich dem kritischen Moment näherte. »Na ja, so sind die Männer, nicht wahr, wenn sie an etwas hängen? Ich meine, das meiste ist schon in seiner Familie, seit... Erst heute hat er gesagt, wie hübsch es bei uns aussieht, seit Sie kommen, Mrs. Barnes.«

Da sie den wirklichen Inhalt der Unterhaltung, auf die Phyllis vermutlich Bezug nahm, mitgehört hatte, fiel es Milly schwer, ein leichtes Zusammenzucken zu unterdrücken, aber Phyllis schien nichts zu bemerken und redete weiter: »Und darum haben wir uns gefragt. Es soll nur ein Vorschlag sein, Mrs. Barnes. Ich meine, es ist nicht, als ob. Wir. Eric meint. Aus unserer Sicht, ich meine, wenn Sie so lange wie möglich hier sein könnten? Darum haben wir gedacht, habe ich gedacht, wenn Sie es einrichten *könnten,* möglicherweise, schon um Viertel nach zwei herzukommen, anstatt halb drei ...?«

Dann würde es, wenn die verflixte Person eine Viertelstunde zu spät kommt, trotzdem erst halb drei sein, und Eric würde nicht das mindeste merken – Milly hätte den unausgesprochenen Teil des Satzes für Phyllis beenden können. Es war eine Schande – wirklich –, daß diese Anhäufung von Lügen zu nichts führen sollte.

»Es tut mir schrecklich leid«, fing Milly an – und sie meinte es ehrlich –, »aber da ist meine andere Stelle. Ich komme dort erst nach zwei weg, und daher ...«

»Ja, ja! Natürlich, natürlich! Ich kann das gut verstehen! Machen Sie sich deshalb nur keine Gedanken ...!«

Arme Phyllis. Diese von panischem Schrecken besessene Unterwürfigkeit – das sah Milly jetzt ganz deutlich – war ihr weitgehend aufgezwungen, weil sie reich waren. Moralisten haben schon seit Tausenden von Jahren gesagt, daß Reichtum eine Bürde sei, und jetzt, im zwanzigsten Jahrhundert, ist es plötzlich wahrgeworden, in ganz direktem und praktischem Sinn. In alten Zeiten, grübelte Milly, würde jeder, der es sich leisten könnte, all dieses echte Silber zu besitzen, es sich auch leisten können, jemanden einzustellen, der es davor bewahrte, so anzulaufen wie dieses. Jeder, der reich genug war, in einem großen Haus wie diesem zu wohnen, mit seinen großen Kaminen und den hohen, reich verzierten Decken, wäre auch reich genug, ein Heer von Dienstboten unter seinem Dach zu beschäftigen. Robuste junge Mädchen in Schürzen und Baumwollkleidern würden die Kaminfeuer angezündet, die Roste gesäubert und die Spinnengewebe von den hohen Decken gefegt haben. Der Kohlenmann würde von selbst kommen, und ein Gärtner würde sich ausschließlich um den Garten kümmern. Dienstleistungen dieser Art waren etwas, was einst mit Geld zu kaufen war; heute kann man mit Geld nur Sachen kaufen. Und so kaufen die Reichen Dinge – was sonst können sie tun? – und während ihr Besitz sich anhäuft und es immer noch keine zusätzlichen Leute gibt, die Dinge zu putzen oder zur Reinigung zu bringen oder sie reparieren zu lassen oder auch nur wegzuräumen, nistet sich unvermeidlich eine besondere Art plüschiger Verwahrlosung in den Häusern der Großen ein – eine Verwahrlosung, die wie Schimmelpilz von Schecks und Dividenden wächst und sich mit jedem Gewinnzuwachs schneller vervielfältigt.

Kein Wunder, daß wohlhabende Ehemänner so reizbar werden – je mehr Geld sie nach Hause bringen, um so schlampiger und desorganisierter werden ihre Häuser und um so gequälter ihre Frauen (»Ich verstehe sie einfach nicht, sie hat wirklich *alles!*« – und keinem ist klar, daß *etwas* unvermeidlich *etwas* von deiner Zeit in Anspruch nimmt, *alles* daher leicht *all* deine Zeit beanspruchen könnte). Kein Wunder, daß die weniger tüchtigen unter den Ehefrauen (wie Phyllis) immer mehr dazu neigten, der ganzen Angelegenheit den Rücken zuzuwenden und so zu tun, als seien sie arm. Auf diese Weise, so hofften sie, würde es nicht länger von ihnen verlangt, ein angenehmes Leben zu führen oder elegant aufzutreten, und wenn diese Einstellung das Problem auch nicht völlig beseitigte, so verringerte sie es doch gewiß. Ein in einer zerschlissenen Strickjacke angegangenes Problem ist nur noch ein halbes Problem.

Milly putzte den letzten der verschnörkelten viktorianischen Kuchenständer zu Ende und zog den Lappen noch einmal durch die jetzt schimmernden Windungen, als ihr mit Schrecken klarwurde, daß es schon fast fünf Uhr war. Keine Zeit mehr für die Badezimmer, auch Diele und Treppe mußte sie in aller Eile hinter sich bringen. Nun, das kam davon, wenn man zwei Badezimmer *und* eine Menge wertvolles Silber besaß; man konnte nicht erwarten, daß alles zur gleichen Zeit sauber war. Sie würde sich die Badezimmer gründlich vornehmen, versprach Milly sich selbst, wenn sie das nächste Mal kam.

Das nächste Mal? Als sie an diesem Abend nach Hause kam, saß Jacko auf der Treppe und wartete auf sie.

»Gott sei Dank!« begrüßte er sie dramatisch. »Wir dachten, Sie würden überhaupt nicht kommen!«

Offenbar war am Nachmittag ein Mann dagewesen, um sie zu sprechen. Nein, er habe nicht gesagt, was er wollte – nur daß er ein paar Erkundigungen einziehen müßte. Ein verkniffenes Gesicht habe er gehabt, als könnte er vom Rathaus kommen. Sein Aussehen habe Jacko überhaupt nicht gefallen.

Kapitel 19

Die Polizei! In diesem Augenblick der Gewißheit war es nicht Furcht, die Milly überwältigte, sondern Wut, sprachlose, ohnmächtige Wut.

Nach all der Zeit! Gerade als ich dachte, ich hätte alles hinter mir! Gerade als ich festgestellt habe, daß ich mich nicht einmal schuldig fühle! Gerade nachdem es alles richtig vorbei war und mein neues Leben wirklich in Gang gekommen ist! Es ist nicht fair! Es ist nicht fair!

»... aber es ist in Ordnung«, sagte Jacko, und seine Stimme, die unendlich weit weg gewesen zu sein schien, kam plötzlich wieder aus der Nähe, und Hoffnung kehrte zurück. »Es ist in Ordnung, Barney! Ich hab ihm gesagt, daß Sie hier nicht wohnen. Ich hab ihm gesagt, wir hätten noch nie von Ihnen gehört!«

Er war so zufrieden mit sich. Milly spürte, wie der Schock abklang. Wenn es die Polizei gewesen wäre, hätten sie doch gewiß nicht die Angaben eines langhaarigen Studenten akzeptiert und sich sanftmütig wieder verzogen? Übrigens: wie konnte Jacko ahnen...?

»Jacko, das war lieb von dir, aber wie konntest du wissen, daß ich ihn nicht sehen wollte?« fragte sie vorsichtig. Sie versuchte, sich zu erinnern, welche ihrer Lebensgeschichten sie Jacko und Kevin erzählt hatte: jedenfalls keine, in der sie auf der Flucht vor der Polizei war, das war sicher.

»Also – wegen der ›Erkundigungen‹ natürlich«, erklärte Jacko wie jemand, der sich auskennt. »Es bedeutet immer Ärger, das weiß doch jeder. Ich meine, sie wollen nicht um

Auskunft bitten, ob man gern fünftausend Pfund als Geschenkpackung zum Geburtstag hätte, nicht? Außerdem ging es nicht nur um Sie, Barney; ich habe mir Sorgen wegen der Mums gemacht. Sie kann Mieter nicht ertragen, die Amtspersonen ins Haus bringen, es ist für sie, als brächten sie Läuse oder die Lepra her. Und man kann es ihr wirklich nicht übelnehmen ...« hier senkte er die Stimme, und seine Augen nahmen einen sehnsüchtigen, entrückten Blick an: »Wie damals, als Miss Childe einen Mann kommen ließ, weil ihr Speiseschrank sich nicht richtig schließen ließ, und es hörte damit auf, daß eine Wagenladung von Inspektoren ins Haus drängte, um auszumessen, ob das untere Klo die vorschriftsmäßigen Abmessungen hätte... Mums ist nie drüber weggekommen. Verstehen Sie, Barney, darum müssen wir ihn um jeden Preis vom Haus fernhalten – oder so tun, als wäre er Ihr seit langem vermißter Bruder, und auch das geht nicht nach elf Uhr abends. Aber keine Sorge...« hier stand Jacko auf und straffte stolz die Schultern« –, »ich werde mich um Sie kümmern, Barney. Wenn der Kriecher noch einmal kommt, werd ich schon dafür sorgen, daß er kriegt, was er verdient!... Hören Sie...« Millys Ritter zögerte ein wenig, als sie die Treppe hinaufgingen. »Es ist Ihnen doch recht, oder? Ich dachte, es sei besser, wenn ich heute abend in Ihrem Zimmer bliebe, falls etwas passiert, darum habe ich ein paar von meinen Sachen mitgenommen.«

Und das hatte er. Die Hi-Fi-Anlage, den Kassettenrecorder, ein Paar glänzende Stiefel, ein halbes Dutzend Bücher über Volkswirtschaft, die aufgeschlagen auf den Stühlen und dem Bett lagen. Milly sah sich unschlüssig um und fragte sich, ob sie Schutz in diesem Ausmaß wünschte.

»Ja, es ist mir wohl schon recht«, sagte sie. »Jedenfalls

wird es Gas sparen.« Das war großzügig, denn es war ganz entschieden nicht ihr Gas, das gespart wurde; eine so stickige Luft konnte unmöglich mit weniger als dreien von ihren kostbaren Schillingstücken aus der Untertasse auf dem Kaminsims erzeugt worden sein. »Kommt Kevin auch?« fügte sie hinzu und teilte in Gedanken ihr Brot, ihre Milch und ihre Dose Rinderbrühe durch drei, eine drittel Banane für jeden hinzufügend.

»Nein. Darum geht es eigentlich.« Milly sah ihn jetzt besser im Licht der nackten elektrischen Birne und stellte zum erstenmal fest, daß er blaß und angespannt aussah; das unbeschwerte Verhalten paßte nicht dazu; es erweckte den Anschein, als finde Jacko die Rolle von Jacko plötzlich ziemlich anstrengend.

»Was ist passiert?« fragte sie, und plötzlich kam alles heraus. Es hatte gar nichts zu tun mit dem Mann vom Rathaus; der war offensichtlich nicht mehr als ein Zwischenfall im Verlauf des schrecklichen Nachmittags gewesen, nicht mehr als eine geeignete Ausrede, um Milly abzupassen, wenn sie nach Hause kam. Nein, was ihn eigentlich beschäftigte, war etwas ganz anderes und konzentrierte sich (das schloß Milly jedenfalls aus seinem weitschweifigen Bericht) auf die Anwesenheit – ja, sie war immer noch da – einer gewissen Janette in Kevins und Jackos gemeinsamem Schlafzimmer. Sie hatte dort, so schien es, seit »Stunden und Stunden« vertrauliche Gespräche mit Kevin geführt, während Jacko wie ein Flüchtling Zuflucht in Millys Zimmer suchen mußte, mit keiner anderen Beschäftigung als der, einen Aufsatz über »Methoden der Statistik« zu schreiben (der ohnehin erst nächste Woche abgegeben werden mußte; deshalb war es eine blöde Zeitverschwendung, sich schon jetzt damit zu beschäftigen) und darüber nachzugrübeln, was hinter der verschlossenen Tür vor sich ging. Es sei ein glücklicher Zufall, räumte er mit erstickter Stimme ein, daß all die Münzen in der Untertasse gelegen hatten, sonst wäre er zu allem anderen auch noch erfroren.

Milly hatte schon vorher von dieser Janette gehört. Sie war die schattenhafte, gestaltlose Freundin, die immer gestern dagewesen zu sein schien oder morgen kommen würde, doch nie heute anwesend war. Wenn Jacko oder Kevin sie erwähnten, was selten geschah, sprachen sie mit einer Art resignierter Lässigkeit von ihr, als sei sie die Katze eines Nachbarn, für die sie sich vage verantwortlich fühlten. Und jetzt hatte Kevin sich mit ihr triumphierend im Schlafzimmer eingeschlossen, und Jacko, blaß und den Tränen nahe, war ausgeschlossen.

»Seit dem Tee war kein Geräusch zu hören«, sagte er schluckend. »Sie müssen... Sie sind...«

Kinderkram, fiel Milly wieder ein, und jetzt wagte der ermattete Veteran von unzähligen sexuellen Begegnungen nicht einmal, die entsprechenden Worte auszusprechen.

Sie tröstete ihn, so gut sie konnte. Ja, stimmte sie zu, wahrscheinlich waren sie..., doch wenn schon. Diese Janette war nicht Jackos spezielle Freundin, oder? Nein, nein, natürlich nicht! Aber Kevins auch nicht! Darum ging es ja, verstand Milly das denn nicht? Es sei nichts *Ernstes*, sie waren sich einig, daß es nichts Ernstes sei, und jetzt... und jetzt...!

Es war nicht langweilig, weit entfernt davon, aber Milly wurde immer hungriger, und obwohl sie sich geschmeichelt fühlte, von Jacko ins Vertrauen gezogen zu werden, stellte sie fest, daß sie mit zunehmendem Eifer Ausschau hielt nach einer Lücke in der Jeremiade, in die sie, ohne zu herzlos zu erscheinen, den Vorschlag mit dem Öffnen der Dose Suppe einflechten konnte. Am Ende gelangte sie auf Umwegen zum Ziel: zuerst veranlaßte sie Jacko, traurige Musik aufzulegen, dann etwas weniger traurige, und als schließlich ein lauter Popsong durch das Zimmer dröhnte und Mrs. Mumford zu ihnen heraufschrie, sie sollten mit dem Krach aufhören, schien die Erwähnung von Essen schon weniger blasphemisch. Wie es nun einmal so ist, tauchten in eben diesem Augenblick Kevin und Janette wieder auf, sehr fröhlich und gut gelaunt, mit einer Flasche Apfelwein und einer Packung tiefgekühlter Bücklinge. Mit dieser beträchtlichen Ergänzung zu Millys Dose Suppe war genug für alle da, und selbst Jacko wurde langsam heiterer. Es dauerte nicht lange, bis Mrs. Mumford ein zweites Mal zu ihnen heraufschrie. Sie erwarte *ein wenig* Rücksichtnahme, rief sie, und ob sie wüßten, wie spät es sei? Beim drittenmal schrie sie nicht, sondern stampfte mit einem Tablett mit Tee und frisch gebackenen Rumtörtchen die Treppe herauf und verlangte, daß ein Walzer auf den Plattenspieler gelegt würde. Wenn sie schon entschlossen seien, mit ihren Elefantenfüßen das Haus in seinen Grundfesten zu erschüttern, schimpfte sie, könnten sie es wenigstens mit einem richtigen Tanz tun. Was, sie wüßten nicht, wie man Walzer tanzt? Sie würde es ihnen zeigen, und wenn es das letzte wäre, was sie täte! Und obwohl es nicht das letzte war, was sie tat, weit entfernt davon, zeigte sie es ihnen wirklich, und sie zeigten ihr, wie man sich zu ihren Rhythmen drehte, und am Ende des Abends fand Milly es äußerst unwahrscheinlich, daß irgendwer den Wunsch haben könnte, Erkundigungen über irgend etwas einzuziehen. Das Leben ist so einfach, wenn man nur keine Erkundigungen darüber einzieht, und wenn der Mann vom Rathaus in diesem Augenblick aufgetaucht wäre, hätte Milly ihm das gesagt.

Aber das tat er nicht, und am nächsten Morgen war auch keine Vorladung für sie bei der Post, und es wartete kein Polizist vor Mrs. Grahams Wohnung, um sie festzunehmen, als sie das Haus betrat. Und obwohl Mrs. Grahams Telefon während des Vormittags mehrere Male läutete, war es nie für Milly. Durch die Wand hörte sie Mrs. Grahams Stimme, gelangweilt und gereizt, als sei es jedesmal ihr Ehemann, aber das konnte natürlich nicht stimmen.

Erst als sie am Nachmittag in Mrs. Days Wohnung ankam, geschah etwas, was Milly dazu zwang, noch einmal über ihren unbekannten Besucher vom letzten Abend nachzudenken. Wie üblich lag eine Mitteilung für sie da, in Mrs. Days kaum zu entziffernder Handschrift, aber diesmal ging es nicht um das *Strrt Grr* oder um das Ausspülen des *Hwrf Grul* in dreimal erneuertem kalten Wasser; es ging um einen Telefonanruf. Ein Mr. *Loops,* so schien es, hatte *agrufen,* und nach Mrs. *Baines* gefragt, er müsse sich *meglst* mit ihr in Verbindung setzen und würde diesen *Nchmittg* wieder *arufn.*

Aber das würde er nicht. Milly sorgte dafür, indem sie den Hörer von der Gabel nahm. Dann machte sie sich mit ungewöhnlicher Schnelligkeit und Konzentration an die Arbeit. Kein Lesen heute, kein Herumhängen auf Sofas oder Nachdenken darüber, warum auf der Tiefkühltruhe ein rotes Hundehalsband lag, obwohl es keinen Hund gab. Mrs. Days neue geblümte Strumpfhosen, an einem Bein von oben bis unten aufgeschlitzt, erregten ihre Neugier nicht. Sie wollte nur fertig werden, raus aus der Wohnung. Auch wenn das Telefon wirkungsvoll zur Ruhe gebracht worden war, fühlte sie sich unbehaglich, wann immer ihr Blick darauf fiel. Sie stellte sich Mr. *Loops* (oder hieß er *Soap* oder *Reeves?)* vor, wie er in diesem Augenblick am anderen Ende der Leitung herumhantierte, wählte und wieder wählte und die Auskunft anrief ... Es schien ihn scheußlich nahe zu bringen.

Sie beendete ihre Arbeit viel früher als gewöhnlich, noch bevor es dunkel wurde, und während sie durch die feuchte, stürmische Dämmerung nach Hause eilte, war sie so nervös, als wüßte sie schon, was sie gleich hören würde.

Ja, der Mann sei wieder dagewesen, und diesmal habe er sich nicht so leicht abspeisen lassen. Er habe versucht, mit ihm über Millys Nichtvorhandensein zu diskutieren, und Jacko sei ihn nur losgeworden, indem er behauptet habe, daß er sich schrecklich beeilen müsse, weil er schon spät dran sei für eine Vorlesung. Daraufhin hatte der Mann aufgegeben, aber nicht, ohne Jacko einen sehr komischen Blick zuzuwerfen und zu sagen, er würde später noch einmal kommen.

»Gut – danke, Jacko«, sagte Milly benommen. Sie war noch in Straßenkleidung, sie hatte die Haustür noch nicht geschlossen, und jetzt war es nicht mehr nötig. Sie machte kehrt und wanderte in die Nacht hinaus.

Zuerst wußte sie nicht, wohin sie gehen sollte, oder warum sie ging; nach dem ersten Schock wurde ihr klar, daß sie doch richtig gehandelt hatte. Sie mußte nur draußen bleiben, bis Mrs. Mumford die Haustür verschloß, dann hatte sie ihrem Verfolger einen Strich durch die Rechnung gemacht, zumindest für diese Nacht. Nach der magischen Stunde elf ließ Mrs. Mumford niemanden mehr ein, unter keinem Vorwand, und Milly könnte in

Frieden schlafen. Sie dankte dem Himmel für die kleinen Inseln der Engstirnigkeit, die immer noch fortbestehen, besonders in Kleinstädten wie dieser. Bei einer großzügigen Londoner Vermieterin wäre sie verloren gewesen.

Verloren? Was für ein Drama machte sie aus der ganzen Geschichte! Warum ließ sie sich von einem zweiten Besuch desselben Mannes so aus der Fassung bringen? Er war nicht mehr noch weniger bedrohlich als der erste Besuch. Es war heute nicht wahrscheinlicher, daß er ein Polizist oder ein Detektiv war als gestern – eher weniger wahrscheinlich, weil Polizei, die einen Mordfall bearbeitet, doch sicher schneller handelt? Nachdem sie ihr Opfer schon mit dem ersten Besuch alarmiert haben, würden sie es doch sicher nicht weitere vierundzwanzig Stunden sich selbst überlassen? Trotzdem war es wohl klüger, wenn sie sich für den Abend rar machte. »Als könnte er vom Rathaus kommen«, hatte Jacko gesagt, und wenn sie sich jetzt einen ganzen Berg neuer Lügen über ihre Versicherungsmarken oder ihre Steuererklärung oder Gott weiß was ausdenken mußte, wollte sie nicht, daß es zu Hause geschah, mit einer im Hintergrund aufmerksam lauschenden Mrs. Mumford, die die neuen Lügen mit den alten verglich.

Milly hatte das Gefühl, sie sei schon sehr lange gelaufen, aber in Wirklichkeit konnten es nicht mehr als eine oder zwei Meilen gewesen sein, weil sie erst jetzt an die gerade, breite Straße kam, die zum Bahnhof führte. Es konnte auch noch nicht sehr spät sein, nicht später als halb sieben oder sieben, weil es in der hell beleuchteten Schalterhalle wimmelte von Leuten, die gerade aus dem Vorortszug aus London gekommen waren. Sie strömten in Scharen auf die Straße, schlugen die Kragen hoch und banden ihre Schals fester, als sie in den Wind kamen. Milly wurde brüsk und beunruhigend an ihre eigene Ankunft hier vor fast vier Wochen erinnert. Während sie die hastenden, namenlosen Leute in die Dunkelheit ausschwärmen sah, hatte sie einen Augenblick lang das seltsame Gefühl, die Zeit drehe sich zurück. Genauso wie damals, als sie hier an einem feuchten, böigen, kalten Abend angekommen war und die Bahnhofslichter schwach im Wind geflackert hatten, schien sie jetzt auf demselben Weg zurückzukehren, an ebenso einem Abend ... zurück in den Zug ... zurück zur Victoria Station, zu den Schlange stehenden Menschen, mit gesenktem Kopf und den Schal über den Mund gezogen, um es zu vermeiden, erkannt zu werden ... zurück, zurück in die U-Bahn, im Kreis herum und immer wieder herum, rückwärts, rückwärts, in einer Spirale immer weiter zurück, bis sie auf die eisigen Straßen der Januardämmerung hinausgeschleudert wurde und ihre Absätze wieder durch die Leere klapperten, während sie lief. Lief und lief, aber diesmal in die andere Richtung, zu auf die Kellerwohnung in der Lady Street, nicht fort von ihr, wo Gilbert immer noch wartete, seine Uhr in der Hand, um zu kontrollieren, wie lange sie fort gewesen war.

Milly rieb sich die Augen. Sie schüttelte sich und stampfte mit den kalten Füßen. Es war alles in Ordnung: die alte Frau, die sich von dem beleuchteten Tabakladen abhob, war nicht Mrs. Roach, sie konnte es nicht sein; dies war Seacliffe, nicht die Lady Street. Während sie blinzelte und sich umschaute, um festzustellen, wo sie war, hatte sie den flüchtigen Eindruck, einen weißen Haarschopf zu sehen, über den Köpfen der hastenden Menge, aber er war gleich wieder verschwunden, und der Alpdruck war es auch. Sie war hier! Sie war jetzt! Die schreckliche Macht der Vergangenheit wich zurück, glitt zurück in die Dunkelheit, so schnell, wie sie gekommen war, und sie konnte jetzt nicht einmal mehr deutlich die Stellen spüren, wo die eisigen Finger für einen Augenblick ihre Seele berührt hatten.

Müßig, um einen Teil der Zeit bis elf Uhr auszufüllen, ging sie in die Caféteria des Bahnhofs und kaufte sich auf dem Weg eine Zeitung. Wie schon einmal, suchte sie sich einen Platz neben der Heizung, aber diesmal hatte sie ihre eigene Tasse Kaffee und ein Brötchen und Butter, alles ordnungsgemäß bezahlt. Und auch ihre eigene Zeitung. Diesmal war es nicht nötig, zu spähen und sich in diese und jene Richtung zu drehen, um einen Blick auf die Zeitung anderer Leute zu werfen. Auch ihre Empfindungen hatten sich geändert, und obwohl sie jede Spalte, jeden Absatz sorgfältig auf einen Hinweis auf den Lady Street Mord überflog, war es merkwürdigerweise nicht mehr so wichtig. Es war, als wüßte sie bereits, daß dies nicht die Richtung war, aus der der Schlag kommen würde.

Kapitel 20

Oh, Mrs. Äh, da sind Sie ja! Ob Sie mir wohl helfen können? Ständig rufen Leute an und fragen nach einer Mrs. Barnes! Gestern den ganzen Tag, und heute geht es schon wieder los. Ich komme zu gar nichts! Sie wissen nichts über eine Mrs. Barnes, nicht wahr, Mrs. Äh? Es handelt sich nicht um jemanden, den Sie kennen?«

Mrs. Graham saß neben dem Telefon, die Hand gereizt auf den Apparat gelegt, und sah belästigt und gekränkt aus. Wenn ihre Zeit unerwartet in Anspruch genommen wurde, sah sie immer aus, wie eine andere Frau aussehen mochte, wenn man ihr die Handtasche gestohlen hatte, und sie sah Milly, die gerade angekommen war, halb flehend, halb anklagend an.

»Nein«, sagte Milly. Es war weniger eine Lüge als ein Reflex, so wie man hinschaut, wenn sich plötzlich etwas bewegt. Schock und Bestürzung, in die Mrs. Grahams Worte sie gebracht hatten, lähmten sie, sie konnte nicht entscheiden, ob sie lügen sollte oder nicht. Die Frage, ob es gefährlicher sei, ihre Identität zu bestreiten, als sie zuzugeben, war zuviel für sie. So sagte sie »Nein«, und das Zimmer begann sich um sie zu drehen, Mrs. Grahams Gesicht rotierte in der Mitte wie ein weißer Pingpongball am Ende einer Schnur. Allmählich wirbelten die Möbel langsamer und kamen zum Stillstand. Mrs. Grahams Gesicht kam auch zur Ruhe, wurde wieder deutlich, und Milly begann die Worte zu verstehen, die ihre Lippen formten.

»Es könnte nicht unpassender kommen!« murrte sie.

»Ich bin gerade dabei, die Antworten von Klasse C2 zusammenzufassen, und zwanzig Interviews scheinen mir zu fehlen! Zwanzig! Dadurch wird die ganze Umfrage wertlos! Und alles, was die dumme Person Miss Bracken dazu sagen kann, ist, sie glaubt, daß alle eingereicht worden seien! *Glaubt!* Was sagen Sie dazu! Und dann hat sie noch die Stirn, vorzuschlagen, ich solle einfach von den vorhandenen Interviews extrapolieren! *Extrapolieren! Ich!* Ich bin vielleicht nicht die pedantischste Wissenschaftlerin der Welt, Mrs. Äh, aber etwas werde ich niemals tun. Ich werde niemals extrapolieren!«

Man hatte das Gefühl, diese heldenhafte Erklärung verdiene stürmischen Beifall, aber Milly fiel nichts besseres als »Nein« ein. »Nein, das könnte ich mir auch nicht vorstellen!« ergänzte sie hastig, als Mrs. Grahams hochgezogene Augenbrauen sie wissen ließen, daß ihre Antwort reichlich lau gewesen sei. Gleichzeitig einer laschen Haltung gegenüber den Übeln der Extrapolation wie auch des Mordes an ihrem Ehemann angeklagt zu werden, war zu viel für sie, und einen Augenblick lang stand sie einfach nur da, während ihre Probleme sich wie schemenhafte Schiffsschaukeln vor ihr bewegten, riesig und nicht faßbar.

Sie rückten näher. Sie machten sich bereit für das Ende. Es hatte keinen Sinn mehr, sich noch vorzumachen, jemand wolle ihr eine Stelle anbieten, ihr eine Enzyklopädie verkaufen oder ihre Meinung über ein neues Waschmittel hören. Es war auch gar nicht mehr »jemand«, es war eine ganze Schar von ihnen, die sich versammelte, um sie zur Strecke zu bringen. »Ständig rufen Leute an«, hatte Mrs. Graham gesagt: selbst wenn man davon ausging, daß sie übertrieb, konnten es kaum weniger als drei Anrufer gewesen sein. Sie wußten, wo sie jetzt arbeitete, und sie wußten auch, wo sie wohnte. Und dieser Mr. Loops gestern ... er steckte mit den anderen unter einer Decke, natürlich tat er das – was bedeutete, daß sie auch ihre Stelle bei Mrs. Day ausfindig gemacht hatten ...

»Unter einer Decke stecken« – »ausfindig gemacht hatten« – »sie« – Wo hatte sie diese Worte vorher gehört? In ihrer panischen Angst ging Milly dem Gedanken nicht weiter nach. Das Wichtigste war jetzt, ihre Flucht zu planen – entweder eine einfache physische Flucht, indem sie ihre Sachen packte und sich in einen Zug setzte, oder eine etwas subtilere, die auf Lügen basierte, und noch mehr Lügen, mit Sachkenntnis und Geschick vorgetragen.

Wer war für eine solche Aufgabe besser geeignet als sie? Zäh,wie sie durch einen ausgedehnten Überlebenskursus in Betrug geworden war, würde sie besser lügen als der ganze Haufen; in ihrem leidenschaftlich vorgetragenen Gespinst würden sie sich verheddern, und sie wäre frei ...

Aber wieviel wußten sie schon? Um erfolgreich zu lügen, muß man als erstes alle dem Gegner bereits bekannten Angaben zusammenstellen und überprüfen, wie man sie zum eigenen Nutzen neu anordnen kann. Man kann natürlich nichts wegnehmen, aber man kann etwas hinzufügen, und wenn man geschickt ist, kann man hier etwas verdrehen, dort einen Handlungsablauf umstellen, bis der Sinn des ganzen sich verändert zu haben scheint. So bleibt ihnen nichts anderes übrig, als bestürzt auf die Beweise zu starren, die sie schon in der Hand zu haben glaubten, und sich zu fragen, was über sie gekommen sei.

Aber zuerst muß man genau herausfinden, was ihre Beweise sind, welche Unterlagen sie bisher gegen einen zusammengetragen haben.

»Unterlagen sind nicht das Problem!« verkündete Mrs. Graham (wie war sie von den Extrapolationen hierher gekommen?). »Jeder Dummkopf kann Unterlagen sammeln. Es ist die Auswertung, die zählt. Wie ich Miss Bracken klarzumachen versuche, ist die ›Weiß nicht‹ – Spalte einfach nicht...«

»Nein, wirklich nicht!« sagte Milly aus vollem Herzen, und Mrs. Graham sah auf, erstaunt, aber vage erfreut über Unterstützung aus dieser unerwarteten Ecke. »Ich bin völlig Ihrer Meinung, genau das habe ich schon immer gedacht«, fuhr Milly verwegen fort. »Aber diese Frau, die angerufen hat, diese Mrs. Barnes, hat sie gesagt, was sie wollte?«

Milly hatte absichtlich alles durcheinander gebracht, es falsch verstanden, damit Mrs. Graham über dem Vergnügen, die Dinge klarzustellen, ihr Insistieren auf diesem Punkt übersah. Es gibt Augenblicke, da ein Körnchen Verwirrung mehr wert ist als Berge von Entschuldigungen und Erklärungen.

»Wer?« Mrs. Graham sah einen Moment lang geistesabwesend aus. »Oh, Sie meinen all die falschen Nummern! Nein, Mrs. Äh, es war nicht die Mrs. Barnes, die angerufen hat, es war...« hier hielt sie inne und dachte so sachlich über Millys IQ nach, wie man etwa die Körperkraft eines Klaviertransporteurs abschätzt, wenn er Hand an den Flügel legt.

»Nun ja«, schloß sie ab, mit einem sprechenden Seufzer, der deutlich zum Ausdruck brachte, wie sehr sie die Vorstellung langweilte, sich Leuten wie Milly verständlich zu machen. »Vergessen wir's. Es ist unwichtig. Obwohl ich wünschte, die Leute wären vernünftiger, wirklich. Dieser Mann heute morgen, er wollte sich mit ›nein‹

einfach nicht zufriedengeben; er sagte immer wieder, er *wisse*, daß sie hier sei. Offensichtlich ist die Frau davongelaufen oder so etwas, und er beschuldigte mich nahezu, sie zu verstecken! Mich! Als hätte ich nichts Besseres zu tun!« Sie schob ein neues Blatt in die Schreibmaschine und demonstrierte Beschäftigtsein.

»Und jetzt, Mrs. Äh, wenn Sie nichts dagegen haben...? Ich bin ohnehin schon eine Stunde zu spät dran, eins ist zum anderen gekommen, den ganzen Morgen...«

Milly gab es auf und zog sich ernüchtert zurück, um mit ihrer Arbeit weiterzumachen. Durch das pausenlose Klacketi-klack der Schreibmaschine hinter der geschlossenen Tür lauschte sie auf das Telefon, aber es läutete nur einmal. Dem gelangweilten, leicht gekränkten Ton von Mrs. Grahams Stimme nach zu urteilen, konnte es wirklich alles sein: Professor Graham, der mitteilte, daß er später (oder früher) zum Lunch kommen werde, jemand, der sich ein Buch ausleihen wollte, oder vielleicht eine Freundin oder Verwandte, die plötzlich große Probleme hatte und von Mrs. Graham erwartete, daß sie ihr Tippen unterbreche, um zuzuhören. Mrs. Grahams umfassende und wahllose Fähigkeit, sich zu langweilen, könnte jedem Fall gerecht werden.

Milly lauschte an der Tür, bis sie Ohrensausen hatte und selbst ihre Backenknochen verkrampft waren, aber es gelang ihr nicht, irgendwelche Hinweise einzufangen. Und nach einer Weile gab sie, besänftigt durch das Brummen des Hoovers und all die vertrauten Arbeiten, es allmählich auf, über das Problem nachzudenken. Sie hätte ohnehin nichts tun können. Wie bei jedem Katz- und Maus-Spiel hat die Maus am meisten Aussicht auf Erfolg, wenn sie in ihrem üblichen Loch bleibt, wachsam und unauffällig, und sich auf ihre Kleinheit und auf ihre genaue Kenntnis des Terrains verläßt. Es ist die Katze, die etwas riskieren, die Spielregeln bestimmen und alles in Gang bringen muß.

Kapitel 21

In Mrs. Days Wohnung stand Milly ein paar Minuten vor dem Telefon und fragte sich, ob sie sich sicherer fühlen werde, wenn sie den Hörer abnahm oder wenn sie es nicht tat. Die blasse Wintersonne, jetzt Tag für Tag höher stehend, strömte durch das breite Fenster herein und zeigte jeden Fingerabdruck, jeden Schmutzstreifen auf dem eleganten weißen Apparat. Milly stellte mit Erstaunen fest, daß ihre Hände sich danach sehnten, es mit einem feuchten Lappen abzuwischen, geradeso als sei nichts geschehen. Ihre Finger kamen ihr überhaupt wie kleine Tiere vor, gar nicht verbunden mit ihr selbst und mit ihren brodelnden Gedanken, die in fiebriger Unentschlossenheit hin- und herflatterten. War es besser, das Ding in Ruhe zu lassen und auf das Schlimmste gefaßt zu sein – oder es zum Schweigen zu bringen, was leicht getan werden konnte. Es war wie die Entscheidung, ob man einem bissigen Wachhund Beruhigungstabletten geben sollte. Tut man's, muß man unangenehm nahe herangehen, tut man's nicht, wird man vielleicht später in Stücke gerissen. Man kann unmöglich vorher wissen, was besser funktionieren würde: nichts spricht für das eine oder für das andere. Niemand weiß es, am wenigsten der Wachhund.

Milly nahm den Hörer auf und legte ihn sanft auf den polierten Tisch, und sofort begann er, in schwachem Protest, zu summen. Umgehend hob sie ihn wieder auf, wie eine überbesorgte Mutter ihr weinendes Baby, und legte ihn an seinen ordnungsgemäßen Platz zurück – um sofort zu wünschen, sie hätte ihn nicht zurückgelegt. Das Wimmern hätte irgendwann aufgehört. Also wieder runter mit ihm – verzogenes Ding! –, sollte er sich in den Schlaf weinen, während sie sich in sicherer Entfernung aufhielt. Sie würde die Tür hinter sich schließen, sie würde an das andere Ende der Wohnung laufen und den Hoover anschalten, bis alles vorbei war! Dann endlich würden ihre Nerven sich entspannen und sie könnte weiterarbeiten, beruhigt in dem Wissen, daß das Telefon nicht nur nicht läuten würde, sondern daß es gar nicht läuten konnte!

Beruhigt? Was für eine Vogel-Strauß-Politik war das? Indem sie das Telefon abstellte, schaltete sie das Bewußtsein von Gefahr ab, nicht die Gefahr selbst. Die Gefahr war noch vorhanden. Kaute vielleicht gerade an den Nägeln, in einer Telefonzelle in der Nähe – vielleicht nur einen Steinwurf entfernt –, und wurde immer ungeduldiger über das ständige Besetztsein. Die Taktik würde geändert werden ... und das erste, was darauf hinwiese, daß etwas nicht stimmte, wäre das ächzende Geräusch, mit dem der Fahrstuhl draußen auf der anderen Seite des Flurs anhielt.

Dann wäre es zu spät. Wenn sie das Telefon aber in betriebsfähigem Zustand ließ, würde sie wenigstens eine Art Vorauswarnung bekommen – früh genug sicher, um ihr zu gestatten, die sechs mit weichem Teppich ausgelegten Treppen hinunterzulaufen (keine Fahrstühle, nein danke! Sie fühlte sich ohnehin schon wie in einer Falle) und hinaus in die wilde, weite, windige Welt, wo sie doch gewiß die gleiche fünfzigprozentige Chance hätte, in Freiheit zu überleben, wie ein Hirsch, ein Fuchs oder irgendein anderes gejagtes Wesen?

Sie fühlte schon, wie ihr Körper sich auf Flucht einstellte, ihr Herz schneller schlug. Während sie den Hörer zum zweitenmal auflegte, zitterte ihre Hand von einem plötzlichen Energieschub, dessen sie jetzt noch nicht bedurfte. Ihr Gehirn hatte Alarm ausgelöst, eine allgemeine Mobilmachung ihres Körpers hatte begonnen; mit diesem Tumult in sich fiel es Milly schwer, sich hinunterzudrosseln auf Tätigkeiten wie Staubwischen, Aufräumen, Abwaschen und Gläser auf das obere Bord im Schrank stellen. Ein zierlicher Glasstiel zerbrach, spröde wie Eis, und fiel traurig klirrend auf den Boden ... Milly kam sich zwischen Mrs. Days zerbrechlicher Habe vor wie ein Elefant im Porzellanladen. Schon hatte die Sensibilität ihre Fingerspitzen verlassen, ihre Bewegungen waren gröber geworden: all ihre feineren Empfindungen lagen bereits auf Eis, fortgeräumt, um Raum zu schaffen für das Wesentliche – Stärke, Schnelligkeit und Listigkeit.

Als das Telefon endlich läutete, war es fast eine Erleichterung. Milly wußte jetzt genau, was sie zu ihnen sagen würde: die Lügen erzählten sich beinahe schon von selbst. Nein, würde sie ihnen sagen, sie sei nicht Mrs. Barnes, Mrs. Barnes arbeite nicht mehr hier. O ja, es habe eine Mrs. Barnes gegeben, gewiß, sie habe hier gearbeitet bis ... wie lange war das her? Zwei ... drei Wochen? Ob das die Mrs. Barnes sei, nach der sie suchten? Und nein, es tue ihr sehr leid, sie könne ihnen nicht sagen, wo Mrs. Barnes jetzt nach ihrem Umzug arbeite – soll eine Stelle in Birmingham gefunden haben, habe jemand gesagt. Es habe irgendeinen Ärger wegen ihrer Referenzen gegeben oder so etwas, und sie mußte Hals über Kopf verschwinden ...

Daran würden sie zu knabbern haben! Eine große Stadt, Birmingham. Dort konnten sie wochenlang einer Barnes-

Spur nach der anderen folgen, und wenn die ersten ausgeschieden waren, folgten schon die nächsten ... Eine Barnes nach der anderen, die pausenlos am rauchigen Horizont der Midlands auftauchten.

Und in der Zwischenzeit würde die Polizei in Seacliffe die Sache zu den Akten gelegt haben. Wenn die Suche einmal ihren Bezirk verlassen hatte, würde man sicher kein Interesse mehr haben ... Die Polizei mußte doch ohnehin reichlich zu tun haben, mit den Rowdys, die Liegestühle zertrümmerten ... und mit allem. Und was die Großen in London betraf – Scotland Yard oder wer auch immer –; auch ihre Begeisterung würde doch erlahmen, wenn die Spur erst einmal so kalt wie diese geworden war? London ... Seacliffe ... Birmingham ... und der weiße Gänsefuß und die Brennesseln würden schon auf Gilberts Grab sprießen, irgendwo auf dem überfüllten, vernachlässigten Friedhof, den man vom Oberdeck des Busses in Richtung Norden gerade noch sehen konnte.

Sie lösten nicht alle Mordfälle – wie auch? Zweifellos taten sie ihr Bestes, aber man kann genausowenig jeden Mord bis zu seiner bitteren Quelle verfolgen wie man dem Lauf eines Baches über die Stelle hinaus folgen kann, wo er im Marschland versickert, sich verläuft in einem gestaltlosen Niemandsland aus Sumpf, Schilf und heimtückischen Stellen, wo man, wenn man nicht achtgibt, fast bis zur Hälfte einsinken kann.

Sicher hatte die Ermordung Gilberts ebensoviele Chancen nicht aufgeklärt zu werden wie irgendein anderer Mord. Es war nichts Bemerkenswertes daran, nichts offensichtlich Ungewöhnliches, was die Findigkeit von Polizei oder Detektiven herausfordern oder die öffentliche Phantasie aufwühlen könnte. Das Opfer war kein schönes junges Mädchen, der Verdächtige gehörte nicht zu den oberen Zehntausend. Wenn Milly sie alle nur für ein paar Tage von der Spur ablenken könnte, wäre sie in Sicherheit. Ihre anderen Ordner würden sich stapeln, ihre Ablagekörbe überlaufen... Schließlich besteht die Polizei auch nur aus Menschen, und wenn du es schaffst, Verwirrung und Verschleppung auf deine Seite zu bringen, bist du bei jeder Transaktion unter Menschen in Sicherheit.

»Barnes? Mrs. Barnes? Nein, ich fürchte nein...« Jetzt, da es darauf ankam, hörte Milly sich selbst nervös plappern. Die Lügen klangen, laut ausgesprochen, weniger überzeugend, als sie sich vorgestellt hatte, und sie beeilte sich, ihre vorbereitete Rede herunterzuhaspeln, bevor der Mut sie verließ. »Nein, ich fürchte, im Augenblick ist niemand hier, der so heißt. Aber vor nicht allzu langer Zeit hat eine Mrs. Barnes hier gearbeitet. Ob das die Mrs. Barnes ist, die Sie meinen? Sie ist – lassen Sie mich überlegen – vor zwei oder drei Wochen gegangen, glaube ich, so etwa. Irgendwer hat mir erzählt, sie ist... nach Birmingham, glaube ich...«

»Barney! Haben Sie den Verstand verloren, oder was? Was zum Teufel reden Sie da?«

»Jacko!« Ihre Erleichterung war so groß, daß sie für einen Augenblick nicht zu unterscheiden war von dem Entsetzen, das ihr vorausgegangen war, und Milly starrte auf die rosa Tapete vor ihr und wartete darauf, daß ihr Blut wieder zu fließen, ihr Verstand die wunderbare Wende der Dinge zu begreifen begann. »Jacko! Warum hast du nicht...? Deine Stimme klang ganz...! Oh, Jacko, ich bin so froh! Ich dachte, du wärest...!«

»Ja. So hörten Sie sich auch an«, erwiderte Jacko trocken, und seine Stimme schien sehr leise und weit weg zu sein. »Hören Sie, Barney, was zum Teufel geht eigentlich vor? Hat man Sie rausgeschmissen oder so was? Wir haben heute morgen ungefähr sechzigtausendmal versucht, Sie anzurufen, und die alte Ziege behauptete jedesmal, daß es Sie gar nicht gäbe...«

»Jacko! Bei Mrs. Graham, meinst du? Dann wart *Ihr* es also, die ganze Zeit? Oh, wie phantastisch...!« Die Erleichterung, das plötzliche Weichen der Furcht, waren fast mehr als Milly ertragen konnte. Das blasse Sonnenlicht schien im Zimmer zu tanzen, die bloße Luft glänzte vor Freiheit, einer Freiheit, die zu erleben sie nie wieder zu hoffen gewagt hätte.

Waren es drei Atemzüge oder vier, die diese neue Freiheit dauerte? Dann ertönte wieder Jackos Stimme:

»... und darum haben wir versucht, ihn wegzuschikken, so wie den Typ vom Rathaus gestern, aber es war hoffnungslos. Er glaubte uns einfach nicht, als wir sagten, wir hätten noch nie von Ihnen gehört; und dann, Barney, steckte die Mums ihre Nase aus der Küchentür und wollte wissen, worum es eigentlich ging, und so konnten wir nicht so weitermachen. Na ja, ich meine. Aber ich würde mir keine großen Sorgen machen, Barney, wirklich nicht. Er macht einen furchtbar harmlosen Eindruck, dieser Mensch, als könnte er keiner Fliege etwas zuleid tun, selbst wenn man ihn dafür bezahlte. Erstens muß er mindestens hundert sein; Sie hätten seine schneeweiße Mähne sehen sollen. Er sagte, er heißt Soames.«

Kapitel 22

Eine Stunde war vergangen, und Milly hatte sich nicht gerührt. Das Zimmer lag jetzt im Schatten; der kurze Wintersonnenschein auf den rosenfarbenen Wänden und den glänzenden Spiegeln war verblaßt. Es war kaum noch möglich, die Zahlen auf der Wählscheibe des Telefons zu erkennen, auf das Milly mit leerem Blick starrte.

Sie wußte nicht, wie lange sie noch mit Jacko gesprochen hatte oder wie lange sie schon hier saß, seit sie aufgelegt hatte.

Es hatte keinen Sinn, wegzugehen. Es kam ihr jetzt so vor, als habe sie die ganze Zeit gewußt, daß es so enden würde. Immer war sie auf der Flucht gewesen, war der Polizei aus dem Weg gegangen, hatte ein wachsames Auge auf die Schlagzeilen gehabt, ihre Identität verheimlicht... die ganze Zeit hatte sie irgendwo tief im Innersten gewußt, daß es nicht nur das Gesetz war, vor dem sie floh, sondern etwas viel Schrecklicheres. Ihre Furcht, wegen Mordes an Gilbert verhaftet zu werden, war echt gewesen, aber sie hatte eine ganz andere Furcht verschleiert, eine Furcht, die zu schrecklich war, als daß man ihr ins Auge sehen konnte: die Furcht, daß sie Gilbert *nicht* ermordet hatte. Die Furcht, daß er irgendwie, irgendwo überlebt hatte, den rechten Augenblick abwartete und seine Pläne für ihre Bestrafung immer wieder durchging. Er hatte gewartet, bis der Mond einmal zu- und abgenommen hatte, und jetzt war er auf dem Weg.

Nein, hatte Jacko ihr versichert, er habe dem alten Jungen nicht gesagt, wo sie arbeite, er sei schließlich kein kompletter Blödmann. Wenn es auch immer eine kleine Hilfe sei (betonte er vorwurfsvoll), wenn die Leute einem erzählen würden, was zum Teufel sie eigentlich vorhätten, bevor sie einem so etwas einbrockten. Und nein, er wisse nicht, wo der arme alte Kadaver jetzt hingegangen sei, er habe es nicht gesagt. Und ja, natürlich werde er, Jacko, sie anrufen, wenn sich irgend etwas ergab. Sie könne mit ihm rechnen, und mit Kevin auch, auch wenn ihnen nie jemand etwas erzähle.

Gilbert streifte also schon durch die dunkler werdenden Straßen, spähte in die Cafés und in die Bus-Wartehäuschen, das weiße Haar durch den feuchten Wind vom Meer aufgerichtet wie der Schopf eines Kakadus.

Wie lange würde es dauern, bis er sie fand? Daß er sie endlich finden würde, bezweifelte sie keinen Augenblick. Schon jetzt fühlte sie seine Nähe rund um sich, sie schien zu spüren, wie die merkwürdige Kraft seines Wahnsinns ihn führte, während er durch die schlecht beleuchteten Straßen wanderte, mit seinen glänzenden Visionärsaugen nach links und rechts schauend, durch erleuchtete Fenster und durch massive Wände.

Absurd! War sie dabei, den Verstand zu verlieren? Wahnsinn ist eine Geisteskrankheit, keine seltene und wertvolle Gabe! Er macht einen Menschen *weniger* fähig, seine Ziele zu erreichen, verleiht ihm keine *größeren* Fähigkeiten! Wo ein geistig Gesunder sein Ziel in einer fremden Stadt suchen würde, indem er die richtigen Fragen stellt und den relevanten Hinweisen nachgeht, würde ein Wahnsinniger von seiner eigenen absonderlichen Logik hierhin und dorthin getrieben werden, nichts erreichen und nur zufällig auf relevante Tatsachen stoßen, wie eine Fliege gegen ein Fenster. Milly fühlte ihre Kraft zurückkehren. Das nackte, kalte Entsetzen war vorüber, und sie versuchte, sich über ihre Situation klarzuwerden.

Hier, in Mrs. Days Wohnung, war sie verhältnismäßig sicher, zumindest für den Augenblick. Niemand, wahnsinnig oder gesund, würde es an einem einzigen Nachmittag schaffen, sie hier aufzuspüren, angesichts der vielen falschen Informationen, auf die man bei der Suche gewiß stoßen würde. Wie ein Burgherr aus dem Mittelalter, der seine Zugbrücken und seine Burggräben begutachtet, ging Milly in Gedanken die Hindernisse durch, die eine solche Person zu überwinden haben würde. Als erstes war da Mrs. Mumford, die sich abweisend nur um ihre eigenen Dinge kümmerte, und wenn es sie umbrachte. Dann Jacko und Kevin, die ihretwegen unermüdlich jeden, der da kam, anlogen. Und als letztes (wenn er es bis dort schaffen sollte) war da Mrs. Graham, die bei ihrem krassen Desinteresse an Dingen, die nur andere Leute betrafen, nicht einmal wußte, daß Milly einen Namen hatte, ganz zu schweigen von einer Adresse, oder daß sie auch außerhalb ihrer, Mrs. Grahams, Wohnungstür, weiterexistierte.

Sie würde also hier, in Mrs. Days Wohnung, bleiben, solange es ging. Vielleicht würde Mrs. Day sie als richtige Haushälterin einstellen, die auch hier *wohnte!* Es war eigentlich genau das, was die Wohnung brauchte, jemanden, der ständig da war, um nach den nächtelangen Partys aufzuräumen, die zerdrückten eleganten Kleider bügelte, die Orchideen in Wasser stellte ... genau in diesem Augenblick hörte sie das Geräusch. Das leise Wimmern des Fahrstuhls, der zum Stillstand kam ... die Tür, die sich fast geräuschlos öffnete.

Na und? Es gab noch mehr Wohnungen in diesem

Stockwerk, oder? Es konnte irgend jemand sein, wirklich irgend jemand.

Es war allerdings seltsam, daß nach dem Öffnen der Fahrstuhltür keine Schritte zu hören waren, doch nicht so seltsam, daß einem deswegen das Blut derartig in den Schläfen pochen mußte. Waren die Teppiche in diesem Gebäude nicht dick und weich, war die Akustik nicht sorgfältig so berechnet, daß jeder Schritt gedämpft wurde? Wie lächerlich also, sich einzubilden, daß da draußen jemand auf der Lauer liegen mußte oder sich lautlos näherte, in alten weißen Turnschuhen...

Sie ahnte das nächste Geräusch voraus, und als sie es hörte, war der Schock, der sie traf, eher ein Schock des Wiedererkennens.

Es war alles schon einmal geschehen, das war es, genauso geschehen, wie es jetzt geschah, nur an einer anderen Tür, die zu einer anderen Wohnung führte... das langsame Fummeln am Schnappschloß... das leise Kratzen eines Schlüssels, der von unsicheren Fingern geführt wurde, und dann die sich geräuschlos öffnende Tür...

»Oh!« sagte das Mädchen, und einige Sekunden lang starrten sie und Milly einander bestürzt an, jede für sich bemüht, einen Aufruhr eingebildeter Erwartungen mit einer völlig unvorhergesehenen Wirklichkeit in Einklang zu bringen.

Die Fremde war eine mollige, untersetzte junge Frau mit einem breiten, sommersprossigen Gesicht ohne jedes Make-up, und sie trug eine graue Strickjacke und einen marineblauen Rock, Sachen, die (bei diesem müßigen Gedanken ertappte Milly sich) die exotische Mrs. Day im Leben nicht angezogen hätte.

Wie um alles in der Welt paßte eine so unelegante

Gestalt in Mrs. Days glitzerndes Leben? Freundin? Verwandte? Oder – ja, das war am wahrscheinlichsten – sie mußte eine betrogene Ehefrau sein, die gekommen war, um sich die Geliebte ihres Mannes vorzuknöpfen! So war sie natürlich auch an den Wohnungsschlüssel gekommen; sie hatte ihn in einer Tasche seines Anzugs gefunden, als sie den Anzug zur Reinigung schicken wollte. Und dann hatte sie (getrieben von der Neugier und der chronischen Unsicherheit der unansehnlichen und nachlässig gekleideten Ehefrau eines attraktiven Mannes) die übrigen Taschen durchsucht... hatte die Liebesbriefe gefunden, die gepreßte Orchidee... Kein Wunder, daß das arme Mädchen nach all dem bei Millys Anblick etwas verblüfft gewesen war! Wahrscheinlich hatte sie die legendäre Mrs. Day nie gesehen und versuchte im Augenblick gerade, Milly der Rolle anzupassen, während sie gleichzeitig gequält die Hände rang.

»Ich fürchte...«, setzte Milly an, und »Ich dachte...«, unterbrach das Mädchen sie, und dann hielten sie beide gleichzeitig inne und starrten einander wieder an.

»Ich komme zum Nachhilfeunterricht«, erklärte das Mädchen schließlich, und als die zögernde, leise Stimme ertönte, wurde Milly plötzlich klar, wie jung die Besucherin war, und wie schüchtern. Sie sah auch die aus den Nähten platzende Aktentasche, die das junge Mädchen an sich preßte.

»Mrs. Day – das ist unsere Direktorin – sagte, ich solle die Tür aufschließen und schon reingehen, sie würde später kommen. Ich... es tut mir leid... sie hat mir nicht gesagt, daß jemand hier sein würde... Es geht um die Abschlußprüfung in Physik, verstehen Sie, ich war das ganze letzte Halbjahr nicht da...«

Eine Schulleiterin! Man lernt doch nie aus! Zum zweitenmal innerhalb von fünf Minuten fand Milly all ihre Vermutungen auf den Kopf gestellt, und während sie sich noch um diese zweite Korrektur ihrer Mutmaßungen bemühte, ertönte der Summer der Haustür.

Aus irgendeinem Grund hatte sie diesmal nicht die geringste Angst. Irgendwie nahm sie an, es müsse Mrs. Day selbst sein, und war voller Neugier bei der Aussicht, diese vielseitige Gestalt endlich wirklich zu sehen. »Ja?« sagte sie selbstsicher in die Sprechanlage und hörte, wie der Hauswart erwiderte:

»Mrs. Barnes? Gut, daß Sie noch da sind; ich dachte, Sie wären vielleicht schon gegangen. Ihr Mann ist hier, Mrs. Barnes, er ist gekommen, um Sie abzuholen. Ich schicke ihn jetzt rauf.«

Kapitel 23

Laufen, laufen, laufen, alles wieder von vorn, durch armselige, schlecht beleuchtete Straßen, doch diesmal gab es kaum Hoffnung auf ein Entkommen. Sie erinnerte sich, wie ihre Lunge gearbeitet hatte, geradeso wie jetzt, ausgebrannt von der eiskalten Nachtluft. Nur damals hatte ein Hauch von Morgendämmerung in der Januardunkelheit gelegen; jetzt begann die dunkle Nacht eben erst. Damals hatte es Hoffnung gegeben – obwohl sie sich dessen kaum bewußt gewesen war –; Hoffnung auf ein Entkommen, auf ein neues Leben irgendwo weit weg von der Verzweiflung, auf neue, noch unbekannte Welten hinter dem Horizont ihrer Erfahrungen. Damals, als sie durch die dunklen, verlassenen Straßen lief, die im Zickzack immer weiter wegführten von dem Keller in der Lady Street – weiter und weiter, immer sicherer, immer tiefer hinein in die Anonymität – damals hatte sie gedacht, sie entkomme wirklich; wenn sie nur schnell genug laufe, und weit genug, dann könnte sie aus allem rauskommen, selbst ihre Identität zurücklassen wie einen leeren Karton, zusammen mit all dem übrigen Schutt.

Doch nicht jetzt. Von dem Augenblick an, als sie aus Mrs. Days Wohnung und für immer aus dem Leben der erstaunten Schülerin von Mrs. Day gestürzt war, hatte sie tief im Inneren gewußt, daß sie nirgendwohin laufen konnte, daß dies das Ende der Straße war.

Oh, sie war trotzdem gelaufen, gelaufen wie eine Verrückte, all die teppichbelegten Stufen des Treppenhauses hinunter, immer im Kreis herum, immer weiter nach unten. Es gab einen sonderbaren Augenblick, wo sich Gilbert kaum zwei Meter entfernt von ihr befunden haben mußte, als der Lift nach oben und an ihr vorbei glitt, während sie auf ihrer kopflosen Flucht in die entgegengesetzte Richtung lief.

Sie hatte nicht einmal hingeschaut. Weiter nach unten, ohne Pause oder einen Blick zurück. Auch die überraschte Stimme des Hauswarts hatte sie nicht aufhalten können. Die schwere Glastür schwang zurück, schnitt seinen Ausruf des Erstaunens und Protestes ab, und sie war draußen und auf und davon, warf sich von den Lichtern und der Wärme der Wohnungen wie von einem hohen Felsen kopfüber in die Dunkelheit.

Ja, sie war wirklich gelaufen. Sie lief immer noch; ihr Atem kam in kurzen, schmerzhaften Stößen, und ihr Herz flatterte. Schon hatte sie den Stadtrand erreicht. Die Häuser waren kleiner und schäbiger, die Straßenlaternen leuchteten trüber und standen in immer größeren Abständen, bis es schließlich gar keine Beleuchtung mehr gab und die Dunkelheit vollkommen war, mit Ausnahme eines orangefarbenen Lichtschimmers dann und wann, wenn ein Vorhang vor einem Fenster zurückgezogen wurde und ein Gesicht herausschaute, in gelangweilter Strenge, um zu sehen, wer es sein mochte, der so schnell und so geräuschvoll zu dieser Stunde durch einen anständigen Vorort lief.

Noch immer rannte sie weiter, und nach einer Weile spürte sie, wie die Straße unter ihren Füßen etwas Rauherem wich. Sie stolperte gegen Pflastersteine – oder waren es trockene Büschel von Wintergras? Und jetzt konnte sie gerade noch erkennen, daß vor ihr der Weg sich gabelte, der eine Teil wand sich hinauf zu den Dünen, der andere machte einen Bogen nach rechts und mußte wohl zum Strand führen. In der Luft hing schon ein salziger Geruch und jenes unverwechselbare Gefühl von Leere und ungebrochener Ferne: das Meer konnte nicht weit sein.

Es spielte keine Rolle, welche der beiden Richtungen sie einschlug, denn inzwischen wußte sie, daß sie nirgendwohin lief. Sie hatte keine freie Wahl mehr. Welchen Weg sie jetzt auch wählte, nach rechts oder nach links – es wäre immer der Weg zurück. Zurück... zurück... auf demselben Weg, auf dem sie gekommen war... Es kam genauso, wie sie es vorausgesehen hatte – war es erst gestern gewesen? – als sie am Bahnhof von Seacliffe zugesehen hatte, wie die Züge aus London einliefen. Die Vergangenheit hatte sie eingeholt. Sie hatte sie schließlich doch erwischt. Sie fühlte, wie das Gewicht der Vergangenheit sie zurück und nach unten schleppte, auch wenn ihre Beine immer noch die Bewegungen des Laufens vollführten. Es war, als versuche man, auf einem feststehenden Fahrrad dem Tod davonzufahren.

Merkwürdig, wie ihre Beine durchhielten, auch jetzt noch! Noch immer liefen sie, liefen und liefen, bis ihr Herz ein seltsames Muster gegen ihre Rippen zu trommeln schien... Botschaften klopfte... ihr etwas mitteilte... Sie hörte Stimmen, ebenso wie Gilbert einst Stimmen gehört hatte: »Milly!« spotteten sie. »Milly Barnes! Wie kann man sich nur einen solchen Namen aussuchen!« Und als sie schneller lief und versuchte, sie hinter sich zu lassen, kam es ihr so vor, als höre sie ihr ausgelassenes Gelächter durch die hinter ihr dahinjagende dunkle Luft klingen.

Aber sie hatten sich verraten! Sie wußte jetzt, wohinter sie her waren. Sie waren hinter ihrem neuen Ich her, hinter ihrer neuen Identität.

Wie konnten sie so unfair sein? Sie hatte so hart an diesem neuen Ich gearbeitet, mit so viel Geschick und so viel Entschlossenheit. Sie hatte es geschafft, aus den kläglichen Überresten einer gebrochenen, vor Entsetzen gelähmten Kriminellen eine absolut ehrbare Milly Barnes zusammenzusetzen, ein generalüberholtes, so gut wie neues Modell, fähig, den eigenen Lebensunterhalt zu verdienen und sogar Freundschaften zu schließen.

»Milly Barnes! Milly Barnes! Du bist nicht Milly Barnes, es gibt keine Milly Barnes!«

Sie hatte sie also doch nicht hinter sich gelassen. Sie waren wieder da... sie umgaben sie von allen Seiten! Sie griffen nach ihr... legten die Hand auf ihr neues Ich, beschlagnahmten es, als hätte sie es durch den Zoll geschmuggelt! »Es gehört mir!« rief sie immer wieder, »Ich habe ein Recht...!« Aber alles, was sie hörte, war ihr entnervendes Gelächter... und jetzt waren ihre Hände da, zerrten an ihr, zogen sie zurück, preßten sie nach unten, bis ihre Beine sie nicht mehr tragen konnten und sie auf den Boden sank.

In Wirklichkeit wußte sie, was sie getan hatte und warum sie gekommen waren, um sie zu holen. Sie dürfte gar nicht hier sein. Sie war eine wiedergeborene Seele ohne Paß... irgendwie war sie illegal zwischen den Grenzen von Leben und Tod hindurchgeschlüpft, hatte die Vorschriften umgangen, sich vorgedrängt, war wiedergeboren vor ihrer Zeit.

Und jetzt zerrten sie sie zurück, schleppten sie hinunter an den Ort, wohin sie gehörte. »Damit kommst du nicht durch, mein Mädchen!« hörte Milly sie sagen, erstaunlich klar und laut vor dem geräuschvollen Dröhnen ihres Herzens. »So einfach ist es nicht mit der Wiedergeburt –

was hat dich nur zu der Annahme gebracht? Und darum heißt es jetzt für dich, fang noch mal ganz von vorne an, Milly Barnes, mach alles noch einmal, und diesmal richtig . . . !«

Milly öffnete die Augen. Sie stellte fest, daß sie auf einen Himmel schaute, der so schwarz und so voller Sterne war, daß sie zuerst dachte, sie sei gestorben und schwebe frei von der Atmosphäre der Erde hinaus in den Weltraum.

Aber dann, nach wenigen Sekunden, spürte sie einen Druck am Hinterkopf und an den Schulterblättern. Sie lag flach auf dem Rücken auf dem harten Boden und sah hinauf zu dem unwahrscheinlichen Nachthimmel, der völlig wolkenlos war, durch die reinigende Kälte zu diesem unvorstellbaren Glanz gebracht wurde.

Wie spät war es? Wie weit war sie gelaufen? Unter Schmerzen – sie mußte sich die Schulter verletzt haben, als sie stürzte – hob sie den Kopf und sah weit weg über dem schwarzen Meer die sinkende Mondsichel. Es konnte noch nicht sehr spät sein, jedenfalls nicht später als neun.

Wieviel Zeit hatte Gilbert also gehabt, ihre Spur aufzunehmen? Wenn sie etwa gegen sechs von Mrs. Days Wohnung fortgelaufen war – was hätte er als erstes getan, nachdem er festgestellt hatte, daß sie nicht mehr dort war? Er wäre mit dem Fahrstuhl wieder hinuntergeschwebt und hätte den Hauswart aufgesucht.

»Sie ist in *die* Richtung gelaufen«, hätte der ihm gesagt. »Auf die Avenue zu . . . Nein, tut mir leid, Sir, ich konnte überhaupt nichts tun, sie ist weggerannt, als sei sie durchgedreht. Ich hab es versucht . . . ich hab hinter ihr her gerufen . . .«

Und was würde Gilbert dann tun? Sie sah ihn steifbeinig

durch die dunkle Stadt schreiten, sah, wie der seltsame Raubtierblick seine Züge verschärfte, bis er die Nachtluft nach rechts und links zu durchbohren schien wie ein Greifvogel. Und die Leute würden ihm helfen, natürlich würden sie das – ein so besorgter und beunruhigter weißhaariger alter Herr. »Ja, sie ist in die Richtung gelaufen«, und sie würden mit dem Finger zeigen wohin. Und: »Ja, wir haben uns gefragt, ob sie okay ist, aber wir mochten nicht...« »Oh, keine Ursache, freut uns, wenn wir helfen können...« und so würde er weiterkommen, weiter, weiter, würde in diese Richtung schnüffeln, in jene, bis schließlich all die verworrenen Angaben, all die gutgemeinten Ratschläge, all seine eigenen, sonderbaren, übernatürlichen Empfindungen sich allmählich auf eine bestimmte eindeutige Richtung konzentrieren würden... endlich zusammenlaufen würden an dieser Stelle, wo sie lag.

Sie mußte weiter! Sie mußte sich verstecken! Sie mußte irgend etwas tun! Milly stand schwankend auf und versuchte, steifbeinig vor Erschöpfung, wieder weiterzulaufen. Aber in welche Richtung? Sie hatte jetzt das irre Gefühl, daß Gilbert überall war. Er kauerte vor ihr, im trockenen Wintergras. Er tappte hinter ihr, leise wie ein Schatten durch die Vororte der Stadt. Auch oben in den Dünen lauerte er, sein weißes Haar wie Büschel von Schafswolle gerade noch sichtbar hinter dem trockenen, knackenden Stechginster. Und auch unten am Meeresstrand würde sie ihn finden, hinter den Wellenbrechern aufragend wie ein weiteres Stück verfaulendes Holz, die schrecklichen silbrigen Augen im Mondlicht glänzend.

Sie wußte nicht, wohin sie sich wenden sollte... doch

laufen mußte sie. Die Angst saß ihr im Nacken und ließ sie nicht los.

Sie erreichte endlich den Strand, an der Stelle, wo die Promenade in eine schlüpfrige Betonrampe überging. Sie kletterte über die feuchte Mauer und landete unter lautem Knirschen der Steine auf dem Kieselstrand.

Das Geräusch war schrecklich. Mehrere Minuten kauerte Milly völlig reglos im Schatten der Rampe, um festzustellen, ob sie sich verraten hatte.

Kein Ton. Nichts. Und endlich wagte sie sich aus ihrem Versteck hervor, lief auf Zehenspitzen mühsam über die Steine, bis sie ans Ende des Kieselstrands kam und spürte, wie ihre Füße in weichem, pulverartigem Sand einsanken.

Es war Ebbe, und als Milly auf die ferne Schaumlinie am Rand des Wassers zuging, hatte sie das merkwürdige Gefühl, daß sie nicht mehr ziellos weiterlief. Sie ging zu einem Rendezvous, um eine Verabredung einzuhalten, die vor langer, langer Zeit getroffen worden war. Und es war sinnlos, kehrtzumachen und in die andere Richtung zu gehen, denn wenn sie das täte, würde das Rendezvous dort stattfinden.

Der weiche Sand war unter ihren Füßen fest geworden, dann naß, und noch nasser, bis sie jetzt, als sie sich den Schaumbögen näherte, die den Rand des fast wellenlosen Wassers markierten und es von dem schimmernden Sandstrand trennten, ihre Füße wieder einsinken fühlte, mit einem Glucksen bei jedem Schritt. Sie spürte, wie das Wasser oberhalb der Sohlen in ihre Schuhe lief.

Weit nach rechts – hundert Meter oder weiter – konnte sie gerade noch den Wellenbrecher erkennen, hager und zackig vor dem von den Sternen beleuchteten Wasser. Das trügerische Mondlicht schien mit den schwarzen Holzpfählen ein Spielchen zu spielen; sie bewegten sich und schwankten vor Millys müden Augen... einer von den höheren, schmaleren schien sich fast von den übrigen zu trennen und mit einem merkwürdigen hoppelnden Gang über den Sand zu torkeln.

Die Stimmen. Besuchten sie einen in Augenblicken großer unerträglicher Furcht? Diesmal verspotteten sie sie nicht, sie nannten sie nicht einmal mehr »Milly« – »Milly Barnes« war nur ein schlechter Scherz, der jetzt zu Ende war.

»Candida!« hörte sie sie rufen, leise und weit weg, und dann, näher und klarer: »Candida! Candida!«

Die Silben ihres alten Namens, ihres wirklichen Namens, schlugen ihr aus der Vergangenheit entgegen; ihr Rhythmus klang wie die Hufe eines am ruhigen Meer entlanggaloppierenden Pferdes.

Sie hielt sich die Ohren zu, sie versuchte, den Klang der Vergangenheit, der sich ihr donnernd näherte, auszusperren. Sie starrte mit erweiterten Pupillen über die schwach schimmernden Sandstreifen, die sich in die Dunkelheit erstreckten.

Wurde sie wahnsinnig? Der schwarze aufrechte Holzpfahl war tatsächlich nähergekommen... es war kein Trick des Mondlichts...! Er hatte sich vom Wellenbrecher gelöst und schaukelte über den schimmernden Sand auf sie zu. In wenigen Augenblicken würde er so nahe sein, daß sie das weiße, im Mondlicht wild flatternde Haar erkennen konnte.

»Candida!« sagte die Stimme wieder. »Candida? Was um Himmels willen...?«

Sie glaubte es nicht. Auch als sie die Stimme ohne jeden

Zweifel erkannt hatte, den Schwung der Schultern beim Laufen erkannt hatte – sie glaubte es immer noch nicht.

Trotzdem mußte sie irgend etwas sagen.

»Hallo«, sagte sie mit schwacher Stimme. »Hallo, Julian!«

Kapitel 24

Gilbert war tot. Zuerst begriff sie nur das von allem, was Julian sagte, während er im Licht des untergehenden Mondes neben ihr auf dem Wellenbrecher saß und sie wegen ihres törichten Verhaltens ausschalt, wie er es immer getan hatte.

Gilbert war tot, war jetzt seit fast einem Monat tot. Dies war das dritte Mal, daß Julian diese Nachricht wiederholte, doch sie stellte immer wieder die gleichen sinnlosen Fragen, suchte Bestätigung durch Wiederholung. Was war mit dem Mr. Soames, der bei Mrs. Mumford gewesen war? Gilberts Bruder natürlich. Sie mußte doch wissen, daß er einen Bruder hatte? Der arme Teufel war schon fast durchgedreht vor Sorge über die Belastung, ohne Hilfe die Angelegenheiten seines verstorbenen Bruders abwickeln zu müssen (er war sogar noch um einiges älter, als Gilbert es gewesen war), was noch kompliziert wurde durch die Tatsache, daß er gesetzmäßig nicht der nächste Verwandte war. Das war sie – und sie hatte es vorgezogen, zu verschwinden! Unter einem falschen Namen in einem Badeort herumzugondeln und anderen dieses Durcheinander zu überlassen! War ihr zufällig klar, *wieviel* Ärger und Unkosten sie verursacht hatte? Rechtsanwälte, Leute von der Bank, Grundeigentümer – alle hatten verzweifelt versucht, sich mit ihr in Verbindung zu setzen... und jetzt, als Krönung des Ganzen, hatte man ihn, Julian, genötigt, von Boston herüberzufliegen – was ihm außerordentlich ungelegen kam –, um bei der Lösung der Probleme zu helfen!

Gilbert war tot. Die Worte trommelten in ihrem Kopf und dämpften Julians Strafpredigt. Er war tot, und jetzt würde niemand je erfahren, daß sie ihn umgebracht hatte.

Denn es hatte keine gerichtliche Untersuchung gegeben – keine unangenehmen Fragen. Der überforderte, überarbeitete junge Arzt hatte auf den Totenschein geschrieben, daß Gilbert eines natürlichen Todes gestorben sei (Gilbert war schließlich ein alter Mann; nichts war wahrscheinlicher, als daß er einen Schlaganfall oder eine Herzattacke erlitten hatte). Und was die von außen abgeschlossene und verriegelte Tür betraf: Julian erwähnte sie nicht, und so war zu vermuten, daß aus irgendeinem Grund niemandem etwas aufgefallen war.

Mrs. Roach mußte die Riegel zurückgeschoben haben, denn sie war es (wie Julian erklärt hatte), die die Leiche gefunden hatte. Sie mußte sie zurückgeschoben haben, ohne mit ihrem schwachen Verstand zu erfassen, was das bedeutete. Zweifellos war ihr Gilberts Angewohnheit, alles zu verschließen und zu verriegeln, so vertraut, daß es keinen Eindruck mehr machte; sie hatte es versäumt, ihre Schlüsse zu ziehen und zu erkennen, daß es diesmal nicht Gilbert selbst gewesen sein konnte, der die Tür verriegelt hatte. Und danach hatte verständlicherweise der Schock, ihn tot in seinem Sessel zu finden, sie die ganze Angelegenheit vergessen lassen.

Tot in seinem Sessel. In seinem großen Ledersessel, die Lampe mit dem grünen Schirm neben seinem Ellbogen. Seltsam, ihn sich dort sitzend vorzustellen, genauso wie er immer gesessen hatte, doch jetzt zum allerersten mal in Frieden.

Weit draußen über dem schwarzen Wasser ging der Mond unter. Candida folgte mit den Blicken der ungleichmäßigen silbernen Spur und dachte über ihre Verantwortung für Gilberts Tod nach, wie sie schon einmal darüber nachgedacht hatte, als sie noch Milly war.

Sie hatte ihn getötet, das hatte sie schon für sich akzeptiert. Was sie jetzt akzeptieren mußte, war das Wissen, daß sie nicht bestraft werden würde dafür. Niemand würde jetzt je erfahren, was sie getan hatte. Keine Schuld würde ihr je beigemessen, keine Bestrafung je verlangt werden.

Die Augen auf die magische silberne Spur geheftet, die aus dem Unendlichen bis direkt vor ihre Füße führte, wartete Candida, wie sie es einst getan hatte, als sie noch Milly war, auf die ersten Anzeichen des schrecklichen, quälenden Schuldgefühls, das sie bis zum Ende ihrer Tage begleiten würde. Ein Schuldgefühl, das im geheimen an den dunklen Wurzeln ihres Seins nagen, ihr keine Ruhe geben würde. Schuldgefühle dieser Dimension mußten doch irgendwo auf sie warten, irgendwo unter der glitzernden Weite des Himmels?

Alles, was sie empfinden konnte, war eine unaussprechliche Dankbarkeit, daß Gilbert tot war. Tot wie die Dinosaurier und Shakespeare und die Könige von Babylon. Tot wie sie eines Tages sein würde, und Julian, und die glänzenden Seetangbänder, die jetzt unter dem nächtlichen Winterhimmel so stolz gegen die Holzpfähle schlugen. Muß man bei jedem Tod fragen, wer die Schuld daran trägt? Wie konnte es geschehen? Unter dem Schatten der Jahrtausende vertrocknen solche Fragen uns auf den Lippen; sie werden zu einer Lästerung gegen den gütigen Kreislauf von Geburt und Tod, gegen das Wunder der Evolution unter dem Sternenhimmel. Selbst das Summen einer Mücke enthält mehr Wahrheit und Weisheit.

Sie konnte sich nicht schuldig an Gilberts Tod fühlen, sie empfand nur ein verworrenes Gefühl der Beteiligung. Aber sein Leben – das war etwas anderes! Welches Unrecht sie ihm auch zugefügt haben mochte durch Teilnahme an seinem Tod – es verblaßte zur Bedeutungslosigkeit neben dem Unrecht, das sie ihm zugefügt hatte, indem sie ihn heiratete.

Das war die Niedertracht. Dort lag, wenn irgendwo, die lebenslängliche Schuld. Sie hatte nicht nur ohne Liebe geheiratet – viele Frauen haben das getan –, sondern ohne das geringste Interesse für alles, was er überhaupt bieten konnte. Sie hatte ihn nicht einmal wegen seines Geldes geheiratet, oder wegen der Sicherheit, die er ihr bieten konnte – denn sogar diese Gründe können einem Mann ein Fünkchen Selbstachtung lassen, ein Fünkchen Stolz, seine Frau wenigstens mit etwas von dem, was sie braucht, versorgt zu haben.

Nein, sie hatte Gilbert kein Fünkchen von irgend etwas gelassen. Sie hatte ihn nicht wegen etwas, was er hatte oder war, geheiratet. Sie hatte ihn nicht als eine Persönlichkeit geheiratet, sondern als Gegenstand, als Waffe, als Knüppel, mit dem sie ihren früheren Ehemann schlagen konnte.

Nun, und verdiente ein Mann wie Gilbert etwas Besseres? Er war ein verschlagener und bitterer alter Mann, auch bevor er wahnsinnig wurde. Sein ganzes Leben hatte er mit jedermann gestritten, jedermann mißtraut, jede Beziehung, die je auf ihn zukam, zerstört. Was hatte er jemals getan oder war er jemals gewesen, daß er von irgendeiner Frau erwarten konnte, ihn aus Liebe zu heiraten?

Sie hatte noch nie zuvor darüber nachgedacht, wie es ihm erschienen sein mußte. Nach einem bitteren, einsamen Leben voller Haß und Feindschaften war da plötzlich eine Frau, die ihn unerklärlicherweise zu mögen schien. Die tatsächlich seine Gesellschaft suchte. Niemand hatte je zuvor seine Gesellschaft gesucht – und Gott sei Dank, der Teufel sollte sie holen! –, aber hier war endlich jemand, der das tat! Auch noch eine Frau ... nicht unattraktiv ... nicht weit über vierzig ... Konnte es sein – konnte es möglich sein –, daß Gilbert Soames in seinem letzten Lebensjahrzehnt noch etwas Neues und Wunderbares erleben würde? Konnte es sein, daß hier endlich die Frau war, die seine erstarrten Hemmungen abbauen, seinen verbitterten, nachtragenden Sinn erweichen würde?

Nein. Nun, natürlich nicht. So etwas passiert einfach nicht. Seine neue Frau ließ seine Hemmungen genau dort, wo sie sie gefunden hatte – und war froh darüber. Sie schreckte zurück vor seiner ungeschickten Berührung. An Stelle von Liebe brachte sie ihm Furcht ... an Stelle von Freundschaft den Rückzug. Genauso, wie alle es immer getan hatten ... Sie war also doch eine von denen ...!

Candida verstand das mit ›denen‹ jetzt, wie nie zu Gilberts Lebzeiten. Denn jetzt wußte auch sie, wie sich das leise, drohende Geflüster der nahenden Bataillone anhörte, hatte ein- oder zweimal die erste vorsichtige Berührung ihrer eisigen Hände gespürt. Sie wußte, wie es war, sie in jedem harmlosen Telefonanruf zu vermuten, in jeder sorglosen Geste zu sehen.

Es war natürlich so gewesen, weil sie auf der Flucht war, in Angst um ihr Leben. Denn es ist Angst, die sie in Scharen zusammenbringt. Sie können sie von weither riechen, wie hungrige Geier Blut.

Welche Angst war es gewesen, die sie in flatternden, kreischenden Scharen zu Gilbert gebracht hatte, wo sie seine Urteilskraft vernichteten, ihn schließlich in Dunkelheit führten? Angst vor etwas, was er einst getan hatte? Irgend jemand, den er sich einst, vor langer, langer Zeit zum Feind gemacht hatte? Vielleicht hätte er ihr, wenn sie eine ganz andere Art von Ehefrau gewesen wäre, seine dunkle Geschichte anvertraut, oder was er noch davon erinnerte, während der stummen, tödlichen Abende. Jetzt würde es niemand mehr erfahren.

Es war nicht ihre Schuld! Es war nicht sie, die ihn in den Wahnsinn getrieben hatte; er war schon lange, bevor sie ihn kennengelernt hatte, ein weites Stück gegangen auf dem Weg, dessen schrecklichen Höhepunkt sie miterlebte. Als sie merkte, in welchem Zustand er sich befand, hatte sie getan, was sie konnte. Sie hatte ihr Bestes getan, trotz der geringen Aussicht auf Erfolg.

Natürlich hätte man von ihr nicht erwarten können, die Dinge für ihn zu tun, die eine Frau, die ihn wirklich liebte, getan hätte. Die hätte ihre warmen Arme um seinen steifen, argwöhnischen Körper gelegt, seine kalten, unpersönlichen Küsse mit warmen, spontanen erwidert, hätte gesagt: »Sei nicht so ein altes Dummerchen!« oder »Du weißt doch, daß das Unsinn ist!« als seine absonderlichen Wahnvorstellungen zuerst durchschimmerten.

Hatte er anfangs gedacht, Candida liebte ihn auf diese Weise? Träumte er, wie ein verliebter Jugendlicher, von einer echten Fleisch- und Blutbeziehung, die völlig jenseits der Möglichkeiten seiner verzerrten und erstarrten Seele lag?

Welches Recht hatte er, einen derart unmöglichen Traum zu träumen? Oder zu zerbrechen, als Candida ihn nicht verwirklichen konnte? Niemand hätte das gekonnt!

Wahrscheinlich hätte auch niemand ihm eine ganz normale Freundschaft oder auch nur seine Gesellschaft bieten können, so sehr hatten die langen Jahre der Verbitterung und des Argwohns ihn ausgehöhlt.

Also gut, keiner hätte das gekonnt. Dann hätte sie ihn nicht heiraten sollen. Jemand zu heiraten in dem klaren Wissen, daß man nichts geben kann, nichts empfangen – das war eine Niedertracht, die keine Bosheit von seiner Seite jemals gerechtfertigt hätte. An jenem Augusttag hatte sie im Standesamt von Brixton ein Verbrechen an Gilbert begangen, das viel schlimmer war als Mord – und doch war es eines, für das das Gesetz keine Strafe vorsieht. Seltsam.

Plötzlich fühlte Candida sich wieder als Milly: sorglos und voller Schwung, unempfänglich für Reue, weil sie gerade erst geboren war. Candida fühlte in ihren eigenen Knochen Millys Zähigkeit, ihren Lebenshunger, ihre hart erarbeitete Fähigkeit, sich von ihrem früheren Ich zu trennen und jeden Augenblick so zu genießen, als wäre nie vorher etwas geschehen.

Die Stimmen hatten sich geirrt. Sie hatten Plattheiten von sich gegeben, wie Stimmen das so häufig tun. »Du kannst dir selbst nicht entfliehen«, war das Thema ihrer Predigt gewesen, aber in Wahrheit kann man es. Sie hatte es getan. Sie war Milly geworden, und als Milly hatte sie sich ein völlig neues Repertoire an Kräften und Fähigkeiten erworben. Eine wichtige war ihre neugewonnene Kindlichkeit: Sie hatte den ungehinderten Eifer eines Kindes wiedergefunden, die nächste Minute, die nächste Stunde zu erkunden, als gehe es um eine Reise um die Welt. Diese neuen Fähigkeiten und Kenntnisse, von Milly so mühsam erworben, hatte jetzt Candida. Wenn sie jetzt beschloß, sich ohne Schuldgefühle und Reue darauf zu konzentrieren, aus dem Rest ihres Lebens etwas zu machen, würde ihr das nicht schwerfallen. Milly hatte sie mit den Methoden versorgt.

Und eigentlich schien es, genaugenommen, kaum eine Angelegenheit von Methoden; es schien die einfachste Sache in der Welt, das alles hinter sich zu lassen, wie Milly es getan hätte.

Vorsichtig zuerst, dann mit zunehmender Kühnheit, zwang Candida sich, den Dingen, die sie getan hatte, ins Auge zu sehen. Ohne Selbstbetrug und ohne sich selbst zu rechtfertigen dachte sie darüber nach, wie töricht und wie niederträchtig es von ihr gewesen war, Gilbert zu heiraten und ihn danach blind zu seinem Tod zu geleiten.

Noch immer empfand sie kein wirkliches Schuldgefühl. Sie hatte nur ein vages und nicht unangenehmes Gefühl der Überlegenheit gegenüber dem egozentrischen Weibchen, das sie einst gewesen war.

War dies eine besondere Art von innerem Abstand, den zweimal Geborenen eigen, ein besonderes Vorrecht, auszusteigen? Oder ist es für jemanden unter fünfzig heutzutage fast unmöglich, Schuld in dem wahren, lähmenden Sinn zu erleben, in dem unsere Großeltern sie erlebten? Heute redet man uns ein, daß wir alle von Schuldgefühlen zerfressen sind, überentwickelte Schuldgefühle als Wurzel all unserer Übel, aber stimmt das noch? Man hat uns so oft und so lange gesagt, daß niemand jemals wirklich für etwas verantwortlich zu machen ist, daß alles auf das zurückzuführen ist, was Mutter tat, oder Vater, oder die Gesellschaft. Und was Mutter tat, folgt aus dem, was ihre Mutter tat, und den damaligen gesellschaftlichen Repressionen. Ursache hinter Ursache, die hereinrollen aus dem

Unendlichen, so weit das Auge sehen oder die Vorstellung reichen kann, und nirgends einen Platz lassen, wo Schuldgefühle zur Ruhe kommen können, sich niederlassen und Wurzeln schlagen ...

»Und diese Roach war natürlich keine große Hilfe!« sagte Julian gerade – und Candida riß sich aus ihren Träumen heraus, um zuzuhören. »Offenbar hatte der alte Besen überall herumerzählt, daß du gar nicht mit Soames verheiratet wärest, daß man ›von so einer nichts Besseres erwarten könne‹ – ich glaube, so drückte sie sich aus. Und natürlich glaubte jeder ihr, warum auch nicht, in unserer Zeit?«

Warum nicht, in der Tat. In der Dunkelheit lächelte Candida vor sich hin. Welche Ironie, daß die alte Frau in ihrer vermeintlichen Gehässigkeit ihrem Opfer einen so völlig unerwarteten Dienst erwiesen hatte! Dieses Mißverständnis hatte die Suche nach Candida beträchtlich verzögert. Man hatte die bequeme Version, daß lediglich Gilberts Geliebte verschwunden war, geglaubt: niemand hatte das geringste Interesse an ihrem Aufenthaltsort bekundet. Zu dem Zeitpunkt suchten alle den verschollenen Bruder, den jeder für den nächsten Angehörigen hielt. Er war es, der die Papiere unterschreiben, für die Beerdigung bezahlen, das unglaubliche Chaos in Gilberts angesammelter Habe sichten mußte. Und erst nachdem dieser Bruder gefunden worden war und einige Tage ohne großen Erfolg in Gilberts Papieren herumgewühlt hatte, stellte sich heraus, daß Candida wirklich Mrs. Soames, wirklich mit Gilbert verheiratet gewesen war. Erst dann hatte die Suche nach ihr begonnen.

»... Ich sage es nur ungern, meine liebe Candida, aber ich bin in meinem ganzen Leben noch nie auf einen Fall gestoßen, wo jemand auf so unqualifizierte Weise zu verschwinden versucht hat! Zuerst nimmst du irgendeinen albernen falschen Namen an, und dann hast du nichts Besseres zu tun, als umgehend einen Scheck mit diesem Namen zu unterschreiben! Und so findet dieser Bruder Soames als erstes natürlich einen Brief im Briefkasten, in dem die Bank fragt, wer zum Teufel Milly Barnes ist.

Allerdings scheint er auch nicht gerade zu den schnellsten Denkern zu gehören. Er hat den Brief offenbar einfach zwischen die anderen Papiere geschoben und dann vergessen. *Ich* mußte darauf hinweisen, daß es vielleicht ganz sinnvoll wäre, herauszufinden, wer diese Milly Barnes sei. Nicht daß ich es nicht schon geahnt hätte, natürlich, wer sonst würde sich so ausgesprochen dämlich verhalten? Und außerdem hatte ich schon von Felicity Dingsda gehört, daß irgendwer dich zwei oder drei Wochen vorher an der Victoria Station herumhängen gesehen hätte, mit einem Gesicht, als hättest du jemanden ermordet oder so etwas. So habe ich mir also meinen Vers drauf gemacht...«

Natürlich. Es war ziemlich dämlich gewesen. Statistisch ist die Chance, nicht gesehen zu werden, wenn man zur Hauptverkehrszeit an einem großen Bahnhof herumhängt, wahrscheinlich ebensogroß wie wenn man unbedingt gesehen werden wollte. Und was den Scheck für Mrs. Mumford betraf – das war auch idiotisch gewesen, aber wie sonst hätte sie in jener Nacht ein Dach über den Kopf bekommen sollen?

Danach war es einfach für Julian gewesen. Victoria Station – Seacliffe – Leinster Terrace. Candida konnte sich die Ungeduld vorstellen, mit der Julian Jackos fadenscheinige Lügen beiseitegewischt hatte... den mühelosen Charme, mit dem er die nicht eben auskunftsfreudige Mrs. Mumford dahingebracht hatte, ihm alles, was sie wußte, zu erzählen, eingeschlossen die Tatsache, daß ihre neueste Untermieterin für eine Mrs. Graham arbeitete – sogar den Namen dieser Dame als Referenz angegeben hatte –, nur war Mrs. Mumford dem nie nachgegangen, weil sie nämlich von Referenzen im allgemeinen nicht viel hielt (wie liebenswürdig Julian sich wohl im Interesse seiner tieferen Beweggründe Mrs. Mumfords Meinungen angehört hatte, geduldig, interessiert, charmant bis zur letzten Sekunde). Und dann die Anrufe bei Mrs. Graham und schließlich ein persönlicher Besuch bei ihr, bei dem er ihr die Auskunft entlockte, daß ihre Putzhilfe auch für eine Mrs. Day arbeitete.

Von Mrs. Graham? Eine Auskunft? Aber Mrs. Graham hatte sich nicht einmal die Mühe gegeben, auch nur nach ihrem Namen zu fragen!

Nicht nach ihrem Namen, nein. Wohl aber nach ihren anderen Stellen. Weil das etwas war, was sie, Mrs. Graham, persönlich betraf. Die Furcht vor Abwerbung gerade durch ihre besten Freundinnen hatte Mrs. Graham nie ganz verlassen seit jenem ersten Morgen, als Mrs. Day angerufen hatte mit dem hinterhältigen Angebot, fünf Pence die Stunde mehr zu zahlen.

Von Mrs. Graham also weiter zur Wohnung von Mrs. Day... und den Rest kannte Candida.

Oder doch das meiste. Aber warum hatte er sich vor dem Hauswart als ihr Ehemann ausgegeben?

Sie fühlte, wie Julian leicht zusammenzuckte.

Was für eine Haarspalterei, protestierte er. Großer

Gott, nach fast zwanzig Ehejahren war das ein Versprecher, der jedem unterlaufen könnte.

Der Mond war jetzt untergegangen, und obwohl sie den schaumigen Rand des Wassers nicht mehr sehen konnten, machte ein leises Blubbern in den seichten Stellen zu ihren Füßen sie darauf aufmerksam, daß die Flut kam. Im Sternenlicht konnte Candida eben noch Julians mürrisch hochgezogene Schulter erkennen und wußte, daß er aus der Fassung gebracht war und sich gleich etwas einfallen lassen würde, was er ihr vorwerfen konnte.

»Du hast meinen Brief nie beantwortet«, sagte er anklagend, und einen Augenblick lang starrte Candida ihn völlig verblüfft an.

»Welchen Brief...?« begann sie, und dann wußte sie es plötzlich.

Beantworten! Jenen Brief, den sie in tausend Schnipsel zerrissen hatte... der Brief, der sie durch Tage und Nächte hindurch angetrieben hatte, immer weiter getrieben, wie eine Besessene, in Torheit, Niedertracht und Verbrechen... diesen Brief *beantworten!*

»Oh, das wollte ich ja«, erwiderte sie leichthin, die Augen auf den hastenden Wirbeln des Wassers, im Sternenlicht undeutlich zu sehen. »Ich wollte, aber weißt du, ich wollte erst sehen, wie Senf und Kresse herauskämen. Ich wollte sehen, ob man die Buchstaben L. U. M. P. lesen könnte.«

Er lachte, und sie merkte, wie überrascht er war. Plötzlich wurde ihr klar, daß sie ihm in früheren Zeiten nie eine freche Antwort gegeben hatte, wenn er sie herumkommandierte. Das war etwas Neues. Millys Erbe.

»Vermutlich war es um die Zeit, daß ich dunkel zu ahnen begann, wie unerträglich empfindlich und krankhaft eifersüchtig Cora sein konnte«, sagte Julian. »Weißt du, das Verrückte war, sie hat den verdammten Brief mehr oder weniger für mich geschrieben – wir hatten damals beide etwas zuviel getrunken, und ich weiß noch, wie wir gelacht haben, als sie das von der Tante vorschlug. Aber ich hatte den Brief kaum in den Kasten geworfen, da ging sie auf mich los wie eine Irre! Schrie mich an, daß ich sie nicht liebte, daß ich im geheimen immer noch dich liebte, sonst hätte ich dir nie einen so sinnlos, so bewußt grausamen Brief geschickt! Sie warf mir vor, ich versuchte, dich zu irgendeiner Reaktion anzustacheln, mit so auffälligen und kindischen Mitteln, wie sie mir nur einfielen, und behauptete, das beweise, daß ich immer noch an dir hinge. Und bei Gott, Candida, ich habe in der letzten Zeit viel darüber nachgedacht. Mir ist klar geworden, daß sie recht hatte! Du hast mir noch etwas bedeutet. Du bedeutest mir immer noch etwas. Candida, wenn ich geschieden bin, willst du mich heiraten?«

Die Frechheit! Die unglaubliche, schamlose Unverfrorenheit! Jetzt, da Cora ihn fallengelassen hatte, jetzt, da er nicht mehr ganz den strahlenden Erfolg zu haben schien – jetzt war Candida wieder gut genug für ihn!

Denn so mußte es gewesen sein; sie sah es jetzt deutlich. Der Forschungsauftrag in Boston mußte ein Schritt die Leiter hinunter, nicht hinauf gewesen sein … vielleicht hatte er die Toleranz der toleranten Gesellschaft überschätzt, besonders wo es um den Beruf des Mediziners geht – vielleicht hatte er bestürzt feststellen müssen, daß der Verrat an einer unschuldigen Ehefrau bei gewissen Stellen immer noch irritierend wirkt, auch heute noch.

Was es auch sein mochte, seine Selbstgefälligkeit mußte

eine Schlappe erlitten haben, und jetzt war er hier, mit angeschlagenem und verletztem Ego war er zurück zu Candida gehumpelt gekommen. Und ohne ein einziges Wort der Entschuldigung oder der Reue!

Wie oft hatte sie sich genau diese Szene vorgestellt, während der langen Nächte und einsamen, haltlosen Tage in der leeren Wohnung in Kensington. Julian wie durch ein Wunder wieder zurück... Julian, wie er sie um Vergebung bat... Julian, wie er sie anflehte, ihn noch einmal zu heiraten... ihm eine zweite Chance zu geben!

Die Szene hatte unterschiedlich geendet. Manchmal war sie ihm nach einem herrlichen Auftritt voller Reue und Vergebung in die Arme gefallen, manchmal hatte sie ihn stolz und hochmütig abgewiesen und mit eiskalter Verachtung zugesehen, wie seine überheblichen Züge außer Kontrolle gerieten...

Mit der Flut hatte sich draußen im Dunkeln ein leichter Wind erhoben. Candida hörte, wie die winzigen Wellen ruhelos gegen den Fuß des Wellenbrechers schlugen, sich auflockerten für ihren Weg hinauf zum dunklen Sand. Vor der sternklaren Finsternis konnte sie Julians dunklen Umriß sehen, doch nicht sein Gesicht. Nach zwanzig Jahren brauchte sie sein Gesicht nicht zu sehen: der Haltung seiner Schultern, der Neigung seines nur halb zu erkennenden Kinns konnte sie den Ausdruck selbstzufriedener Erwartung, den es trug, deutlich ablesen: der selbstgefällige Ausdruck eines Mannes, der sich seines Sieges sicher ist.

Julian, mein Junge, du bist auf dem Holzweg. Dies ist nicht die Candida, an die du dich erinnerst, voller Demut und Nachgiebigkeit. In dieser Candida steckt auch Milly, eine Frau, von der du nichts weißt!

»Willst du mich heiraten?« wiederholte er, immer noch voller Selbstbewußtsein in Stimme und Haltung.

Die Eitelkeit des Mannes! Die unerträgliche, unglaubliche Selbstgefälligkeit! Die ungeheure, unausstehliche Arroganz!

»Ja«, sagte sie.

Ihre Freundinnen waren zweifellos alles andere als aufrichtig bei ihren Glückwünschen. »Einige lernen nie dazu!« sagten sie mit schiefem Gesicht zueinander und schüttelten den Kopf.

Aber Candida hatte natürlich dazugelernt. Nur war, wie so oft, die Lehre aus ihren Erfahrungen eine ganz andere als die, die den Betrachtern so offensichtlich erschien.

Celia Fremlin im Diogenes Verlag

Die Stunden vor Morgengrauen

Roman. Aus dem Englischen von Isabella Nadolny
detebe 21515

Nacht um Nacht schreit das Baby, ohne ersichtlichen Grund. Schlaflose Nächte lang beobachtet Louise ihr Baby und hofft auf Ruhe – für sich, ihre Familie und die neue Untermieterin, Miss Brandon. Aber aus ihrem halbwachen Dämmerzustand gibt es kein Entrinnen, sie gleitet hinüber in einen langen, quälenden Alptraum.

»Celia Fremlin erzählt so spannend, daß man unter Garantie eine wohlige Gänsehaut bekommt.«
Freundin, München

Wer hat Angst vorm schwarzen Mann?

Roman. Deutsch von Otto Bayer
detebe 21302

»Kein Anblick konnte dieser Tage mehr Schrecken einflößen als der eines gutgekleideten Mannes mit Notizbuch in der Hand beim Betrachten eines Grundstücks.« So beginnt ein psychologisch ebenso hinterhältiger wie spannender Roman rund um eine ganz gewöhnliche Familie auf dem Land: eine mißtrauische, etwas schwerhörige Großmutter, ihre zu Höherem berufene Tochter Claudia und das Enkelkind Helen.

Klimax

oder Außerordentliches Beispiel von Mutterliebe
Roman. Deutsch von Dietrich Stössel. detebe 20916

Stellen Sie sich eine ganz normale Familie aus Ihrer Nachbarschaft vor: nette, ruhige Leute, der Mann in guter Position, manchmal etwas mürrisch, aber man weiß ja, was im Beruf verlangt wird, die Frau reizend, spontan, hilfsbereit, die ihre zwei Töchter geradezu vergöttert, vielleicht etwas übertrieben. Eines Tages verlobt sich die älteste mit einem tüchtigen Buchhalter – und langsam zieht ein ganz gewöhnliches Grauen ein...

»Der Engländerin Celia Fremlin könnte es gelingen, der verehrten Spannungsautorin Margaret Millar den Rang abzulaufen.« *Wochenpresse, Wien*

Onkel Paul

Roman. Deutsch von Isabella Nadolny
Leinen

»Mit *Onkel Paul* übertrifft Celia Fremlin sogar ihren ersten Roman *Die Stunden vor Morgengrauen*. Ihre unheimliche Fähigkeit, die Kleinigkeiten des häuslichen Einerleis, die Langeweile und Enge des Familienalltags mit Merkwürdigem, Makabrem und Katastrophalem zu verbinden, macht ihre Geschichten einmalig.« *Times Literary Supplement, London*

...diesmal die Katastrophe um die drei Schwestern Mildred, Meg und Isabel – und natürlich Onkel Paul.

Die Spinnen-Orchidee

Roman. Deutsch von Isabella Nadolny
detebe 21727

Etwas muß geschehen, wenn eine aufregende Affäre plötzlich zur häuslichen Zweierkiste wird... Mit Entsetzen stellt Adrian fest, daß es vorbei ist mit seiner kostbaren Privatsphäre, als seine ›Frau für schöne Stunden‹, Rita, plötzlich bei ihm einzieht. Mit ihr hält auch der Haß Einzug: Adrian beginnt Rita zu hassen, Rita haßt dafür Amelia, Adrians 14jährige Tochter, die seine ungeteilte Liebe genießt, und Amelia – liebt ihren Lehrer. Als Rita eines Tages das Tagebuch des Mädchens, voller erotischer Tagträumereien, findet, sieht sie ihre Chance. Denn etwas muß geschehen – etwas wie Mord zum Beispiel...

»Celia Fremlin säße schon längst im Gefängnis, würde sie nicht schreiben.« *Emma, Köln*

Rendezvous mit Gestern

Roman. Deutsch von Karin Polz
detebe 21603

Milly macht sauber bei Leuten in Seacliffe. Diskret und gründlich räumt sie täglich die Reste von Mrs. Days wilden Nächten auf, versorgt Mrs. Grahams Baby mit ungeliebten Vitaminen, verleiht dem Haushalt von Mrs. Lane einen Hauch vom ehemaligen großbürgerlichen Glanz. Allabendlich kehrt sie müde und allein in ihre billige Pension zurück. Bei ihr ist nur die Erinnerung an ein ganz anderes Leben, an die Hölle vor dem Tod, die Ehe hieß. Doch vor der Hölle flieht man nicht so leicht...

»Eine Psycho-Krimi-Gruselstory von einer Spezialistin für die Abgründe im ganz alltäglichen Hausfrauendasein.« *Frankfurter Rundschau*

Dolly Dolittle's Crime Club im Diogenes Verlag

Band 1
Schreckliche Geschichten von Joan Aiken, Patricia Highsmith, Margaret Millar, Celia Fremlin, Robert Bloch, Ross Macdonald, Cornell Woolrich, Edward D. Hoch und anderen
detebe 20277

Band 2
Schreckliche Geschichten von Patricia Highsmith, Henry Slesar, Eric Ambler, F. Scott Fitzgerald, W. Somerset Maugham, Fletcher Flora, Ed Dumonte und anderen
detebe 20278

Band 3
Schreckliche Geschichten von Jack Ritchie, Victor Canning, Robert Graves, Francis Clifford, John Wyndham, Julian Symons und anderen
detebe 20279

Band 4
Schreckliche Geschichten von Helen Nielsen, Joan Aiken, Ray Bradbury, Joan Fleming, Richard Matheson, Celia Fremlin, David Ely, Jane Speed und anderen
detebe 20664

Band 5
Schreckliche Geschichten von Jack Ritchie, Patricia Highsmith, Joan Aiken und anderen
detebe 21564

Band 6
Schreckliche Geschichten von Clark Howard, Cornell Woolrich, E.W. Heine, Celia Fremlin, Charlotte Armstrong, Patricia Highsmith, Jack Ritchie und anderen
detebe 21701

Band 7
Schreckliche Geschichten von Patricia Highsmith, Celia Fremlin, Joan Aiken, Henry Slesar, Ray Bradbury, Fanny Morweiser, Dick Francis, Robert Bloch, Donald E. Westlake und anderen
detebe 21828

Literarische Thriller im Diogenes Verlag

● Margery Allingham
Die Handschuhe des Franzosen. Kriminalgeschichten. Aus dem Englischen von Peter Naujack. Zeichnungen von Georges Eckert detebe 20929
Trau keiner Lady. Roman. Deutsch von Gerd van Bebber. detebe 21567
Gefährliches Landleben. Roman. Deutsch von Brigitte Mentz. detebe 21568
Süße Gefahr. Roman. Deutsch von Peter Fischer. detebe 21569
Judaslohn. Roman. Deutsch von Edith Walter. detebe 21570
Wenn Geister sterben. Roman. Deutsch von Brigitte Mentz. detebe 21616
Überstunden für den Totengräber. Roman Deutsch von Theda Krohm-Linke detebe 21630
Tänzer in Trauer. Roman. Deutsch von Irene Holicki. detebe 21691
Polizei am Grab. Roman. Deutsch von F.A. Hofschuster. detebe 21744
Blumen für den Richter. Roman. Deutsch von Marie Rieger. detebe 21821

● Eric Ambler
Die Maske des Dimitrios. Roman. Aus dem Englischen von Mary Brand und Walter Hertenstein. detebe 20137
Der Fall Deltschev. Roman. Deutsch von Mary Brand und Walter Hertenstein detebe 20178
Eine Art von Zorn. Roman. Deutsch von Susanne Feigl und Walter Hertenstein detebe 20179
Schirmers Erbschaft. Roman. Deutsch von Harry Reuß-Löwenstein, Th. A. Knust und Rudolf Barmettler. detebe 20180
Die Angst reist mit. Roman. Deutsch von Walter Hertenstein. detebe 20181
Der Levantiner. Roman. Deutsch von Tom Knoth. detebe 20223
Waffenschmuggel. Roman. Deutsch von Tom Knoth. detebe 20364
Topkapi. Roman. Deutsch von Elsbeth Herlin. detebe 20536
Schmutzige Geschichte. Roman. Deutsch von Günter Eichel. detebe 20537
Das Intercom-Komplott. Roman. Deutsch von Dietrich Stössel. detebe 20538
Besuch bei Nacht. Roman. Deutsch von Wulf Teichmann. detebe 20539
Der dunkle Grenzbezirk. Roman. Deutsch von Walter Hertenstein und Ute Haffmans. detebe 20602
Ungewöhnliche Gefahr. Roman. Deutsch von Walter Hertenstein und Werner Morlang detebe 20603
Anlaß zur Unruhe. Roman. Deutsch von Franz Cavigelli. detebe 20604
Nachruf auf einen Spion. Roman. Deutsch von Peter Fischer. detebe 20605
Doktor Frigo. Roman. Deutsch von Tom Knoth. detebe 20606
Bitte keine Rosen mehr. Roman. Deutsch von Tom Knoth. detebe 20887
Mit der Zeit. Roman. Deutsch von Hans Hermann. detebe 21054
Die Begabung zu töten. Deutsch von Matthias Fienbork. detebe 21631

● Gavin Black
Ein Drachen zum Fest. Roman. Aus dem Englischen von Matthias Fienbork. detebe 21560
Flucht aus Java. Deutsch von Matthias Fienbork. detebe 21667
Überraschung in Singapur. Roman. Deutsch von Matthias Fienbork. detebe 21822

● Peter Bradatsch
Waschen, Schneiden, Umlegen. Ein Dutzend Kriminalgeschichten. detebe 21272

● John Buchan
Die neununddreißig Stufen. Roman. Aus dem Englischen von Marta Hackel. Mit Zeichnungen von Edward Gorey detebe 20210
Grünmantel. Roman. Deutsch von Marta Hackel. Mit Zeichnungen von Topor detebe 20771
Mr. Standfast oder Im Westen was Neues Roman. Deutsch von Marta Hackel. Mit Zeichnungen von Topor. detebe 20772
Die drei Geiseln. Roman. Deutsch von Marta Hackel. Mit Zeichnungen von Tatjana Hauptmann. detebe 20773
Basilissa. Roman. Deutsch von Otto Bayer detebe 21249

● W. R. Burnett
Little Caesar. Roman. Aus dem Amerikanischen von Georg Kahn-Ackermann detebe 21061
High Sierra. Roman. Deutsch von Armgard Seegers und Hellmuth Karasek. detebe 21208

Asphalt-Dschungel. Roman. Deutsch von Walle Bengs. detebe 21417

● Anton Čechov

Das Drama auf der Jagd. Eine wahre Begebenheit. Aus dem Russischen von Peter Urban detebe 21379

● Raymond Chandler

Die besten Detektivstories. Neu aus dem Amerikanischen übersetzt von Hans Wollschläger. Diogenes Evergreens
Der große Schlaf. Roman. Neu übersetzt von Gunar Ortlepp. detebe 20132
Die kleine Schwester. Roman. Neu übersetzt von W. E. Richartz. detebe 20206
Das hohe Fenster. Roman. Neu übersetzt von Urs Widmer. detebe 20208
Der lange Abschied. Roman. Neu übersetzt von Hans Wollschläger. detebe 20207
Die simple Kunst des Mordes. Briefe, Essays, Fragmente. Herausgegeben von Dorothy Gardiner und Kathrine Sorley Walker. Neu übersetzt von Hans Wollschläger detebe 20209
Die Tote im See. Roman. Neu übersetzt von Hellmuth Karasek. detebe 20311
Lebwohl, mein Liebling. Roman. Neu übersetzt von Wulf Teichmann. detebe 20312
Playback. Roman. Neu übersetzt von Wulf Teichmann. detebe 20313
Mord im Regen. Frühe Stories. Vorwort von Prof. Philip Durham. Neu übersetzt von Hans Wollschläger. detebe 20314
Erpresser schießen nicht. Detektivstories I. Neu übersetzt von Hans Wollschläger detebe 20751
Der König in Gelb. Detektivstories II. Neu übersetzt von Hans Wollschläger detebe 20752
Gefahr ist mein Geschäft. Detektivstories III. Neu übersetzt von Hans Wollschläger detebe 20753
Englischer Sommer. Geschichten, Parodien, Aufsätze. Mit einer Erinnerung von John Houseman, einem Vorwort von Patricia Highsmith und Zeichnungen von Edward Gorey. Diverse Übersetzer. detebe 20754

● Agatha Christie

Die besten Geschichten von Agatha Christie Aus dem Englischen von Maria Meinert, Marfa Berger und Ingrid Jacob Diogenes Evergreens
Villa Nachtigall. Geschichten. Deutsch von Peter Naujack und Günter Eichel detebe 20825
Der Fall der enttäuschten Hausfrau Geschichten. Deutsch von Günter Eichel detebe 20826

● Friedrich Dürrenmatt

Das Versprechen / Aufenthalt in einer kleinen Stadt. Erzählungen. detebe 20852
Der Richter und sein Henker. Kriminalroman. Mit einer biographischen Skizze des Autors detebe 21435
Der Verdacht. Kriminalroman. Mit einer biographischen Skizze des Autors. detebe 21436
Justiz. Roman. detebe 21540

● William Faulkner

Die Spitzbuben. Roman. Aus dem Amerikanischen von Elisabeth Schnack. detebe 20989
Der Springer greift an. Kriminalgeschichten. Deutsch von Elisabeth Schnack. detebe 20152
Die Freistatt. Roman. Deutsch von Hans Wollschläger, Vorwort von André Malraux detebe 20802

● Celia Fremlin

Onkel Paul. Roman. Aus dem Englischen von Isabella Nadolny. Leinen
Klimax. Roman. Deutsch von Dietrich Stössel. detebe 20916
Wer hat Angst vorm schwarzen Mann? Roman. Deutsch von Otto Bayer detebe 21302
Die Stunden vor Morgengrauen Roman. Deutsch von Isabella Nadolny detebe 21515
Rendezvous mit Gestern. Roman. Deutsch von Karin Polz. detebe 21603
Die Spinnen-Orchidee. Roman. Deutsch von Isabella Nadolny. detebe 21727

● Der goldene Gelbe 87

Sonderausgabe. Enthält folgende Romane: Dashiell Hammett, Der dünne Mann/Margaret Millar, Liebe Mutter, es geht mir gut/Ross Macdonald, Unter Wasser stirbt man nicht detebe 21524

● Der Goldene Gelbe 88

Einmalige Sonderausgabe. Enthält folgende Romane von Georges Simenon: Maigret amüsiert sich / Mein Freund Maigret / Maigret und die junge Tote. detebe 21597

● Robert van Gulik

Mord im Labyrinth. Roman. Deutsch von Roland Schacht. detebe 21381
Tod im Roten Pavillon. Roman. Deutsch von Gretel und Kurt Kuhn. detebe 21383
Wunder in Pu-yang? Roman. Deutsch von Roland Schacht. detebe 21382

Halskette und Kalebasse. Roman. Deutsch von Klaus Schomburg. detebe 21519
Geisterspuk in Peng-lai. Roman. Deutsch von Irma Silzer. detebe 21622
Mord in Kanton. Roman. Deutsch von Klaus Schomburg. detebe 21623
Der Affe und der Tiger. Roman. Deutsch von Klaus Schomburg. detebe 21624
Poeten und Mörder. Roman. Deutsch von Ulrike Wasel und Klaus Timmermann detebe 21666
Die Perle des Kaisers. Roman. Deutsch von Hans Stumpfeldt. detebe 21766
Mord nach Muster. Roman. Deutsch von Otto P. Wilck. detebe 21767
Das Phantom im Tempel. Roman. Deutsch von Klaus Schomburg. detebe 21768

● Henry Rider Haggard

Sie. Abenteuerroman. Aus dem Englischen von Helmut Degner. detebe 20236
König Salomons Schatzkammer. Roman. Deutsch von V. H. Schmied. detebe 20920

● Dashiell Hammett

Der Malteser Falke. Roman. Neu aus dem Amerikanischen übersetzt von Peter Naujack detebe 20131
Rote Ernte. Roman. Neu übersetzt von Gunar Ortlepp. detebe 20292
Der Fluch des Hauses Dain. Roman. Neu übersetzt von Wulf Teichmann detebe 20293
Der gläserne Schlüssel. Roman. Neu übersetzt von Hans Wollschläger. detebe 20294
Der dünne Mann. Roman. Neu übersetzt von Tom Knoth. detebe 20295
Fliegenpapier. 5 Stories. Deutsch von Harry Rowohlt, Helmut Kossodo, Helmut Degner, Peter Naujack und Elizabeth Gilbert. Vorwort von Lillian Hellman. detebe 20911
Fracht für China. 3 Stories. Deutsch von Elizabeth Gilbert, Antje Friedrichs und Walter E. Richartz. detebe 20912
Das große Umlegen. 3 Stories. Deutsch von Walter E. Richartz, Hellmuth Karasek und Wulf Teichmann. detebe 20913
Das Haus in der Turk Street. 3 Stories. Deutsch von Wulf Teichmann detebe 20914
Das Dingsbums Küken. 3 Stories. Deutsch von Wulf Teichmann. Nachwort von Steven Marcus. detebe 20915

● E.W. Heine

Kille Kille. Makabre Geschichten detebe 21053
Hackepeter. Neue Kille Kille Geschichten detebe 21219
Wer ermordete Mozart? Wer enthauptete Haydn? Mordgeschichten für Musikfreunde detebe 21437
Wie starb Wagner? Was geschah mit Glenn Miller? Neue Geschichten für Musikfreunde detebe 21514
Kuck Kuck. Noch mehr Kille Kille Geschichten. detebe 21692

● Patricia Highsmith

Geschichten von natürlichen und unnatürlichen Katastrophen. Aus dem Amerikanischen von Otto Bayer. Leinen
Der Stümper. Roman. Deutsch von Barbara Bortfeldt. detebe 20136
Zwei Fremde im Zug. Roman. Deutsch von Anne Uhde. detebe 20173
Der Geschichtenerzähler. Roman. Deutsch von Anne Uhde. detebe 20174
Der süße Wahn. Roman. Deutsch von Christian Spiel. detebe 20175
Die zwei Gesichter des Januars. Roman Deutsch von Anne Uhde. detebe 20176
Der Schrei der Eule. Roman. Deutsch von Gisela Stege. detebe 20341
Tiefe Wasser. Roman. Deutsch von Eva Gärtner und Anne Uhde. detebe 20342
Die gläserne Zelle. Roman. Deutsch von Gisela Stege und Anne Uhde. detebe 20343
Das Zittern des Fälschers. Roman. Deutsch von Anne Uhde. detebe 20344
Lösegeld für einen Hund. Roman. Deutsch von Anne Uhde. detebe 20345
Der talentierte Mr. Ripley. Roman. Deutsch von Barbara Bortfeldt. detebe 20481
Ripley Under Ground. Roman. Deutsch von Anne Uhde. detebe 20482
Ripley's Game. Roman. Deutsch von Anne Uhde. detebe 20346
Der Schneckenforscher. Vorwort von Graham Greene. Deutsch von Anne Uhde detebe 20347
Ein Spiel für die Lebenden. Roman. Deutsch von Anne Uhde. detebe 20348
Kleine Geschichten für Weiberfeinde Deutsch von W. E. Richartz. Mit Zeichnungen von Roland Topor. detebe 20349
Kleine Mordgeschichten für Tierfreunde. Deutsch von Anne Uhde. detebe 20483
Venedig kann sehr kalt sein. Roman Deutsch von Anne Uhde. detebe 20484
Ediths Tagebuch. Roman. Deutsch von Anne Uhde. detebe 20485
Der Junge, der Ripley folgte. Roman Deutsch von Anne Uhde. detebe 20649

Leise, leise im Wind. Erzählungen. Deutsch von Anne Uhde. detebe 21012
Keiner von uns. Erzählungen. Deutsch von Anne Uhde. detebe 21179
Leute, die an die Tür klopfen. Roman. Deutsch von Anne Uhde. detebe 21349
Nixen auf dem Golfplatz. Erzählungen Deutsch von Anne Uhde. detebe 21517
Elsie's Lebenslust. Roman. Deutsch von Otto Bayer. detebe 21660
Meistererzählungen. Ausgewählt von Patricia Highsmith. Deutsch von Anne Uhde, Walter E. Richartz und Wulf Teichmann. detebe 21723

● Shirley Jackson
Wir haben schon immer im Schloß gelebt Roman. Aus dem Amerikanischen von Anna Leube und Anette Grube. Leinen

● Hans Werner Kettenbach
Minnie oder Ein Fall von Geringfügigkeit Roman. detebe 21218

● Maurice Leblanc
Arsène Lupin – Der Gentleman-Gauner Roman. Deutsch von Erika Gebühr detebe 20127
Die hohle Nadel oder Die Konkurrenten des Arsène Lupin. Deutsch von Erika Gebühr detebe 20239
813 – Das Doppelleben des Arsène Lupin Roman. Deutsch von Erika Gebühr detebe 20931
Der Kristallstöpsel oder Die Mißgeschicke des Arsène Lupin. Roman. Deutsch von Erika Gebühr. detebe 20932
Die Gräfin von Cagliostro oder Die Jugend des Arsène Lupin. Roman. Deutsch von Erika Gebühr. detebe 20933
Arsène Lupin kontra Herlock Sholmes Roman. Deutsch von Erika Gebühr detebe 21026
Die Insel der 30 Särge. Roman. Deutsch von Lothar Schmidt und Ulrike Simon detebe 21198
Die Uhr schlägt achtmal. Roman. Deutsch von Erika Gebühr. detebe 21254

● Gaston Leroux
Das Geheimnis des gelben Zimmers. Roman. Aus dem Französischen von Klaus Walther detebe 20924

● Marie Belloc Lowndes
Jack the Ripper oder der Untermieter Roman. Aus dem Englischen von Wulf Teichmann. detebe 20130

● Ross Macdonald
Dornröschen war ein schönes Kind. Roman. Aus dem Amerikanischen von Wulf Teichmann. detebe 20227
Unter Wasser stirbt man nicht. Roman Deutsch von Hubert Deymann. detebe 20322
Ein Grinsen aus Elfenbein. Roman. Deutsch von Charlotte Hamberger. detebe 20323
Die Küste der Barbaren. Roman. Deutsch von Marianne Lipcowitz. detebe 20324
Der Fall Galton. Roman. Deutsch von Egon Lothar Wensk. detebe 20325
Gänsehaut. Roman. Deutsch von Gretel Friedmann. detebe 20326
Der blaue Hammer. Roman. Deutsch von Peter Naujack. detebe 20541
Durchgebrannt. Roman. Deutsch von Helmut Degner. detebe 20868
Geld kostet zuviel. Roman. Deutsch von Günter Eichel. detebe 20869
Die Kehrseite des Dollars. Roman. Deutsch von Günter Eichel. detebe 20877
Der Untergrundmann. Roman. Deutsch von Hubert Deymann. detebe 20877
Der Drahtzieher. Sämtliche Detektivstories um Lew Archer I. Mit einem Vorwort des Autors. Deutsch von Hubert Deymann und Peter Naujack. detebe 21018
Einer lügt immer. Sämtliche Detektivstories um Lew Archer II. Deutsch von Hubert Deymann und Peter Naujack. detebe 21019
Sanftes Unheil. Roman. Deutsch von Monika Schoenenberger. detebe 21178
Blue City. Roman. Deutsch von Christina Sieg-Welti und Christa Hotz. detebe 21317
Der Mörder im Spiegel. Roman. Deutsch von Dietlind Bindheim. detebe 21303

● Ian McEwan
Der Trost von Fremden. Roman. Aus dem Englischen von Michael Walter. detebe 21266

● Margaret Millar
Gesetze sind wie Spinnennetze. Aus dem Amerikanischen von Barbara Rojahn-Deyk und Jobst-Christian Rojahn. Leinen
Liebe Mutter, es geht mir gut . . . Roman Deutsch von Elizabeth Gilbert. detebe 20226
Die Feindin. Roman. Deutsch von Elizabeth Gilbert. detebe 20276
Fragt morgen nach mir. Roman. Deutsch von Anne Uhde. detebe 20542
Ein Fremder liegt in meinem Grab. Roman. Deutsch von Elizabeth Gilbert. detebe 20646
Die Süßholzraspler. Roman. Deutsch von Georg Kahn-Ackermann und Susanne Feigl detebe 20926

Von hier an wird's gefährlich. Roman Deutsch von Fritz Güttinger. detebe 20927
Der Mord von Miranda. Roman. Deutsch von Hans Hermann. detebe 21028
Das eiserne Tor. Roman. Deutsch von Karin Reese und Michel Bodmer. detebe 21063
Fast wie ein Engel. Roman. Deutsch von Luise Däbritz. detebe 21190
Die lauschenden Wände. Roman. Deutsch von Karin Polz. detebe 21421
Nymphen gehören ins Meer! Roman Deutsch von Otto Bayer. detebe 21516
Kannibalen-Herz. Roman Deutsch von Michael K. Georgi. detebe 21685
Blinde Augen sehen mehr. Roman. Deutsch von Renate Orth-Guttmann. detebe 21827
Banshee die Todesfee. Roman. Deutsch von Renate Orth-Guttmann detebe 21836

● Patrick Quentin

Bächleins Rauschen tönt so bang. Kriminalgeschichten. Deutsch von Günter Eichel detebe 20195
Familienschande. Roman. Deutsch von Helmut Degner. detebe 20917
Puzzle für Spinner. Roman. Deutsch von Alfred Dunkel. detebe 21690

● Jack Ritchie

Der Mitternachtswürger. Geschichten. Aus dem Amerikanischen von Alfred Probst detebe 21293
Für alle ungezogenen Leute. Detektiv-Geschichten. Deutsch von Dorothee Asendorf detebe 21384
Gedächtnis ade. Kriminalgeschichten. Deutsch von Elfriede Riegler und Dorothee Asendorf. detebe 21565

● Georges Simenon

Brief an meinen Richter. Roman. Aus dem Französischen von Hansjürgen Wille und Barbara Klau. detebe 20371
Der Schnee war schmutzig. Roman. Deutsch von Willi A. Koch. detebe 20372
Die grünen Fensterläden. Roman. Deutsch von Alfred Günther. detebe 20373
Im Falle eines Unfalls. Roman. Deutsch von Hansjürgen Wille und Barbara Klau detebe 20374
Sonntag. Roman. Deutsch von Hansjürgen Wille und Barbara Klau. detebe 20375
Bellas Tod. Roman. Deutsch von Elisabeth Serelmann-Küchler. detebe 20376
Der Mann mit dem kleinen Hund. Roman. Deutsch von Stefanie Weiss. detebe 20377
Drei Zimmer in Manhattan. Roman. Deutsch von Linde Birk. detebe 20378
Die Großmutter. Roman. Deutsch von Linde Birk. detebe 20379
Der kleine Mann von Archangelsk. Roman. Deutsch von Alfred Kuoni. detebe 20584
Der große Bob. Roman. Deutsch von Linde Birk. detebe 20585
Die Wahrheit über Bébé Donge. Roman Deutsch von Renate Nickel. detebe 20586
Tropenkoller. Roman. Deutsch von Annerose Melter. detebe 20673
Ankunft Allerheiligen. Roman. Deutsch von Eugen Helmlé. detebe 20674
Der Präsident. Roman. Deutsch von Renate Nickel. detebe 20675
Der kleine Heilige. Roman. Deutsch von Trude Fein. detebe 20676
Der Outlaw. Roman. Deutsch von Liselotte Julius. detebe 20677
Der Verdächtige. Roman. Deutsch von Eugen Helmlé. detebe 20679
Die Verlobung des Monsieur Hire. Roman Deutsch von Linde Birk. detebe 20681
Der Mörder. Roman. Deutsch von Lothar Baier. detebe 20682
Die Zeugen. Roman. Deutsch von Anneliese Botond. detebe 20683
Die Komplizen. Roman. Deutsch von Stefanie Weiss. detebe 20684
Die Unbekannten im eigenen Haus. Roman. Deutsch von Gerda Scheffel. detebe 20685
Der Ausbrecher. Roman. Deutsch von Erika Tophoven. detebe 20686
Wellenschlag. Roman. Deutsch von Eugen Helmlé. detebe 20687
Der Mann aus London. Roman. Deutsch von Stefanie Weiss. detebe 20813
Die Überlebenden der Télémaque. Roman. Deutsch von Hainer Kober. detebe 20814
Der Mann, der den Zügen nachsah. Roman. Deutsch von Walter Schürenberg detebe 20815
Zum Weißen Roß. Roman. Deutsch von Trude Fein. detebe 20986
Der Tod des Auguste Mature. Roman Deutsch von Anneliese Boton. detebe 20987
Die Fantome des Hutmachers. Roman Deutsch von Eugen Helmlé. detebe 21001
Die Witwe Couderc. Roman. Deutsch von Hanns Grössel. detebe 21002
Schlußlichter. Roman. Deutsch von Stefanie Weiss. detebe 21010
Die schwarze Kugel. Roman. Deutsch von Renate Nickel. detebe 21011
Die Brüder Rico. Roman. Deutsch von Angela von Hagen. detebe 21020

Antoine und Julie. Roman. Deutsch von Eugen Helmlé. detebe 21047
Betty. Roman. Deutsch von Raymond Regh detebe 21057
Der Neger. Roman. Deutsch von Linde Birk detebe 21118
Die Tür. Roman. Deutsch von Linde Birk detebe 21114
Das blaue Zimmer. Roman. Deutsch von Angela von Hagen. detebe 21121
Der Bürgermeister von Furnes. Roman Deutsch von Hans Grössel. detebe 21209
Es gibt noch Haselnußsträucher. Roman Deutsch von Angela von Hagen detebe 21192
Die Glocken von Bicêtre. Roman. Neu übersetzt von Angela von Hagen. detebe 20678
Das Testament Donadieu. Roman Deutsch von Eugen Helmlé. detebe 21256
Der Untermieter. Roman. Deutsch von Ralph Eue. detebe 21255
Emil und sein Schiff. Erzählungen. Deutsch von Angela von Hagen. detebe 21318
Exotische Novellen. Deutsch von Annerose Melter. detebe 21285
Die schwanzlosen Schweinchen. Erzählungen Deutsch von Linde Birk. detebe 21284
Die Leute gegenüber. Roman. Deutsch von Hans-Joachim Hartstein. detebe 21273
Weder ein noch aus. Roman. Deutsch von Elfriede Riegler. detebe 21304
Auf großer Fahrt. Roman. Deutsch von Angela von Hagen. detebe 21327
Der Bericht des Polizisten. Roman. Deutsch von Markus Jakob. detebe 21328
Die Zeit mit Anaïs. Roman. Deutsch von Ursula Vogel detebe 21329
Die Katze. Roman. Deutsch von Angela von Hagen. detebe 21378
Der Passagier der Polarlys. Roman. Deutsch von Stephanie Weiss. detebe 21377
Die Schwarze von Panama. Roman. Deutsch von Ursula Vogel. detebe 21424
Das Gasthaus im Elsaß. Roman. Deutsch von Angela von Hagen. detebe 21425
Das Haus am Kanal. Roman. Deutsch von Ursula Vogel. detebe 21426
Der Zug. Roman. Deutsch von Trude Fein detebe 21480
Striptease. Roman. Deutsch von Angela von Hagen. detebe 21481
45° im Schatten. Roman. Deutsch von Angela von Hagen. detebe 21482
Die Eisentreppe. Roman. Deutsch von Angela von Hagen. detebe 21557
Das Fenster der Rouets. Roman. Deutsch von Stefanie Weiss. detebe 21558
Die bösen Schwestern von Concarneau Roman. Deutsch von Ingrid Altrichter detebe 21559
Der Sohn Cardinaud. Roman. Deutsch von Linde Birk. detebe 21598
Der Zug aus Venedig. Roman. Deutsch von Liselotte Julius. detebe 21617
Meistererzählungen. Deutsch von Wolfram Schäfer u.a. detebe 21620
Weißer Mann mit Brille. Roman. Deutsch von Ursula Vogel. detebe 21635
Der Bananentourist. Deutsch von Barbara Heller. detebe 21679
Monsieur La Souris. Roman. Deutsch von Renate Heimbucher-Bengs. detebe 21681
Der Teddybär. Roman. Deutsch von Ingrid Altrichter. detebe 21682
Die Marie vom Hafen. Roman. Deutsch von Ursula Vogel. detebe 21683
Der reiche Mann. Roman. Deutsch von Stefanie Weiss. detebe 21753
»... die da dürstet«. Roman. Deutsch von Irène Kuhn. detebe 21773
Vor Gericht. Roman. Deutsch von Linde Birk. detebe 21786
Der Umzug. Roman. Deutsch von Barbara Heller. detebe 21797
Der fremde Vetter. Roman. Deutsch von Stefanie Weiss. detebe 21798
Das Begräbnis des Monsieur Bouvet. Roman Deutsch von H.J. Solbrig. detebe 21799
Die schielende Marie. Roman. Deutsch von Eugen Helmlé. detebe 21800
Weihnachten mit Maigret. Zwei Romane und eine Erzählung. Leinen
Maigrets erste Untersuchung. Roman. Deutsch von Roswitha Plancherel. detebe 20501
Maigret und Pietr der Lette. Roman. Deutsch von Wolfram Schäfer. detebe 20502
Maigret und die alte Dame. Roman. Deutsch von Renate Nickel. detebe 20503
Maigret und der Mann auf der Bank Roman. Deutsch von Annerose Melter detebe 20504
Maigret und der Minister. Roman. Deutsch von Annerose Melter. detebe 20505
Mein Freund Maigret. Roman. Deutsch von Annerose Melter. detebe 20506
Maigrets Memoiren. Roman. Deutsch von Roswitha Plancherel. detebe 20507
Maigret und die junge Tote. Roman. Deutsch von Raymond Regh. detebe 20508
Maigret amüsiert sich. Roman. Deutsch von Renate Nickel. detebe 20509
Hier irrt Maigret. Roman. Deutsch von Renate Nickel. detebe 20690
Maigret und der gelbe Hund. Roman Deutsch von Raymond Regh. detebe 20691

Maigret vor dem Schwurgericht. Roman
Deutsch von Wolfram Schäfer. detebe 20692
Maigret als möblierter Herr. Roman
Deutsch von Wolfram Schäfer. detebe 20693
Madame Maigrets Freundin. Roman
Deutsch von Roswitha Plancherel
detebe 20713
Maigret kämpft um den Kopf eines Mannes
Roman. Deutsch von Roswitha Plancherel
detebe 20714
Maigret und die kopflose Leiche. Roman
Deutsch von Wolfram Schäfer. detebe 20715
Maigret und die widerspenstigen Zeugen
Roman. Deutsch von Wolfram Schäfer
detebe 20716
Maigret am Treffen der Neufundlandfahrer
Roman. Deutsch von Annerose Melter
detebe 20717
Maigret bei den Flamen. Roman. Deutsch von Claus Sprick. detebe 20718
Maigret und die Bohnenstange. Roman
Deutsch von Guy Montag. detebe 20808
Maigret und das Verbrechen in Holland
Roman. Deutsch von Renate Nickel
detebe 20809
Maigret und sein Toter. Roman. Deutsch von Elfriede Riegler. detebe 20810
Maigret beim Coroner. Roman. Deutsch von Wolfram Schäfer. detebe 20811
Maigret, Lognon und die Gangster. Roman
Deutsch von Wolfram Schäfer. detebe 20812
Maigret und der Gehängte von Saint-Pholien
Roman. Deutsch von Sibylle Powell
detebe 20816
Maigret und der verstorbenen Monsieur Gallet
Roman. Deutsch von Roswitha Plancherel detebe 20817.
Maigret regt sich auf. Roman. Deutsch von Wolfram Schäfer. detebe 20820
Maigret und die Keller des Majestic. Roman. Deutsch von Linde Birk. detebe 20735
Maigret contra Picpus. Roman. Deutsch von Hainer Kober. detebe 20736
Maigret läßt sich Zeit. Roman. Deutsch von Sibylle Powell. detebe 20755
Maigrets Geständnis. Roman. Deutsch von Roswitha Plancherel. detebe 20756
Maigret zögert. Roman. Deutsch von Annerose Melter. detebe 20757
Maigret und der Treidler der »Providence«
Roman. Deutsch von Claus Sprick
detebe 21029
Maigrets Nacht an der Kreuzung. Roman
Deutsch von Annerose Melter. detebe 21050
Maigret hat Angst. Roman. Deutsch von Elfriede Riegler. detebe 21062
Maigret erlebt eine Niederlage. Roman
Deutsch von Elfriede Riegler. detebe 21120
Maigret gerät in Wut. Roman. Deutsch von Wolfram Schäfer. detebe 21113
Maigret verteidigt sich. Roman. Deutsch von Wolfram Schäfer. detebe 21117
Maigret und das Schattenspiel. Roman
Deutsch von Claus Sprick. detebe 20734
Maigret und der geheimnisvolle Kapitän
Roman. Deutsch von Annerose Melter
detebe 21180
Maigret und die alten Leute. Roman
Deutsch von Annerose Melter. detebe 21200
Maigret und das Dienstmädchen. Roman
Deutsch von Hainer Kober. detebe 21220
Maigret und der Fall Nahour. Roman
Deutsch von Sibylle Powell. detebe 21250
Maigret im Haus des Richters. Roman
Deutsch von Liselotte Julius. detebe 21238
Maigret und der Samstagsklient. Roman
Deutsch von Angelika Hildebrandt-Essig
detebe 21295
Maigret in New York. Roman. Deutsch von Bernhard Jolles. detebe 21308
Maigret und die Affäre Saint-Fiacre. Roman
Deutsch von Werner De Haas. detebe 21373
Sechs neue Fälle für Maigret. Erzählungen
Deutsch von Elfriede Riegler. detebe 21375
Maigret stellt eine Falle. Roman. Deutsch von Angela von Hagen. detebe 21374
Maigret in der Liberty Bar. Roman. Deutsch von Angela von Hagen. detebe 21376
Maigret und der Spion. Roman. Deutsch von Hainer Kober. detebe 21427
Maigret und die kleine Landkneipe. Roman
Deutsch von Bernhard Jolles und Heide Bideau. detebe 21428
Maigret und der Verrückte von Bergerac
Roman. Deutsch von Hainer Kober
detebe 21429
Maigret, die Tänzerin und die Gräfin. Roman
Deutsch von Hainer Kober. detebe 21484
Maigret macht Ferien. Roman. Deutsch von Markus Jakob. detebe 21485
Maigret und der hartnäckigste Gast der Welt
Erzählungen. Deutsch von Linde Birk und Ingrid Altrichter. detebe 21486
Maigret verliert eine Verehrerin. Roman
Deutsch von Ingrid Altrichter. detebe 21521
Maigret in Nöten. Roman. Deutsch von Markus Jakob. detebe 21522
Maigret und sein Rivale. Roman. Deutsch von Ingrid Altrichter. detebe 21523
Maigret und die schrecklichen Kinder. Roman
Deutsch von Paul Celan. detebe 21574
Maigret und sein Jugendfreund. Roman
Deutsch von Markus Jakob. detebe 21575
Maigret und sein Revolver. Roman. Deutsch von Ingrid Altrichter. detebe 21576
Maigret auf Reisen. Roman. Deutsch von Ingrid Altrichter. detebe 21593

Maigret und die braven Leute. Roman
Deutsch von Ingrid Altrichter. detebe 21615
Maigret und der faule Dieb. Roman. Deutsch von Stefanie Weiss. detebe 21629
Maigret und die verrückte Witwe. Roman
Deutsch von Michael Mosblech. detebe 21680
Maigret und sein Neffe. Roman. Deutsch von Ingrid Altrichter. detebe 21684
Maigret und Stan der Killer. Vier Fälle für Maigret. Deutsch von Inge Giese und Eva Schönfeld. detebe 21741
Maigret und das Gespenst. Roman. Deutsch von Barbara Heller. detebe 21760
Maigret in Kur. Roman. Deutsch von Irène Kuhn. detebe 21770
Madame Maigrets Liebhaber. Vier Fälle für Maigret Deutsch von Ingrid Altrichter, Inge Giese und Josef Winiger. detebe 21791
Maigret und der Clochard. Roman. Deutsch von Josef Winiger. detebe 21801
Maigret und Monsieur Charles. Roman
Deutsch von Renate Heimbucher-Bengs
detebe 21802
Maigret und der Spitzel. Roman. Deutsch von Inge Giese. detebe 21803
Maigret und der einsamste Mann der Welt
Roman. Deutsch von Ursula Vogel
detebe 21804
Maigret und der Messerstecher. Roman. Deutsch von Josef Winiger. detebe 21805
Maigret hat Skrupel. Roman. Deutsch von Ingrid Altrichter. detebe 21806

● Henry Slesar

Fiese Geschichten für fixe Leser. Aus dem Amerikanischen von Thomas Schlück
Diogenes Evergreens. Auch als detebe 21125
Das graue distinguierte Leichentuch. Roman. Deutsch von Paul Baudisch und Thomas Bodmer. Ausgezeichnet mit dem Edgar-Allan-Poe-Preis. detebe 20139
Vorhang auf, wir spielen Mord! Roman
Deutsch von Thomas Schlück. detebe 20216
Erlesene Verbrechen und makellose Morde
Geschichten. Deutsch von Günter Eichel und Peter Naujack. Vorwort von Alfred Hitchcock. Zeichnungen von Tomi Ungerer
detebe 20225
Ein Bündel Geschichten für lüsterne Leser
Deutsch von Günter Eichel. Einleitung von Alfred Hitchcock. Zeichnungen von Tomi Ungerer. detebe 20275
Hinter der Tür. Roman. Deutsch von Thomas Schlück. detebe 20540
Aktion Löwenbrücke. Roman. Deutsch von Günter Eichel. detebe 20656
Ruby Martinson. Geschichten vom größten erfolglosen Verbrecher der Welt. Deutsch von Helmut Degner. detebe 20657
Schlimme Geschichten für schlaue Leser
Deutsch von Thomas Schlück. detebe 21036
Coole Geschichten für clevere Leser. Deutsch von Thomas Schlück. detebe 21046
Böse Geschichten für brave Leser. Deutsch von Christa Hotz und Thomas Schlück
detebe 21248
Die siebte Maske. Roman. Deutsch von Gerhard und Alexandra Baumrucker. detebe 21518
Frisch gewagt ist halb gemordet. Geschichten
Deutsch von Barbara und Jobst-Christian Rojahn. detebe 21577
Das Morden ist des Mörders Lust. Sechzehn Kriminalgeschichten. Deutsch von Barbara Rojahn-Deyk und Jobst-Christian Rojahn
detebe 21602
Meistererzählungen. Deutsch von Thomas Schlück. detebe 21621

● Julian Symons

Auf den Zahn gefühlt. Detektivgeschichten. Aus dem Englischen von Thomas Schlück
detebe 20601
Ein Pekinese aus Gips. Kriminalgeschichten. Deutsch von Günter Eichel. Zeichnungen von Josef Weihard. detebe 20740

● Barbara Vine

Die im Dunkeln sieht man doch. Roman. Aus dem Englischen von Renate Orth-Guttmann
detebe 21826

● Cornell Woolrich

Der schwarze Vorhang. Roman. Aus dem Amerikanischen von Signe Rüttgers
detebe 21625
Der schwarze Engel. Roman. Deutsch von Harald Beck und Claus Melchior
detebe 21626
Der schwarze Pfad. Roman. Deutsch von Daisy Remus. detebe 21627
Das Fenster zum Hof und vier weitere Kriminalstories. Deutsch von Jürgen Bauer und Edith Nerke. detebe 21718
Walzer in die Dunkelheit. Roman. Deutsch von Jobst-Christian Rojahn. detebe 21719
Die Nacht hat tausend Augen. Roman
Deutsch von Irene Holicki. detebe 21720
Ich heiratete einen Toten. Roman. Deutsch von Matthias Müller. detebe 21742
Im Dunkel der Nacht. Kriminalstories
Deutsch von Signe Rüttgers. detebe 21759